大江戸科学捜査　八丁堀のおゆう
ドローン江戸を翔ぶ

山本巧次

宝島社
文庫

宝島社

目次

向島
浅草寺
大川
駒形町
おゆうの家
本所
両国橋
馬喰町
小網町
仙台掘
深川
富久町
永代橋
富岡八幡宮
浜善

大江戸科学捜査
八丁堀のおゆう
ドローン江戸を翔ぶ
地図
不忍池
下谷
長者町
美濃屋
須田町
三崎屋
伊勢町
日本橋
呉服橋
御城
林肥後守屋敷
八丁堀
京橋
南町奉行所
三拾間堀
大村屋

登場人物

おゆう（関口《せきぐち》優佳《ゆうか》）…元OL。江戸と現代で二重生活を送る

鵜飼伝三郎《うかいでんざぶろう》…南町奉行所定廻《じょうまわ》り同心

源七《げんしち》…岡っ引き

千太《せんた》…源七の下っ引き

藤吉《とうきち》…同じく下っ引き

境田《さかいだ》左門《さもん》…南町奉行所定廻り同心。伝三郎の同僚

水野《みずの》左近将監《さこんしょうげん》…寺社奉行

倉橋幸内《くらはしこうない》…寺社方の吟味《ぎんみ》方《がた》物調役《ものしらべやく》

三崎屋《みさきや》新兵衛《しんべえ》…海産物問屋「三崎屋」の主人

大村屋《おおむらや》孝右衛門《こうえもん》…油問屋「大村屋」の主人

美濃屋《みのや》治平《じへい》…呉服問屋「美濃屋」の主人

善吾郎《ぜんごろう》…高級料亭「浜善」の主人

林《はやし》肥後守《ひごのかみ》忠英《ただふさ》…旗本四千石の御側《おそば》御用《ごよう》取次《とりつぎ》

お多津《たつ》…髪結い

宇田川《うだがわ》聡史《さとし》…「株式会社マルチラボラトリー・サービス」副社長

河野《こうの》和志《かずし》…同社社長

大江戸科学捜査　八丁堀のおゆう　ドローン江戸を翔ぶ

第一章　堀留の屋根を走る賊

一

夕方まで空を覆っていた雲はほとんど消え、九ツ半を過ぎた今は、冷たく冴《さ》えた半月の光が、寝静まった江戸の町を静かに照らしている。

伊勢町《いせちょう》の油屋の脇の物陰にうずくまったおゆうは、小さくくしゃみをして、慌てて周りを見回した。くしゃみに反応して動くものは、何一つなかった。

九ツ半、つまり午前一時か。おゆうは現代の時刻に換算し、東京ならまだ営業中の店はたくさんあるのに、江戸はなんて暗いんだ、と今さらながらに思った。

近頃は江戸の時制にすっかり慣れたおゆうだが、ただこうして待っているときには、頭の中で分刻みに現代の時計を動かしていた。でないと、時間の経過の感覚が狂ってしまう。

春弥生に入り、草木も芽吹き始めたとは言え、こんな真夜中ではまだまだ底冷えがする。着物を一枚余分に着込んでいるのだが、さらにどてらでも羽織りたいところだ。しかし、着込み過ぎて動き難くなっては、何のために夜中に出張っているのか、わからなくなる。

今夜のおゆうは、着物の上に襷《たすき》掛け、頭に鉢巻、帯には十手を差し込んだ凛々《りり》しい姿である。暗くて見えないが、この周りの裏路地や物陰には、同じように鉢巻、襷掛けをした捕り方と、目明したち合わせて三十人余りが身を潜め、事が起こるのをじっと待っていた。全員が見つめるのは、通りの斜向《はすむ》かいにある大店だ。看板にある店の名は、海産物問屋三崎屋《みさきや》。今夜あたり、この三崎屋に賊が入るという見立てで、南町奉行所は人数を揃《そろ》え、賊が現れ次第お縄にしようと待ち構えているのだ。指図をしているのは、定廻《じょうまわ》り同心の鵜飼伝三郎《うかいでんざぶろう》。おゆうの「いい人」である。

(伝三郎も寒いだろうに、大変だなあ)

少しだけ自分のことを忘れ、伝三郎を気遣った。おゆうと伝三郎の付き合いはもう一年を超える。ごく小さな捕り物の謎解きで伝三郎を手伝って以来の間柄で、ちょっと年増の小粋な別嬪《べっぴん》、おゆう姐《ねえ》さんと、三十を出たばかりの男盛りの二枚目同心、伝三郎とは、周りの誰もが似合いの恋仲と思っている。おゆう自身もそう思いたいところだが、実際はちょっとズレていて、なぜか未だに「男女の仲」にはなっていない。まあ、男と女は、必ずしも単純に思惑通り行くわけではないのだ。

(こんな夜は、炬燵《こたつ》で二人で熱燗《あつかん》と行きたいのに)

おゆうは炬燵に入って伝三郎に寄り添う場面を頭に描き、寒さを退けようとした。だが、首尾よく賊をお縄にできなければ、それもお預けだ。賊が今夜間違いなく来るかどうかは、何とも言えない。伝三郎の読みでは、七割がた今夜、ということだが、これだけ大掛かりな待ち伏せをしくじれば、叱責は免れないだろう。

おゆうは半分は伝三郎のために、あと半分は寒さに凍える自分のために、賊が早く来てくれと祈った。どこかから、夜回りの拍子木の音が聞こえた。

それから小半刻余りも経ったろうか。あまり静かだったのでぼうっとしていたおゆうの耳に、微かな音が聞こえた。瓦の触れ合う音。屋根からだ。向かい側、三崎屋の隣の漬物屋と魚屋の間で黒い影が動くのを、暗闇に慣れた目が捉えた。そこに隠れているのは、おゆうとも親しい岡っ引き、馬喰町《ばくろちょう》の源七《げんしち》だ。彼にも同じ音が聞こえたのだろう。

おゆうは三崎屋の屋根に目を据えた。半月の明かりに屋根筋が黒々と浮かんでいる。しばらくの間、息を詰めて待っていると、屋根の上にすっと黒い塊が現れた。猫などの大きさではない。間違いない、賊だ。おゆうはすぐに立ち上がった。

静寂を切り裂いて、呼子《よぶこ》が鳴った。屋根の上の影の動きが、一瞬止まった。次の瞬間、隠れていた三十人の捕り方と目明しが、どっと通りに飛び出して来た。

「かかれーっ」

伝三郎の声が響き、叩《たた》きつける音とともに、三崎屋の屋根へ梯子《はしご》が次々と掛けられた。龕灯《がんどう》が幾つも屋根に向けられる。賊が身を翻すのがはっきり見えた。

「裏手だ。逃がすな」

伝三郎の指図に、「御用だ」「神妙にしろ」などというお馴染《なじ》みの怒鳴り声が重なった。龕灯に加え、御用提灯にも灯が入れられ、十手を掲げて夜空を睨《にら》む伝三郎の横顔が見えた。

「鶉飼様、どっちです」

おゆうが駆け寄ると、伝三郎は十手で裏手の酒屋の屋根を指した。

「あの上だ。かなり身のこなしの早い奴のようだぞ」

「わかりました」

おゆうは伝三郎に頷《うなず》くと、酒屋の表に走った。目明しと捕り方が五人ほどついてくる。屋根の上では、梯子を上った捕り方が四人、賊を追っていた。

そのとき、賊の横手、酒屋の隣にある蔵の屋根に捕り方が現れた。気の利く者が、反対側から屋根に梯子を掛けたようだ。よし、行く手を塞いだ、とおゆうは思った。捕り方は屋根の二方向から賊に迫った。おゆうたちは、酒屋の裏の通りに駆け込んだ。屋根の道を塞がれた賊は、そこに飛び降りるしかない。屋根から通りを覗《のぞ》き込む賊の影が、酒屋の軒越しに見えた。

「逃げられないよ、神妙になさいッ」

十手を屋根に向けて突き出し、おゆうが叫んだ。賊の影が、さっと引っ込んだ。ええい、じたばたするんじゃない、こっちは早く布団に入りたいんだ。おゆうは苛立《いらだ》って屋根の上を見据えた。周りの目明したちと共に、賊が目の前に飛び降りたらすぐ取り押さえるつもりで身構える。が、そこで思いもよらないことが起こった。

いきなり屋根で、ぱん、と瓦を叩きつけるような音がしたかと思うと、おゆうたちの頭上を何かが飛び過ぎた。ええっと思った次の瞬間、屋根から「ああっ」「逃げたぞ」「野郎、飛びやがった」などと、捕り方が口々に言い合う声が降ってきた。

「あん畜生、まさかこの通りを飛び越えやがったのか」

おゆうの傍らに来ていた源七が、驚きの声を上げた。裏通りとは言え、通りの幅は二間半（四・五メートル）ほどある。屋根から屋根に飛び移るなら、三間以上は飛ばねばならないだろう。並みの技ではない。

「源七親分、感心してる場合じゃありません」

おゆうは屋根を見上げ、呆然《ぼうぜん》と賊の飛んだ方を見ている捕り方に向かって大声で呼ばわった。

「あいつ、どっちへ逃げた」

「姐さん、あっちです。堀留町《ほりどめちょう》の方です」

おゆうの声に気を取り直した捕り方が、身を乗り出して東の方を指した。

「次々に屋根を飛び移ってやす。とんでもねえ野郎だ」

「わかった！」

おゆうは捕り方の指す方へ向けて走り出した。源七たちも慌てて続く。騒ぎに気付いたらしく、起き出した長屋の住人たちが何人か、木戸のところで顔を出して様子を窺《うかが》っている。おゆうたちはその前を、大急ぎで駆け抜けた。

堀留町二丁目の角で南側を見ると、月明かりを背景に宙を飛ぶ影が、ちらりと見えた。

「あっちよ！」

おゆうは右へ十手を振り、南の新材木町《しんざいもくちょう》の通りへ駆け込んだ。源七ら目明しが五人、ついて来ているが、他の捕り方は見えない。あちこちで、呼子の音だけが空しく響いている。

行き止まりの堀沿いに走り、親父橋《おやじばし》を通り過ぎた。そのまま進めば小網町《こあみちょう》、左手すぐのところは銀座《ぎんざ》だ。その奥は武家屋敷である。おゆうたちは左に曲がった。左右の屋根に目をやったが、影らしきものは見えない。

銀座を過ぎ、裏河岸まで来たところで、おゆうたちは足を止めた。そこで耳を澄ましたが、辺りの屋根からは何の物音もしない。おゆうは肩で息をしながら、周囲に目を走らせた。空中を舞う影などは、どこにもなかった。

「くそっ、逃げられた」

源七が吐き捨て、腹立ち紛れに用水桶《おけ》を蹴飛ばした。信じられないほど身軽な賊は、屋根伝いに走り回っておゆうや捕り方を翻弄した揚句、忽然《こつぜん》と消えていた。

それから半刻近く、界隈《かいわい》を歩き回って木戸番を片端から叩き起こしてみたものの、草木も眠る丑《うし》三つ時のこと、みんな白河夜舟で、もの音や怪しい人影に気付いた者は、一人も居なかった。夜回りの爺《じい》さんが居たので、屋根を走る賊を見なかったかと聞いたが、夜の夜中に屋根の上なんか見て歩くものかというのが、答えであった。

何の手掛かりもなく、おゆうたちは連れ立って、虚しく三崎屋に引き返した。戻ってみると、三崎屋の表戸は閉まっていたものの、店の中では煌々《こうこう》と灯がともされている。この騒動は何事かと、寝ぼけ眼の近所の住人が数人、店の前まで様子を窺いに来ていた。源七がその連中を睨みつけ、持って生まれたいかつい顔で、邪魔しねえでさっさと帰って寝ろ、と十手を振ると、野次馬たちは二、三歩引いた。

おゆうは襷と鉢巻をほどくと、眠そうな野次馬たちを無視して、潜り戸から店に入った。帳場や廊下の行灯《あんどん》に灯が入れられ、寝間着姿の手代や下女が、どうすればいいかとおろおろしている。おゆうは、心配いりませんよと手を振り、そのまま店の奥へと抜けた。

庭に出て裏に回ると、土蔵の前で腕組みした伝三郎と、きちんと羽織を着た四十三、四の小柄な男が、苦い顔で話をしていた。三崎屋の主人、新兵衛《しんべえ》だ。伝三郎はおゆうと源七に気付くと、こっちへ来いと手招きした。

「やっぱり逃げられちまったか」

「旦那、面目ありやせん。高砂町《たかさごちょう》から大伝馬町《おおでんまちょう》まで駆け回ったんですが、影も形も」

「鵜飼様、ごめんなさい。もの凄く身の軽い奴で、とても追えませんでした」

おゆうと源七は、しおしおと伝三郎に頭を下げた。

「これだけの人数を繰り出しても囲めなかったんじゃ、仕方ねえか」

伝三郎は眉間に皺《しわ》を寄せて、頭を掻《か》いた。

「あの、やっぱり土蔵の鍵が開けられていたんですか」

おゆうは開けっ放しになった土蔵の扉を指差した。分厚い外戸の下には、解錠されてしまった役立たずの錠前が、所在なげに放り出されている。三崎屋が、情けなそうに頷いた。

「はい、綺麗《きれい》に開けられておりました。やはり盗まれた鍵が使われたようで」

「そうですか……」

おゆうは横目で伝三郎の顔を見た。すっかり苦り切っている。鍵が盗まれたのは承知していたが、土蔵に不寝番を立てたりすれば、賊が警戒する。首尾《あ》よく土蔵に入れた、と思った賊をその場で捕らえようと考え、三崎屋そのものは敢えて無防備にし、店を取り囲む形で捕り方を配していたのだ。

「裏目に出ちまったか」

伝三郎が嘆息した。おゆうも消沈した。今夜は、伝三郎の役に立つことができなかった。待ち伏せを破られたのは伝三郎の失策になる。朝になって奉行所に報告すれば、厳しく叱責されるだろう。おゆうのせいというわけではないが、伝三郎の顔を見ていると申し訳なくなってしまう。

「旦那、盗られたものは」

源七の問いには、三崎屋が答えた。

「はい、あの金の仏像でございます」

「ははあ、やっぱりあれか」

源七は渋い顔になった。金の仏像は、三崎屋がさる寺から買い取ったものだ。嘘《うそ》か誠か、元禄の頃、紀伊国屋文左衛門《きのくにやぶんざえもん》が寄進したものという触れ込みで、金策に困った寺が手放そうとしているのを聞き付けた三崎屋が、二百両で手に入れたのである。好《こう》事家《ずか》の間ではそれなりの評判になっており、三崎屋もことのほか自慢にしていた。

「しかし、この蔵の中から仏像の箱一つだけ、持ち出すとはなあ」

変に感心している伝三郎が十手で示した蔵の中には、千両箱二つに加え、骨董の箱が十五、六はあった。なのに賊は、仏像以外には手を付けていない。

「ええ、あれだけを持って行かれました。本当に残念なことです」

普段は丸い顔に鷹揚《おうよう》な笑みを浮かべ、いかにも羽振りが良さそうに見える三崎屋だが、今はがっくり肩を落としている。千両箱よりそちらの方が大事と見えた。

「よほど大事にしてらしたんですか」

おゆうが尋ねると、三崎屋は恨めしそうに嘆息した。

「確かに千両箱より値は低いかも知れませんが、二度と手に入るものではありませんから」

三崎屋にとっては、それだけ値打ちのあるものだ、ということか。

「いや、まったく面目ねえ。賊を誘い込んで必ず捕らえるから言う通りにしてくれ、と頼んでおいてこのざまだ」

伝三郎は恥じ入った様子で三崎屋に頭を下げた。三崎屋はいえ、とんでもない、どうかよろしくお願いしますと丁寧に言ったものの、声の調子からすると、かなり不服そうだ。無理もないだろう。

「賊は、仏像だけを狙ってたんですね。特に探し回ったようでもなく、さっと仏像の箱だけ持ってずらかるなんて、やっぱり店の様子を詳しく知ってたようですね」

様々な箱や包みが並んだ土蔵を見回しながら、おゆうが言った。伝三郎がまた、苦々し気な顔をする。

「あの女だ。あいつが充分に下調べをしてから、蔵の鍵までまんまとせしめて、姿をくらましやがったんだよ」

「はい、およしのことでございますね。本当に、すっかり騙《だま》されました」

三崎屋が口にしたおよしとは、十日ほど三崎屋に奉公していた下女である。神田の大店からの紹介の文を持って現れ、先月の半ばから働き始めたのだが、二日前、急に辞めていた。それだけなら嫌気がさして逃げたかと思うところだが、前日までそんな様子はなかった。気になって紹介の文を書いた大店に聞きに行ったところ、文は真っ赤な偽物だった。そこで驚き、念のためと奉行所に知らせたのである。

訴えを聞いた奉行所の受付掛はさほど興味を示さなかったが、これを聞き付けた伝三郎は、色めき立った。と言うのもその前に、三拾間堀《さんじっけんぼり》の油問屋、大村屋《おおむらや》でそっくり似たようなことが起きていたからだ。

大村屋の下女は、およねと言った。深川《ふかがわ》の大店の紹介文を持って来ており、すぐに雇われたのだが、やはり十日ほどで実家の親に災難があったと言って、急に辞めてしまった。その二日後に蔵が破られ、主人孝右衛門《こうえもん》自慢の高麗の壺《つぼ》が消えていたのだ。

蔵の錠前は、あっさりと開けられていた。合鍵が使われたらしく、孝右衛門の部屋にあった鍵を気付かれぬうちに誰かが持ち出し、仲間に型取りをさせ、合鍵を作ってから何食わぬ顔で戻していたのだ、と思われた。そこで、直前に辞めたおよねに疑いが向いた。調べてみると、紹介文にあった深川の大店はおよねのことなど知らず、偽文だったことが判明した。これで、およねと称した下女は、賊の仲間だったに違いない、となったのだ。

「大村屋さんのときと、全く同じ手口というのは本当でございますか」

三崎屋は、寸分違わぬ手口でしてやられた、ということが信じ難いようだ。伝三郎が口惜しそうに唇を噛《か》んだ。

「ああ、同じだ。違うのは女の使った名前だけだな」

女の人相は、大村屋の番頭が告げたものとほぼ一致していた。年の頃は二十歳前後。目鼻立ちは凡庸で、化粧っ気もない。どちらかと言うと垢《あか》抜けない、ごく目立たない風貌だ。だが、裏返せばどこにでも居そうな女、ということで、大村屋と三崎屋の話が符合しても、見つけ出すのは簡単ではない。

「年恰好《かっこう》はお前と同じくらいだ。お前くらい別嬪なら、捜すのは造作ねえんだが」

今日の昼間も伝三郎はおゆうに、冗談めかしてそんなことを言っていた。

「それにしても、大村屋でもここでも、持ち出しやすくて値打ちの高い一品だけに絞って盗む、ってのは、肚《はら》の据わった野郎だな」

源七が、お宝だらけの蔵の中をしげしげと見て、唸《うな》るように言った。

「仏像って、どれほどの大きさだったんですか」

おゆうが聞くと、三崎屋は手でその丈を示した。

「このくらいです。一尺ちょっとほどのもので」

「なあるほど。それだけなら、持ったまま身軽に走り回れる。よく考えてやがるぜ」

源七が得心したように言って、顎に手をやった。

「大村屋の高麗青磁も、そのくらいだったな」

「いってえ何者でしょうね。あれだけ身のこなしが軽いとなると、軽業でもやってたのかも知れねえ」

源七はしきりに首を捻っている。そう言えば、賊は屋根伝いに逃げたのに、梯子のようなものは見当たらないし、足がかりになる植木などもない。おゆうは捕り方から提灯を借りて、蔵と裏塀の周りをよく見てみた。地面にうっすら足袋の足跡がある。踏み荒らさないよう気を付けて辿《たど》ると、数歩先に低い石灯籠があった。

「ああ、これを踏み台にして塀に上がり、そこから土蔵の屋根に飛んだみたいですね」

「飛んだっておい、塀から屋根まで幅も高さも一間ほどあるぜ」

源七が屋根を見上げて、呆《あき》れたように言った。縄も使わず、素でこの段差を飛べるのか、と言いたいようだ。

「さっき見たでしょう。相手は二間半の通りを軽々と飛び越えたんですよ」

「二間半の通りを飛び越えた、だと」

伝三郎が目を丸くした。

「確かにそいつは只者《ただもの》じゃねえな。よし、源七、朝になったら何人かで手分けして、軽業の興行をやってる小屋を片端から当たれ」

「承知しやした」

「あのう、鵜飼様」

勢いよく頷いた源七の後ろから、おゆうは錠前を指差して声をかけた。

「これ、持って帰って調べてみたいんですけど」

「え、錠前をか。しかしそいつは合鍵で開けたんだから、手掛かりになるような傷も何もねえだろう」

「とは思いますが、賊が触ったとはっきりわかるものはこれだけですし」

「ふうん、それもそうか。お前、前にも錠前破りにやられた錠前を持って帰って、いろいろ見つけ出してたな」

それは去年の秋、連続した蔵破りを追ったときの話だ。あの賊は道具を使った錠前破りで、錠前には道具の傷跡が残っていた。今回は同じようにいかないが、おゆうにはやっておきたいことがあった。

「おう三崎屋、代わりの錠前はあるか」

「ございます。どのみち、合鍵を作られた錠前など使いものになりません」

「済みません。それじゃ、預かって帰ります」

おゆうは懐から畳んだ風呂敷を出し、錠前を包んで提げた。

そこで伝三郎は、改めて三崎屋に頭を下げた。

「三崎屋、今夜のことはこっちの不手際だ。誠に済まん。賊は意地に掛けて俺たちが必ずお縄にしたうえで、盗られた仏像も取り戻す。気に入らんだろうが、ここは俺と奉行所を信じてくれ」

伝三郎が真摯にそう言うと、さすがに三崎屋も恐縮したらしい。いえその、どうか頭をお上げくださいと、却《かえ》って居心地悪そうに言った。

実際のところ、三崎屋だけの問題ではなかった。大村屋、三崎屋と続けざまに襲われ、賊は捕り方の手をいとも簡単にすり抜けた。このままでは、味をしめてさらに盗みを重ねるのではないか。奉行所としては、由々しきことであった。

それから間もなく、伝三郎とおゆうたちは、足取り重く三崎屋を後にした。三十人を揃えて手ぶらで帰らねばならないのは、辛いものがある。大村屋と同じ段取りで来るなら、やはり下女が辞めて二日後の今夜、賊が襲う可能性が強いという読みは的中した。にも拘《かか》わらず、出し抜かれてしまったのだ。伝三郎は三崎屋を出てから唇を固く引き結んだままで、おゆうは声をかけることができなかった。

江戸橋《えどばし》を経て八丁堀《はっちょうぼり》へ帰る伝三郎と別れ、おゆうは源七たちと連れ立って馬喰町の方へ向かった。閉まった木戸を、いちいち十手を見せて開けてもらいながら、月明かりと提灯を頼りに歩いて行く。疲れと眠気のせいもあって、みな口数も少なく、通夜の帰りのような道行きだった。

仕舞屋《しもたや》風の小洒落《こじゃれ》た家に帰り着いたのは、暁《あかつき》七ツ（午前四時）を過ぎた頃だった。もう少しすれば、空も白み始める。おゆうは大きく欠伸《あくび》をすると、提灯の灯を行灯に移し、夜具をのべた。眠気が寒さに打ち勝ち、手早く襦袢《じゅばん》姿になると布団を引っかぶった。取り敢えず一刻半くらい寝て、それからまた三崎屋に出向こう。日の光で見れば、今夜見落としたものも見つかるかも知れない。それから後は……。


どんどん、と表戸を叩く音と、「おうい、おゆう、居るかい」という呼び声で目が覚めた。伝三郎の声だ。うっすら開けた目で部屋を見回すと、雨戸の隙間から差し込んだ光が、畳に筋をつけていた。

慌てて起き上がり、「はあい」と返事する。それから、「ちょっと待って下さい」と大声で叫んだ。さすがに寝起きそのままを、伝三郎の前に曝《さら》すわけにいかない。布団を蹴飛ばすようにして飛び起きると、雨戸を開けた。春の陽光が、一瞬で部屋に溢《あふ》れた。日はだいぶ高くなっている。まずい、明らかに寝過ごした。

「寝てたのか。そのままでも構わねえぜ」

いや、こっちは構う。大わらわで着物に袖を通して、帯を整え髪を直し、ようやく表戸の心張り棒を外して伝三郎を迎え入れたときには、ずいぶんと時が経ってしまっていた。

「鵜飼様、申し訳ありません。すっかり寝坊したうえにこんなにお待たせして」

夜具が延べっ放しの奥の六畳の襖《ふすま》は閉め、表の六畳に伝三郎を座らせたおゆうは、三つ指をついた。

「昨夜はそれこそ、寒空にじっと待たせたうえ、真夜中に走り回らせたからな。無理もねえわ」

そう言ってくれたが、それなら伝三郎の方がもっと疲れているはずだ。おゆうは恥じらいで顔が火照《ほて》った。

「鵜飼様は、もう奉行所には行って来られたんですか」

「ああ、もう四ツだからな」

やれやれ、六ツ半（午前七時）には起きようと思っていたのに、もうそんな刻限か。奉行所への出仕は普通五ツ（午前八時）だから、この一刻の間に昨夜の報告を済ませて来たのだろう。

「あのう……上の方々は、どんなご様子でしたか」

「はあ、だいぶ絞られた。浅はか源吾は、三十人も繰り出しておいてとんだ無駄遣いだと、ぶつぶつ言ってたな」

浅はか源吾とは、筆頭同心浅川源吾衛門《あさかわげんごえもん》のことで、頭は悪くないが早合点で思慮が浅いため、そんな綽名《あだな》が付けられていた。

「ほんとに済みません、私たちの不手際で」

「何言ってる。お前らはちゃんと自分の仕事をしたろう。こいつは賊を見くびった俺のせいだ。だからお前が詫《わ》びることじゃねえさ」

伝三郎は笑って、おゆうの肩に手を置いた。伝三郎の優しい気遣いが身に染みた。これは、何としてもお役に立たなくては。おゆうは背筋を伸ばして、きりっとした目を伝三郎に向けた。

「ようし、今からどうします。三崎屋へ行きますか。何でもお指図を」

「おいおい、そういきなり気負い込むなって」

伝三郎は苦笑しながら手を振った。

「三崎屋の方は、あの界隈の目明し連中に屋根を調べさせてる。お前に屋根に上れとは言わねえよ。その代わり、ほれ」

そう言いながら突き出した伝三郎の手には、紙包みがあった。受け取ると、ずっしり重い。手触りから、何なのかはほぼわかった。おゆうは急いで包みを開いた。

「ああ、これって大村屋の土蔵の錠前ですか」

「そうだ。大村屋に賊が入ったとき、奉行所で預かった。これも合鍵で開けたんだろうから、傷も何も付けちゃいねえだろうが、お前が三崎屋の錠前を調べるってんなら、こいつもあった方がいいと思ってな」

これは有難い。こちらから頼もうかと思っていたところだった。

「お前のことだ。また前みたいに、何か見落としてることを見つけてくれるんじゃねえかと、少しばかりは当てにしてるぜ」

「はい、わかりました。ご期待通りにいくかどうかわかりませんけど、やってみます」

おゆうは両手で錠前を捧げ持ち、にっこりと笑った。

お茶か、せめて白湯でも出そうと思ったが、火は焚《た》いていないし水汲《みずく》みもまだだった。伝三郎は、また明日寄るからと言い置いて、屋根を調べている連中の首尾を確かめるため、三崎屋に向かった。おゆうは表で見送ると、すぐに家の中へ戻り、三崎屋の錠前を取り出して大村屋のものと並べてみた。どちらも似たような感じの、頑丈そうな箱型だ。無論安ものではないが、からくり錠などではない単純な造りだった。おゆうはそれだけ確かめると、二つの錠前を風呂敷に包んだ。

雨戸を全部開け、朝の支度を始めるべきところだが、おゆうがやったのは反対に雨戸を閉め直すことだった。表も戸締りし、襖を閉め切ると、家の中は雨戸の隙間から入る細い光があるだけの暗がりになった。おゆうは押し入れの襖を開け、手で奥の羽目板を探った。何度も繰り返しているので、暗闇でも不自由はない。羽目板の留め具を外し、横に滑らせてその奥に手を伸ばす。すぐに目当てのものが手に当たった。おゆうは錠前の風呂敷包みを持って押し入れに入り込むと、襖を後ろ手に閉め、手に持ったものの突起を探し当てて親指で押した。

ＬＥＤライトの眩い光が、闇だった空間に満ちた。その光が、羽目板の裏側にある階段を照らし出している。おゆうは羽目板の向こう側に入り、ライトを持って階段を上り始めた。上がり切ったところに扉がある。その扉こそが、二百年の時空の境界だった。そしてそれは、江戸の女岡っ引きおゆうと、東京の平凡な元ＯＬ、関口優佳《せきぐちゆうか》とを分ける境界でもあった。

二

総武線各駅停車で阿佐ケ谷《あさがや》駅のホームに降りた優佳は、腕時計を確かめた。午前十一時三十五分。これなら、昼休みに入る前にラボに着ける。満足して、少し速足で出口に向かった。

三月下旬の東京は、弥生の江戸よりだいぶ暖かい。優佳はデニムパンツに春物のジャケットを羽織り、肩にトートバッグというスタイルで、通い慣れた道を南に歩いた。

バッグの中には、二つの錠前がビニール袋にくるまれて入っている。

十分ほどで、目指す建物に到着した。住宅街の中に立つ、小綺麗な白い三階建てだ。「株式会社マルチラボラトリー・サービス」と書かれたプレートを横目に、ガラスドアを開け、そのまま階段で二階に上がった。

二階の事務室に入ると、顔見知りの女性事務員がすぐ気付いて、会釈した。

「どうも、こんにちは。またお邪魔します」

軽く挨拶を返し、カウンターの脇を抜けて奥のガラス仕切りへ歩み寄る。ガラス越しに、白衣を着込んだ幅の広い背中が見えている。

「おーい宇田川《うだがわ》君、入るよ」

そう呼ばわりながら、扉を押し開けて中に踏み込んだ。白衣の男が、ぼさぼさ髪に度の強いメガネをかけた顔を、こちらに向けた。

「入るよ、って、もう入ってるじゃないか」

宇田川聡史《さとし》は、つまらなそうな表情で面倒臭そうに言った。やっぱり相変わらずだ。

「そんなことは気にしないで。また頼みたいもの、持って来たよ。江戸のオモチャ」

優佳は、宇田川の表情と対照的な明るさで、バッグから錠前入りのビニール袋を取り出した。宇田川の目の奥で、小さく光が煌《きら》めいた。

「ふん、江戸の錠前か。また、どうやって破られたか調べろ、ってのか」

去年、錠前破りの手口を調べたときには、宇田川にずいぶん世話になっていた。宇田川自身もだいぶ興味を引かれ、自分でも錠前についていろいろ調べたようだ。今なら、この万能分析ラボで、どんな錠前でも扱ってやろうという気になっているらしい。

「いや、せっかくのところ悪いんだけど、これは合鍵で開けられたのがわかってるの。だから、指紋を採ってデータに入れてくれるだけでいい。取り敢えずは」

指紋採取キットは優佳の家にもあるが、表面がごつごつしている錠前から採るのは技術が要るので、データ化を含めてここでやってもらった方が確かである。

「何だ、指紋だけか」

宇田川は、明らかにがっかりしたようだ。出されたおやつが期待したものと違っていたときの小学生みたいな反応だが、こう見えてこの男は、年商二十億のこのラボの副社長である。大学の研究室で燻《くすぶ》っていたのを、同窓の先輩に見出されて一緒にベンチャーを立ち上げ、今では経営は先輩に任せて、日々好きな分析にいそしむ毎日を送っている。ある意味羨ましい生き方だ。

「まあそう言わずに。結構大きな事件になりそうなんだよ。また、いろんな面白いものが出てくると思うから」

言いながら、やはり小学生を宥《なだ》めるような言い方だな、と思う。だが、宇田川にはこれでも効き目があるのだ。

「そうか。ま、いいだろ」

優佳の思い通り、宇田川は普段の表情に戻ると、手袋を嵌《は》めてビニール袋から二つの錠前を出し、つまんで持ち上げた。もう関心は錠前に集中しているようだ。これでよし。後は放っておいても、宇田川が自分の趣味で勝手に動いてくれる。指紋のデータ化には二時間もあれば充分だろう。

「この前みたいな凝った代物じゃないな。平凡で飾り気の少ない箱型だ。これなら、そう手間はかからんだろう」

一人でぶつぶつ呟《つぶや》きながら、引き出しを開けて指紋採取用のアルミパウダーの容器を取り出した。蓋を開け、小さな刷毛《はけ》のようなものでパウダーをまぶし、錠前の表面にある指紋を浮かび上がらせる。見た目から想像できないほど、手際よく無駄のない動きだ。

浮かんだ指紋を見た宇田川が、ちょっと顔を顰《しか》めた。思ったより指紋が多く、重なり合っているものが幾つもある。だが、大村屋と三崎屋の両方の錠前に触れているのは、伝三郎とおゆうを除けば犯人しかいないはずだから、誰のものか不明の指紋が一つ出ればいい。

二時間と思ったが、宇田川がデータ化を完了するまで、三十分と掛からなかった。さすがに日々、あらゆるものの分析に明け暮れているオタクだけのことはある。

「へえ、もうできたんだ。やっぱりすごいねえ」

優佳は大袈裟《おおげさ》に感心して見せ、ちょいとばかり宇田川のプライドをくすぐった。

「こんなもの、大した仕事じゃない」

相変わらず口調は面倒臭そうだが、満更でもないらしい。優佳は思わず、笑みを漏らした。

そのとき、優佳の背後でドアが開かれた。優佳が宇田川の研究スペースに居るとき、邪魔する者は滅多にない。驚いて振り向いた。そこに立っているのは、三十代半ば過ぎの恰幅のいい男だった。髪はやや崩した七三分け、ピンクのシャツにデザイナーズブランドのスーツ。いかにも羽振りのいい若手経営者、というルックスだ。宇田川とは対極に位置する。

「やあ、関口さん。久しぶりですね」

愛想のいい笑みと共にそう声をかけて来たのは、このラボの社長、河野《こうの》和志《かずし》だった。

「あ、河野さん。ご無沙汰してます」

優佳は座っていたスツールから立ち上がり、きちんと一礼した。宇田川は、顔を向けて軽く目礼しただけだ。河野はそれに頷き返すと、優佳に向かって言った。

「ちょうど良かった。ちょっと話があるんです。部屋まで来てもらっていいですか」

河野はそう言いながら指で天井を指した。河野の社長室は、この真上の三階にある。

続けて河野は宇田川に、「サトシも」とついでのように言った。

「俺も?」

宇田川は怪訝《けげん》な顔をしたが、すぐに立ち上がった。何の用か、見当がつかないらしい。

優佳は河野に続いて階段を上りながら、首を捻《ひね》った。三人で話とは、いったい何ごとか。こんなことは、このラボに出入りするようになってから、初めてだった。

「税務調査ですって」

社長室のソファに河野と向き合って座った優佳は、話を聞いて鸚鵡《おうむ》返しに声を上げた。

「予告が来てね。来月の十六日から三日間です。四年ぶりかな」

「そうですか……」

税務調査については、不動産会社の経理部に在籍していた優佳も、良く知っている。優佳が勤めている間にも一度来たことがある。予告があってから調査終了まで、経理部全体にぴりぴりした緊張感が漂い、居心地の悪い思いをしたものだ。

調査と言っても、ドラマに出てくる、査察部が脱税の摘発に来るような強制調査は、滅多なことでは行われない。通常は税務申告が適正に行われているかをチェックするもので、どこの会社にも数年に一度はやって来る。このラボにも、順番が回ってきたようだ。

「で、それがこいつにどう関係するの」

宇田川は、無神経に優佳を指差した。分析オタクで、分析対象以外の大概のことには興味がない宇田川にとって、税務調査など対岸の、いや太平洋の向こう側の火事に等しいだろう。とは言え、一応はこのラボの役員なのだから、無関係を決め込むわけにもいくまい。本人には全く自覚はないとしても。でも、部外者のはずの私に、一体……。

「それなんだけどね。実は会計士にも注意されてるんですよ。ほら、関口さんの持ち込む品物の分析。あれ、商売抜きでやってるよね」

後半は宇田川に向かって言ったのだが、優佳はあっと思った。今までさんざん、江戸の証拠品を持ち込んで宇田川に分析してもらっていたが、それに対して宇田川からは一銭も請求されていない。宇田川は珍しいものの分析ができるなら、本業の仕事の息抜きに、喜んで手を貸してくれる。懐が寂しいこともあって、優佳もついつい甘えてしまっていた。

だが、分析にはラボの機材や備消品、薬品類を使用している。それらはラボの費用で購入したものだから、会計上から言うと、優佳は分析料を支払い、ラボは分析に使用した機材の損料や電気代、薬品の購入費などを原価計上しなければならない。実際には優佳は料金を払っていないし、分析業務を発注した形にもなっていない。機材や薬品類は、何の根拠もなく消費されたことになる。

「つまりその、私が持ち込んだものの分析費用は、収入が伴わないまま会計処理しなくてはならないと？」

「このままだと、そうですね」

「既に会計帳簿上は、支出されているんですか」

「いいえ。物品の在庫記録には使用された旨記載されていますが、会計上はまだ処理されていません」

「ということは、期末までに処理しないと棚卸しのとき、在庫と矛盾が出るわけですね」

「さすが経理の経験者、よくおわかりですね」

これはまずい、と優佳は思った。機材の使用料などは形として目に見えるものではないから、問題はない。しかし消費した薬品類などは、会社の費用として処理するしかない。会社の都合で使用したものだとか、無償サービスだとか言えないこともないが、何度も繰り返されているのだから、利益を減らして税金を少なくする操作ではないかと税務署に疑われて、詳細を尋ねられると厄介だ。

いずれにしても、優佳の持ち込む分析を正式の契約書に記載するわけにはいかない。江戸のことに触れられない以上、何らかの虚偽を書かざるを得ないからだ。

「何だかよくわかんないな」

宇田川は、ぼんやりした顔で呟いた。宇田川にとっては、今の河野と優佳の会話は、宇宙人の発する信号と大して変わらないのだろう。

「お前のことなんだぞ、サトシ。会計士からは、これは公私混同だから気を付けてもらわないと困る、と言われてるんだ」

「公私混同、ねえ」

宇田川は頭を傾げている。どうやら河野の言いたいことはわかったようだ。

「うちの売り上げ規模からすれば、金額的にはごく小さいから、そううるさくつつかれることはないかも知れんがな」

そうは言ったものの、河野の表情からは、税務署との面倒事の芽は全て摘んでおきたい、という希望がありありと窺えた。宇田川は、ふうん、と鼻を鳴らすと、頭を盛んに掻いた。何か彼なりに考えているらしい。ぼさぼさの髪が、さらに酷《ひど》いことになった。

「じゃあさ、俺がその分析に使った薬品とか全部、自分で買い取ったらいいんじゃないの」

頭を掻く手を止め、ふいに宇田川が言った。河野は虚を衝かれた顔をしたが、すぐに頷いた。

「ああ、個人使用分を年度分まとめて期末に支払った、ってことなら問題なかろう。このぐらいなら、取締役の利益相反取引にも引っ掛からんと思う」

「なら簡単じゃん。せいぜい何十万でしょ。今月の給料から引いといてよ」

何十万を給料から引く？　優佳は仰天しかけたが、宇田川の年収が二千万以上だったのを思い出し、納得した。しかしこれでは、何もかも宇田川におんぶにだっこ、となってしまう。余りに図々し過ぎないか。

「ねえ宇田川君、それじゃあんまり悪いよ。私が調子に乗っていろいろ頼んじゃったんだから、費用まで全部払わせるなんて……」

「だって、払えないだろ」

優佳は言葉に詰まった。その通りだ。江戸では岡っ引きの仕事で、四、五年は暮らせるほどの金額を貯め込んでいるが、東京では無職のニート女子で、無収入である。実は年末に江戸である人から貰《もら》った高価な絵があって、それを売れば相当な額になるはずだが、急に右から左へ換金できるものではない。今は僅《わず》かな口座残高が頼りで、何十万なんか払えるわけはないのだ。

「それはまあその、そうだけど……」

「だったら選択の余地はない」

おっしゃる通りです。優佳は深く頭を下げるしかなかった。

「それと関口さん、悪いけど税務調査が終わるまで、新しく分析を持ち込むのは遠慮してもらえませんか」

「ああ……わかりました」

優佳は溜息をついた。実質的な出入り禁止だ。これはしかし、面倒の種を増やしたくない河野の立場からすれば当然だろう。

「済みません。私の勝手で、ご迷惑をかけてしまいまして」

優佳は改めて河野に詫びた。考えてみれば、優佳は宇田川個人に頼っているつもりだったが、分析しているのはラボであり、れっきとした会社なのだ。そうそう都合良く利用していいものではなかった。

「いや、あんまり気にしないで。さっきも言いましたが、金額的には知れたものなんで」

河野はほっとしたように手を振り、鷹揚な笑みを見せた。

「経理処理上の辻褄《つじつま》が合えば、それでいいわけですから。いやどうも、面白くない話で悪かったですね」

話は終わり、ということらしい。優佳は席を立ち、もう一度詫びを述べてから社長室を出た。宇田川も、「じゃ、そういうことで」と簡単に言うと、すぐ後から廊下に出て来た。二人はそのまま、二階の宇田川の牙城《がじょう》に戻った。

自分のデスクに戻った宇田川は、何事もなかったようにパソコンの画面をスクロールし始めた。優佳が来る前にやっていた仕事を、再開したのだろう。

優佳は隣のスツールにまた腰かけたものの、気まずい思いをしていた。結局、優佳が今までやってもらった分析は、全て宇田川の個人負担ということになった。自分も最初から頭ではわかっていたはずなのだが、こうして明確に言葉で示されると、いかに無神経だったかが身に沁みる。

宇田川がずっと何も言わないので、ますます落ち着かなくなった。怒っているだろうか。いや、そんな風には見えない。何か恨み言でも言ってくれた方が気が休まるのだが、そもそもデリカシーのほとんどない男だから……。

「心配しなくてもいいぞ」

顔も向けずに、宇田川が言った。あんまり突然だったので、優佳はびくっとした。

「え、いやあの……」

「ここにしばらく出入りできなくなって、証拠品の分析はどうなるか心配してるんだろ」

え？　そっち？　まあ確かに、それも心配と言えば心配だが、そこまで厚かましい女だと思われているのだろうか。いや、宇田川の感覚では、それは厚かましいことにはならないのかも知れない。どう返事したものか。

宇田川は優佳の反応に構わず、勝手に続けた。

「指紋データは、俺の家のパソコンから見られる。このラボのデータベースには、家からでもアクセス可能だ。指紋照合ソフトはもともと俺がカスタマイズした奴だから、家のパソコンにも入ってる」

「えっ、それじゃ家で指紋照合とか、やってくれるって言うの」

「他にも使えるものは幾つかある。全部俺が個人で買った奴だ。さすがにＤＮＡ鑑定とかは無理だし、クロマトグラフィーみたいな大型機器はないけどな」

「うわあ、それは助かる」

急に宇田川の顔が仏に見えた。しかし、そこまで厚意に甘えていいものだろうか。

「そこまでしてもらって、構わないの」

「構わない？　何が」

宇田川は、きょとんとした顔でこちらを向いた。そうだった。コイツが動くのは厚意とかいう感覚ではなく、あくまで自分の趣味が基準なのだ。今度も、優佳を助けるというより、江戸の珍しいものを会社で分析できないなら、家でやろう、というだけの話なのだろう。

「じゃあ、お言葉に甘えるわ。照合する指紋が採取できたら、スキャンしてデータで送ろうか」

「生の指紋の方がいいが、データでも構わん。それ以外、データ化できないブツは家まで持って来てくれ」

「うん、わかった」

宇田川の家に行くことになるのか。これは見ものかも知れない。いったいコイツの家の中はどんな状態になっているのだろう。性格から考えると、並の独身男性の部屋よりは相当凄まじいことになっていそうだ。ゴミ屋敷でなければいいのだが、怖いもの見たさ、ということもある。

「何だ、どうかしたか」

薄笑いが顔に出たかも知れない。優佳は慌てて真面目な表情を作り、ありがとうと素直に礼を言って帰ろうとした。ドアノブに手をかけたところで、ふと気付いて振り向いた。

「ところであんたの家、どこだっけ」

宇田川の住所と、自宅パソコンのアドレスを聞いて、優佳は自分の家に帰った。亡くなった祖母から引き継いだ古い二階建てで、建ったのがいつなのかもはっきりわからない。この家が二百年前の江戸と繋《つな》がっていることを確かめたときの、あの驚きと昂揚《こうよう》感は、今でも忘れない。なぜそんな家が存在するのか、どうして優佳の先祖のものになったのか、その辺りは未だにわからなかった。それでもこのタイムトンネルの存在は紛れもない事実であり、それによって優佳の人生が大きく変わってしまったのも確かだ。この先、江戸と東京の二重生活がどうなっていくのかは、優佳にも見えない。今はただ、目の前の現実をあるがままに受け入れる、それだけだった。

その現実、江戸での事件捜査にそろそろ戻らなくては。優佳はコンビニ弁当で昼食を済ませると、納戸のドアを開けた。

「あ、鵜飼様、こちらでしたか」

馬喰町の番屋の戸を開けると、上がり框《がまち》に伝三郎が腰を下ろし、木戸番の爺さんが淹《い》れた茶を啜《すす》っていた。

「おう、おゆう。どうだ、もう充分寝たかい」

伝三郎はおゆうの顔を見て、ニヤリとした。時刻はもう、七ツ（午後四時）を過ぎている。日差しがあるので昨日よりましだが、今日も春の暖かさにはまだ遠い。

「いやだ、皆さんが働いてるのに、私だけずっと寝てたと思ってらっしゃるんですか」

「まあいいじゃねえか。錠前はどうだった」

「まだ一通り見てみただけですが、やっぱり手掛かりになりそうなものは見つかりませんねえ」

「そうか。あんまり当てにしてたわけじゃねえが、仕方ねえな。しばらく預けとくから、何か出たら教えてくれ」

伝三郎の隣に座って、はい、と頷いたところで、表で忙《せわ》しない足音がした。伝三郎が顔を上げ、来たようだな、と呟いたところで、勢いよく戸が開いて源七が現れた。

「お、旦那、丁度良かった。軽業師の方を、一通り当たって来たところでさあ」

「そろそろだろうと思って、寄ってみたんだ。どんな具合だい」

へい、と答えた源七は、番屋に入って伝三郎の向かいの腰掛に座った。続いて岡っ引きが二人、入って来た。源七と一緒に見世物小屋を調べに行った連中だろう。一人は去年秋の蔵破りの事件でおゆうもよく知っている、小柳町《こやなぎちょう》の儀助《ぎすけ》だ。もう一人、年嵩《としかさ》の方も顔だけは知っている。確か紺屋町《こんやちょう》の六蔵《ろくぞう》という名だった。おゆうが会釈すると、二人は軽い頷きを返した。

「あっしと儀助は両国広小路《りょうごくひろこうじ》、六蔵の方は浅草奥山《あさくさおくやま》を回って来やした。軽業を見せる小屋は、両国に三軒、奥山に二軒ありやすが、両国の方の軽業芸人は、大村屋がやられた晩も昨夜も、姿が見えなかった奴は居やせん」

源七が代表して報告した。江戸で見世物小屋が集まっているのは、だいたい両国と浅草界隈だ。江戸の見世物は、寄席とサーカスと移動動物園が一緒になったようなもので、非常に人気のある娯楽だった。軽業は、綱渡りや傘の上のコマ回しなどのバランス芸全般で、近代のサーカスほど高レベルなものではないが、かなりの技術と修業を要するのは間違いない。

「しかし、寝静まった夜中にこっそり抜け出しても、気付かれねえんじゃねえのか」

伝三郎が疑問を呈すると、源七はかぶりを振った。

「そうでもねえんで。芸人は狭いところにまとまって寝てやすから、気付かれずに起き出すのは無理だそうです。小便に立つのも気を遣うってことで」

「それに、あんまり大きな声じゃ言えやせんが」

儀助が後を続けた。

「半人前のガキが何人も居るんですがね、こいつらの中には買われてきたのも居て、修業が厳しいからと逃げ出そうとするのを、見張ってる強面《こわもて》が居るんでさあ。夜中に小屋からこっそり出ようとしたら、そいつが気付いてるはずなんで」

「子供を逃がさないように見張ってるんですか」

おゆうの目が険しくなったのを見て、儀助がまあまあ、と手で制した。

「喜んで子供を売る奴は居ねえだろうが、いろいろとあるんだよ。小屋の方じゃ、逃げられたら大損だしな」

おゆうは溜息をついた。華やかそうな世界に暗い影があるのは、古今東西変わらぬ現実だ。

「浅草の方には、そもそも二間半の通りを軽々と飛び越える奴は居やせんでした。あそこの軽業師は、旗竿《はたざお》の上で鞠《まり》を回したり、五合升でお手玉するような連中で」

六蔵が代わって言った。伝三郎は腕組みして首を捻った。

「屋根を自在に飛び回れる奴は、少ねえのか」

「浅草で聞いた話じゃ、十年ほど前には腕のいいのが何人か居たそうですが、その一座はもう潰れちまって、江戸には居ねえようで」

「近頃は、そういう大技の芸よりバラン……いえ、釣合いを取るような芸の細かい手管が受けるんですかね」

おゆうの言葉に六蔵が頷く。

「そうだな。ただ飛んで跳ねて、ってんじゃやっぱり大味なんだろうな」

「いっそ、御庭番崩れなんてことは、ありやせんかね」

源七が冗談めかして言うと、伝三郎が鼻で嗤《わら》った。

「そりゃあ、あるかも知れんが、どうやって捜すんだ。お前、御城の御庭番頭のところへ行って、近頃給金が安いから盗人に商売替えした奴が居ませんか、って聞いてみるか」

「いやいや、冗談じゃねえ」

儀助と六蔵が、馬鹿馬鹿しいやと笑った。

「でもねえ、屋根の上でのあの動き、本当に忍びみたいでしたよ」

「おう、おゆうさんもそう思うかい。いやあ、やっぱりあの走りっぷりは、並みの軽業師なんかじゃねえよな」

源七がもっともらしく頷いて同意を求めたが、他の面々は取り合わなかった。源七は舌打ちして、口を閉じた。

「今興行してる軽業師じゃねえなら、さっきの御庭番の話じゃねえが、小屋の仕事を辞めて姿を消した奴は居ねえのか」

「へい、実は二人ばかり。そいつの居場所は、まだ探ってる最中です」

「よし、じゃあその二人を見つけ出せ。後は、考えられるのは鳶職《とびしょく》だな。そっちは他の奴にも当たらせよう。それから、おゆう」

「はい」

「明日、三崎屋と大村屋にもう一度話を聞く。お前も来てくれ。なぜ関わりのなさそうな二軒の店が狙われたのか、ちっと気になる。お前、話の中から些細な取っ掛かりを摑《つか》むのは得意だろう」

「あ、はい。わかりました。お供します」

ようし、そう来なくっちゃ。おゆう姐さん、本格的な出番のようだ。


騒動から二日目を迎え、三崎屋の様子は普段と全く変わらなくなっていた。店先に出ている手代や丁稚《でっち》も、賊に入られたなど、他所様の話だとでも言うように、いつもと同じ笑みを見せている。客の出入りも変わらない。土蔵が破られたのは確かだが、盗られたのは仏像一つであり、千両箱その他、商売にとって大事なものには何一つ手が付けられなかったのだから、当然と言えば当然だ。唯一、時々通りがかる近所の人たちが、三崎屋を指してこそこそ噂《うわさ》しているのが目に付く程度だった。

奥の座敷に通された伝三郎とおゆうは、三崎屋新兵衛の前でまた頭を下げた。

「不手際をやったうえ、また邪魔して悪いが、賊を捕らえるにはまだいろいろと聞かせてもらわにゃならねえ。辛抱して付き合ってくれ」

三崎屋は、とんでもないとかぶりを振った。

「辛抱などと。仏像を取り戻していただくためです。何なりとお聞き下さい」

「そうかい、済まねえな。じゃあ尋ねるが、あの仏像は本当に紀伊国屋文左衛門が寄進したものなのかい」

「ああ、それは」

三崎屋の顔に、苦笑とも取れる笑みが浮かんだ。

「深川の傾きかけた寺の住職から買ったとき、確かにそういう触れ込みでした。もっとも、証拠になる書付とかがあったわけではなく、寺の記録に紀伊国屋より寄進、と記されているだけです。そこに書かれた紀伊国屋が、あの紀文大尽なのかどうかもわかりません。ですが、後で仏師の方に見てもらったところ、かなり立派なものであるのは間違いなく、紀文大尽の寄進であってもおかしくはない、ということでしたので、もうそういうことにしておこう、と考えました次第で」

「なるほど。こう言っちゃ悪いが、少々眉唾だと思ってたんだ。得心したよ」

伝三郎も腕組みしながら、笑みを見せた。

「金の仏像だってことだが、本物の金なのか」

「さすがに全部が純金というわけではありませんが、金は使われております」

金箔で覆ったのではなく、仏像本体に金が含まれているのなら、やはり高価だろう。しかし二百両という買値が高いのか安いのか、おゆうには判別しかねた。

「何の仏様だったんですか」

「はい、鬼子母神でございます」

鬼子母神か。安産の守り神だったかな。三崎屋が持つのは似合わない感じだ。やはり仏様としてより、お宝としてだけの値打ちで持っていたのだろう。

「それで、これが肝心なんだが、その仏像が蔵にあることと、どんな箱に入っているのかを知っていた者は、何人くらい居るんだ」

「何人居るか、ですか。さて、困りましたな」

三崎屋は眉間に皺を寄せ、首を傾げた。

「問屋仲間やお客様が来られるたびに、箱から出してお見せしていましたので。店の者も合わせますと、五十人は下らないかと」

「五十人か」

伝三郎の目に落胆の色が現れた。直に見た者がそれだけ居れば、話がどこまで広がっていたか、もう突き止めようがない。

「例の下女、およしも知ってたのか」

「およしですか。ええと……はい、そうでした。雇って四日目か五日目に、お客様に仏像をお見せしているところへ、茶を運んで来たことがありました」

それなら、仏像の情報はおよしから賊に、格好のターゲットとして伝えられたのかも知れない。どんな可能性でもあり得る。

それからさらに、およしが誰かと繋ぎを取っている様子には気付かなかったか、犯行の前に店の様子を窺っているような奴は居なかったか、恨まれる相手は居ないか、などについて一通り聞いてみたが、興味を引かれるような答えは返って来なかった。

二人は諦め、さしたる成果もないまま三崎屋を出た。

「いやあ、鬼子母神とは恐れ入ったな」

伊勢町から日本橋通りに入り、南へ歩き始めた頃に伝三郎が言った。

「恐れ入谷の鬼子母神、の洒落ですか」

入谷《いりや》の真源寺《しんげんじ》は、雑司《ぞうし》が谷《や》の法明寺《ほうみょうじ》と並んで、江戸で最も有名な鬼子母神であり、恐れ入谷の、という洒落言葉は現代でもよく知られている。

「え？　ああ、それもあるが、それだけじゃねえよ」

伝三郎はニヤッと笑って首筋を掻いた。

「鬼子母神てのは、安産だけじゃなくて盗難除けの守り神でもあるんだ。なのに守り神自身が盗まれちゃ、洒落にならねえと思ってさ」

ああ、そういうことなのか。それは何とも皮肉な話だ。三崎屋はそんな皮肉には気付いていないようだが。

三拾間堀の大村屋へは、日本橋通りをさらに南へ十町（一・一キロメートル）ほどである。人通りの多い道を、伝三郎に寄り添って歩いた。今日は昨日までに比べると気温も上がり、春めいた陽気だ。御役目でなければ、そぞろ歩きに丁度いい日なんだけど、と思いながら、おゆうはちらりと伝三郎の端正な横顔に目をやった。すれ違う何人かが、美人連れの同心に羨まし気な視線を向けてきた。

京橋《きょうばし》を渡ると、大村屋の看板が左手に見えた。客を送り出していた手代がこちらに気付き、急いで寄って来た。

「これは八丁堀のお役人様、御役目ご苦労様でございます。手前どもへのご用でしょうか」

「おう、この前の一件でな。孝右衛門は居るか」

「はい、主人は奥に居《お》ります。どうぞこちらへ」

二人は手代に案内され、店の脇を通って奥へ入った。座敷に通ると、ほぼ同時に孝右衛門が出て来て畳に手をついた。

「ご苦労様でございます。先日来、大変お世話をおかけしております」

早速にそう挨拶した大村屋孝右衛門は、年の頃が三崎屋と同じくらいで、貫禄のあるでっぷりとした人物だ。三崎屋は年相応に髪に白いものも混じっているが、大村屋の髪は黒々としている。油問屋だから、というわけではなかろうが、顔は脂ぎって精力もありそうだった。勤めていた会社に、こういう感じの営業担当部長が居たのを思い出し、おゆうは可笑《おか》しくなった。

「聞いた話ですが、伊勢町の三崎屋さんにもやはり賊が入ったとか。同じ奴でございますか」

　大村屋には、賊を手引きしたらしいおよねという下女と同一人と思われる女が、三崎屋で同じように雇われていた、という話は伝えてある。大村屋もこれで賊が捕らえられると、期待はしていただろう。

「ああ、同じ奴と見て間違いねえ。待ち伏せを掛けたんだが、すっかり出し抜かれちまった」

　伝三郎は正直に言った。大村屋は残念そうに嘆息した。

「お役人が大勢囲んでいる中に堂々と押し入って、しかも逃げおおせるとは、大変な手練《てだ》れでございますなあ」

「俺もちょっと驚いてる。相手を侮っていたようだ」

「しかしそれほどの手合いが、何で手前どもと三崎屋さんに。三崎屋さんとはこれと言った関わりはございませんが」

「それで幾つか聞きたくてな。ここで盗まれたのは高麗の青磁の壺で、確か値は百両ほどだったな」

「左様でございます。一年ほど前に、瀬戸物町《せとものちょう》の骨董屋で見つけましたもので」

「壺の良し悪しはあまりわからんが、よほどいい品なんだろうな」

「はい。店の奥にあったのですが、見るなりこれは逸品だと感じまして、その場で話を決めました」

百両を衝動買いするとは、大村屋の身代はなかなかのものらしい。

「買ってから、客人や好事家にだいぶ見せたのか」

「はい。こう申してはいささか恥ずかしいのですが、ついつい見せびらかしてしまいまして」

てかてかした大村屋の顔が、少しばかり赤くなった。

「その中に賊が混じっていたのでしょうか。まさかとは思いますが」

「およねはどうだ。その壺を見て知ってたのか」

「はぁ、わざわざ下女に見せたりはしませんが……あ、そうだ。お客人にお見せしているとき、茶を運んで来たことがありましたね。そう言えば、いつもは大事なお客様のお茶は下女頭が持って来るのですが、そのときはなぜかおよねが。雇われたばかりでよくわからないまま、勝手なことをしたと下女頭に叱られておりました。それで覚えております」

伝三郎がおゆうの方に目を向け、おゆうも頷いた。三崎屋のときと全く同じだ。仕事の手順がよくわかっていないふりをして、壺や仏像を確かめに来ていたのだ。

「つまり、およねが壺のことを調べ、それを狙うよう仲間の賊に伝えたわけですね」

大村屋は納得したように何度も頷いた。

「その通りだと思います。ところで大村屋さんの蔵には、他にどんなものが。一人で簡単に持ち出せそうなものは、壺以外にありませんでしたか」

おゆうが尋ねると、大村屋は首を傾げながら答えた。

「千両箱二つと長持がありますが、これは鍵が掛かっています。焼物では、志野も織部もございまして、これは一人で充分持ち出せますが、いずれも盗られた高麗青磁より嵩張《かさば》るものです」

「ではやはり、一番小さくて値の張るものを盗み出したわけですね」

「いかにも左様で。初めから狙いを付けておりましたのですな」

「その高麗の壺ですが、三崎屋さんにお見せになったことはありますか」

「は？　いえ、三崎屋さんは今度のことがあるまで、存じ上げなかったもので」

「ということは、三崎屋さんの鬼子母神の仏像も、ご覧になったことはない？」

「はい、ございません」

これに関して、大村屋の返答は明確だった。

「お前の高麗青磁だが、骨董屋が手に入れる前の、もともとの持ち主はわかるか。どこかの寺だってことは」

「いえ、出元はさるお旗本のところだそうで。何やらお台所の事情で手放されたとか。少なくとも、寺ではございません」

「そうか、旗本屋敷か……」

無役の旗本などが出費を賄えずに骨董を売る、というのはよくある話だ。伝三郎は、もしや大村屋の壺と三崎屋の仏像に繋がりがあるのでは、と思ったのだろう。その思惑は外れたようだ。

「ところで、およねさんとはどんな人だったんでしょう」

おゆうは話を変えてみた。およね・およしの人相書は、双方の番頭や下女たちに聞いて作らせてある。市中の番屋などには、そろそろ出回っている頃だろう。だが、この女にははっきりした特徴がない。人相書に書き込まれた説明を読んでも、中肉中背で色は黒くもなく白過ぎることもなく、目は切れ長でも丸すぎることもなく、といった具合である。

「これじゃあ、江戸の女の半分が当て嵌まっちまうぜ」

源七は匙《さじ》を投げて、そんな風に言っていた。

「そうですな、一言で申しますと、地味な女でしたな」

果たして大村屋の口から出たのも、人相書を裏付けるような言葉だった。

「今から思えば、目立たないように気を付けていたのかも知れません。正直、今日この後に道ですれ違っても、まず気付かないでしょう」

伝三郎とおゆうは、同時に軽く溜息をついた。盗人の手引き役として理想的な女だ。

逆に奉行所からすれば、捜し当てるのは非常に困難である。

「この賊は、まだどこかを襲うつもりなんでしょうか」

大村屋が心配げに聞いてきた。それはこちらも、最も懸念するところだ。

「おそらく、このまま終わりにゃなるめえよ」

伝三郎は、それだけ言って腕組みし、唇を噛んだ。

三

それから、犯行前後の様子について、三崎屋で聞いたのと同様のことを質問してみたが、新たに得られたことは何もなかった。さしたる成果もないまま、伝三郎とおゆうは大村屋を出て、日本橋通りを北へ戻り始めた。捜査が進まないのは残念だが、どうやら今日、伝三郎は家に寄ってくれそうだ。そう思うと、少しは上向いた気分になった。

京橋にかかろうとするところで、伝三郎の目が正面に据えられた。向こうから来る誰かを見ているようだ。おや、と思って視線の先を追った。すると、一人の女が目に留まった。手に小さな道具箱を提げているところを見ると、髪結いだろう。伝三郎が目を据えているということは、知り合いだろうか。

近付いて来て、人相もわかった。年の頃は二十四、五か。実際はアラサーだが江戸では二十二、三と見られているおゆうより、ほんの少し上のようだ。着物は格子柄に黒襟、髪はちょっと鯔背《いなせ》な切前髪。かなりの美人だ。すれ違った何人かの男が、振り返っている。

やがて、女の方も伝三郎の視線に気付いた。顔をこちらに向け、あら、という表情になり、足を速めて京橋を渡り切った。

「まあ、八丁堀の鵜飼様、でしたね。御役目ご苦労様です。今日はこちらの方に何か」

「ああ、ちょっと野暮用だ」

やはり知り合いか。女は切れ長の目に艶っぽい笑みを浮かべた。おゆうの胸が波立った。

そこで女は、今気付いたかのようにおゆうの方を向いた。

「あの、こちらは」

そう言いかけるところへ、伝三郎が口を出した。

「こいつは東馬喰町で十手を預けてる、おゆうだ。おゆう、こっちは佐内町《さないちょう》の髪結いで、お多津《たつ》だ」

「おゆうです、初めまして」

簡単に挨拶すると、お多津は大袈裟とも見える愛想笑いを浮かべた。

「まあ、女親分さんですか。お見逸《みそ》れしました。お多津です。鵜飼様にはお世話になっております。どうかお見知りおきを」

伝三郎がこんな美人と付き合いがあるなんて、今の今まで知らなかった。おゆうは横目で伝三郎を睨んだ。伝三郎は気付かない。

「あの、もしかして大村屋さんに行かれたんですか」

お多津は目で大村屋の看板を示した。出てくるところを、ちらと見ていたのか。

「ああ、そうだが」

「まあ、偶然ですね。私も今から、大村屋さんのお内儀の髪結いに伺うところですよ」

「ほう。お前、大村屋に出入りしてたのか」

「はい、ご贔屓《ひいき》に与《あずか》っております。あの、鵜飼様、この前大村屋さんに盗人が入ったそうですね。そのお調べで」

「ああ、まあ、そうだ」

「あの、噂で聞いたんですけど……一昨日、三崎屋さんに入った盗人は、同じ奴なんじゃないかって。そうなんですか」

「何ですって」

思わず声に出してしまった。いずれは町中が知るだろうが、あちこち出入りして噂を集めるのが早い髪結いでも、一昨日の話をもうそこまで知っているとは。これは油断ならない。

「おい、ここじゃ何だ。そっちへ寄ろう」

往来の真ん中でこんな話はできない。伝三郎はお多津とおゆうを、橋の袂《たもと》の柳の陰に寄らせた。

「もうそんな話が流れてるのか」

伝三郎が渋い顔で聞く。

「ええ、小耳に挟んだだけですけど。じゃあ、やっぱり本当なんですね」

「どうせそのうち流れる話だ。隠してもしょうがねえ。ああ、その通りだ。お前、三崎屋にも出入りしてるのか」

「いいえ。でも堀留町にお客様が居られますから、お店の前はよく通りますよ。三崎屋の旦那さんも、何度かお見かけしてます」

「そうか。大村屋で盗まれたのは高麗青磁の壺だが、お前、知ってるか」

「ええ、そんな壺が盗られたってお内儀から聞きました。私は見せていただいたことはありませんけど。三崎屋さんじゃ、何が盗られたんです」

伝三郎はちょっとためらったが、これもすぐに知られると思ったらしく、隠さず話した。

「鬼子母神の仏像だ。このくらいの小せえもんだがな」

手で大きさを示してやると、お多津は感心したようにその手を見つめた。

「それなら、持って逃げるのも簡単ですね。それを狙ってたんでしょうか」

「さあ、そうかも知れねえな」

伝三郎も、さすがにそれ以上詳しい話をする気はないようだ。

「大村屋さんは残念でしょうねえ。大層気に入っておられた壺だと伺いましたのに」

おゆうは、少し苛立ってきた。お多津もこれだけ噂を仕入れているのに、三崎屋の一件が伝三郎の失態になっていることは知らないのだろうか。

「あの、お多津さん。この一件は、まだお話しできないことが多くて」

そう言ってやるとお多津は、まあ私としたことが失礼しました、と申し訳なさそうに頭を下げた。

「おゆう親分さんがいらっしゃるのに、変に首を突っ込んでしまいまして。済みません」

そう言いながら、お多津はおゆうの機嫌を窺うように上目でこちらを見た。何だか嫌味っぽく聞こえたのは、気のせいだろうか。

「なあに、気にしなくていいやな。お前もこれから仕事なんだろ」

伝三郎は安心させるような笑みを浮かべ、軽く手を振った。

「そうでした。お内儀をお待たせしてしまいますね」

お多津はもう一度二人に頭を下げて、大村屋の方へ歩き出しかけた。その足が、ふと止まった。大村屋の店先に駕籠《かご》が着き、降りる客を大村屋自身が出迎えていた。

「上客のようですね」

その様子におゆうが呟くと、お多津も頷いた。

「ちょっと似てらしたんで、三崎屋さんが盗みの一件の話で来られたのかと思いましたわ」

「え？」

おゆうは怪訝な顔でお多津を見た。

「三崎屋さんと大村屋さんは、互いに知らないはずですけど」

今度はお多津が怪訝な顔をした。

「そんなことはありませんよ。今年の松の内が明ける頃、深川の知り合いの芸者さんを訪ねたとき、富久町《とみひさちょう》の料理屋からお二人で出て来られるのを見ましたもの。浜善《はまぜん》って店です」

「大村屋と三崎屋が深川の料理屋で？　確かか」

急に真顔になった伝三郎が、お多津に迫った。お多津はその反応に少なからず驚いたようだが、すぐに「間違いありません」と自信をもって答えた。

「偶然会ったとかいう様子ではなかったんですね」

おゆうは念を押してみた。やはり答えは明快だった。

「お二人は、何事か話しながら出て来られてました。表に駕籠が二丁、待ってましたし。どう見てもご一緒に会合なさった感じでしたよ」

おゆうと伝三郎は、思わず顔を見合わせた。それを見たお多津は、ますます不審げな目でこちらを見ていたが、やがて言った。

「あのう、大村屋さんと三崎屋さんの関わりを確かめたいということでしたら、噂を集めてみますが」

これを聞いた伝三郎は、即座に「そうか、そいつは助かる」と喜んで言った。そして、承知しましたと一礼するお多津に「頼むぜ」と手を振り、おゆうを促すと京橋を渡り始めた。おゆうは慌ててお多津に目礼し、すぐ後を追った。


京橋を渡りながら伝三郎の脇腹をつついた。

「ずいぶん綺麗な人じゃないですか。前からのお知り合いですか」

「うん？　ああ、半年ほど前かな。あいつの住んでる佐内町の辺りで刃傷沙汰があってな。いやなに、女の取り合いで男二人が喧嘩《けんか》して、匕首《あいくち》を持ち出す騒ぎになってよ。そのとき、あいつにいろいろと事情を教えてもらったんだ。髪結いは、仕事柄いろんな噂を耳にしてるからな」

刃傷沙汰の話は聞いた覚えがあるが、お多津のことは聞き初めだ。ふと気付くと、伝三郎はこちらと目を合わせていない。どうやら、おゆうの口調から何か感じ取ったようだ。

「おう、俺はこれから奉行所へ戻る。後で寄るから」

伝三郎は京橋北詰の角を指差して言った。そこを左へ折れると鍛冶橋《かじばし》へ続く通りで、鍛冶橋御門からさらに左へ進んだところが、南町奉行所だ。

「あ、はい。わかりました、お待ちしてます」

お多津のことにあまりこだわって、悋気《りんき》を起こしていると思われるのも癪《しゃく》だ。おゆうはにっこり微笑み、伝三郎は軽く手を振って角を曲がって行った。

さてと、伝三郎が来るのは、奉行所が引けてからなら日暮れ近くになるだろう。帰り道で上等の酒でも買って、煮売り屋で何か見繕うか。東京の家の冷蔵庫に、佃煮とかもあったな。あれも持って来ておこう。そんな段取りを考えながら、日本橋通りを北へと歩いた。


炬燵に入って、布団に顎を乗せた。肩にはどてらを羽織っている。いささか年寄り臭いな、と自分でも思ったが、昼は昨日より春めいていたとは言え、日が陰るとまだまだ冷え込む。

台所には、煮売り屋で買った煮付けや田楽、東京から持ち込んだ佃煮や昆布、日本橋通りの酒屋で調達した酒が用意できている。正直、東京のデパ地下の方が美味な酒を用意できるのだが、純米大吟醸とか醸造アルコールを添加したものとか、この時代のものとはだいぶ異なるので、よほど注意しないと持ち込めない。

惣菜の味付けもかなり違っていて、できるだけこの時代の味に近そうなものを選んでいるのだが、伝三郎はあまり気にせず、ただ旨いものは旨いと食べてくれるので助かる。

手間の掛かり方と暖房効果はエアコンと比べようもないが、湯の入った鉄瓶が置かれた火鉢のおかげで、部屋もほんのり暖まって来た。こんな何気ない、スローな江戸の風情もいいものだ、と、この頃思い始めている。ただし、そんな気分がいつでも文明の利器を使えるという安心感の上に成り立っている、というのは認めざるを得ない。ずるい話だよね、と時々自戒したりする。

七ツの鐘が鳴った。伝三郎は、あと半刻余りで来るだろう。待っている間、おゆうは改めて事件のことを反芻《はんすう》してみた。どうも妙な事件だった。

三崎屋は海産物問屋で大村屋は油問屋だ。商売の繋がりは、ほとんどあるまい。三崎屋の店は伊勢町で、現代に移せば三越《みつこし》前。大村屋は三拾間堀、現代の銀座一丁目だ。およそ十五町余り、直線距離で一キロ半ほど離れている。現代の感覚なら近所だが、江戸では近いとは言い難い。江戸に数多《あまた》ある店の中で、なぜ業種も場所も違うこの二軒を賊は選んだのか。

（やっぱりお多津さんが見たって言うように、三崎屋と大村屋は知り合いなのかな）

だとすると、どういう関係だろう。商売上でなければ、趣味の付き合いか。小唄、俳諧、骨董《こっとう》自慢など、この時代の大店の主人は風流事に通じた者が多く、それがステイタスを上げ、信用にも寄与する。現に三崎屋も大村屋も、骨董品を見せびらかしていたではないか。だが、そういう付き合いなら互いに「知らない」などと隠す必要はない。

趣味でなければ、同郷とかも考えられるが、それも隠すようなことではない。吉原《よしわら》で女を張り合ったとか。これは隠すより、寧《むし》ろ自慢することだろう。いずれにせよ、可能性の選択肢が多過ぎる。やはり、二人の身辺をもっと洗った方が良さそうだ。

それに、盗られたもののこともある。侵入された二軒の蔵には、お宝が山積みだった。その中から、最も小さい部類のものを一点だけ、選んだように持ち去った。大きさの割に高価な品だが、ルパンが狙う国宝級の宝石のような、比類のない値打ちもの、というほどではない。屋根を走り回って逃げるため、持ちやすいものを選択したのだ、と一時は納得したが、捕り方が待ち伏せしていた三崎屋はともかく、大村屋のときはもっといろいろ運び出す余裕があったはずだ。

（しかも賊は、下女を潜入させることまでしている。なのに戦利品があれだけ、というのは、コスパ悪過ぎるでしょ）

そこまでの手間暇をかけて、しかも壺と仏像がもともとの狙いだった、ということはあるだろうか。だとすれば、その品物には見かけよりずっと価値があったのではないか。

（もしかして、中に何か隠されてるとか。滅んだ戦国大名の埋蔵金の在り処《あか》、なんてね）

さすがに馬鹿げているか。いずれにせよ、隠れた価値があるなら、三崎屋も大村屋もそれに気付いていないのだろう。気付いていれば、大勢の客に見せびらかしたりするまい。

（待てよ。犯人にとって、個人的な意味のある品だったという線もあるかな）

それならば、価値は犯人にしかわからないのだから、何か他の手掛かりがないとおゆうたちには知りようがない。

ここらが限界か。おゆうは炬燵に肘をついて、頭を抱えた。どうもこの一件、かなり面倒なことになりそうな気がする。そんな予感がした。

おゆうの予想通り、日暮れ近くなって行灯に灯を入れた頃、伝三郎がやって来た。

おゆうは、お疲れ様ですと三つ指をついてから、座敷に上がる伝三郎の大小を受け取り、刀掛けに置いた。伝三郎は炬燵に目を細め、早速潜り込んだ。外はだいぶ冷えてきたようだ。

「寒かったでしょう。今、熱燗お出ししますね」

箱膳に用意してあった小皿料理を並べて伝三郎の脇に置き、頃合いを見て鉄瓶の湯に差してあったちろりを取り上げ、盃にほどよく温まった酒を注いだ。江戸の炬燵には天板がないので、炬燵の上に徳利を並べることができないのが不便だが、火鉢からそのまま熱燗を、というのもいい風情ではある。

おう、済まねえなと言いながら伝三郎は受けた盃を干し、おゆうに差し出した。両手で受け取り、伝三郎に注いでもらう。炬燵で二人、差しつ差されつだ。

「ねえ鵜飼様、お待ちしている間にいろいろ考えたんですけど……」

おゆうはさっき頭で検討したことを、伝三郎に全部話した。伝三郎は盃を傾けつつ、きちんと聞いてくれた。

「なるほど。盗られたものが、賊にとって特別の値打ちがあったかも知れねえ、ってのは、あり得る話だな」

一通り聞き終えた伝三郎は、腕組みして頷いた。こうして真面目に賛同してもらえると、信頼が伝わって来るようで嬉《うれ》しい。

「三崎屋と大村屋の関わりだが、確かに気になる。取り敢えずは、お多津がネタを拾って来るのを待つとしよう」

「あら、お多津さんの調べを当てにするんですか」

ちょっと不満げに聞こえたのか、伝三郎は急いで注釈を入れた。

「あいつは大店の女房連中のところへ入り込んでるからな。髪結いが聞き込んで来る噂は、馬鹿にできねえんだ」

「それはわかりますけど。まあ、あの人、頭も良さそうに見えましたし」

「だから女房連中だけじゃねえ。男どもはみんな鼻の下を伸ばすから、ついついあいつには喋《しゃべ》らなくていいことまで喋っちまうんだ」

「へえ、男はみんな、お多津さんに鼻の下を伸ばすんですか」

「いや、それはだな……」

伝三郎が口籠った。空気が変わったのを感じ取り、地雷原に踏み込みつつあるのに気付いたようだ。

「まあ、そういう奴が多い、ってだけのことだ」

伝三郎は歯切れ悪く言って、立て続けに盃を三杯呷《あお》った。やたら不器用に振る舞う伝三郎を見て、おゆうは可笑しくなった。でもこんな時に限って、源七親分が来たりするんだよな。

そう思った刹那《せつな》、表戸が叩かれた。

「旦那、居られやすかい。あっしです。源七です」

おやおや、本当に来るなんて。

「昨日から、言われた通り軽業を辞めた二人を捜してたんですがね」

源七は上がり框に腰を据えると、おゆうが湯呑《ゆの》みに入れて差し出した酒を一息、ぐいっと飲《や》ってから報告を始めた。

「まず一人は、去年の秋に故郷《くに》へ帰ったのがわかりやした。常陸《ひたち》の方だそうで」

「本当に帰ったのか。帰ると言っておいて、どこかに潜ったとかねえのか」

伝三郎は念を押したが、源七も抜かりはないようだ。

「へい、こいつにゃ女が居やしてね。別れて故郷へ帰るってんで、千住《せんじゅ》まで見送って泣きの涙だったそうで。女に確かめやしたんで、千住から北へ向かったのは間違いねえです」

舞い戻った可能性もあるが、そこまで追及してはキリがあるまい。

「そうか。もう一人は江戸に居るんだな」

「へい、下谷《したや》です。長屋へ行ってみたんですがね、こいつは軽業を辞めてから屋根の修繕とかをやってたんですが、暮れに正月の用意で雨漏りを直すのを請け負って、どうしたことか屋根から落っこっちまって、足を怪我したんですよ。弘法も筆の何とかって奴ですかねえ」

「じゃあ、屋根を飛び回るのは無理か」

「歩くのは不自由なさそうですが、飛んだり跳ねたりは駄目ですね。情けねえ顔で、次の仕事を見つけるのが大変だって嘆いてやしたよ。今は酒屋の手伝いで食ってます」

「ふうん。仕方ねえな」

　多少は当てにしていたのか、伝三郎はがっかりしたようだ。が、源七の顔を見ると、まだ続きがありそうだった。

「ですがね、六蔵が言ってた、十何年か前に潰れた浅草奥山の軽業一座。あそこで下働きをやってた婆さんを見つけやした。駒形町《こまがたちょう》の長屋に居ます」

「ほう、そいつはいいな」

　伝三郎の目が輝いた。

「で、話を聞いたのか」

「いや、それがまだでして。どうもうるさそうな婆さんらしくて、あっしはああいう手合いが苦手で」

　源七は済まなそうに頭を掻いた。そう言えば、源七は中高年の女性の相手が下手だ。妙に居丈高になったり、わざとらしくおだてたりするものだから、先方の気分を害することが多い。去年の御落胤事件でも、重要証人を一人怒らせている。女房のお栄《えい》を口説き落としたのだから、女性全般が苦手なわけではないのに、この辺が面白いところだ。

「そこで済まねえがおゆうさん、頼まれてくれねえか」

「え？　私に」

驚いて伝三郎の顔を見た。伝三郎は、しょうがねえなと苦笑した。

「おゆう、行ってやってくれるか」

「はいはい、鵜飼様のお指図なら喜んで」

ちらりと源七の顔を見ると、源七は手を挙げ、拝む仕草をした。

浅草寺雷門《せんそうじかみなりもん》に近い駒形町は、泥鰌《どじょう》鍋の「駒形どぜう」で現代でも有名である。源七から聞いた長屋は、その泥鰌鍋の飯屋から通りを隔て、裏路地に入った奥にあった。どうもうらぶれた長屋だった。木戸の柱は腐りかけているし、長屋の板壁はところどころ穴が開いている。しかも何となく埃《ほこり》っぽい。おゆうが入って行くと、井戸端に居た中年のおかみさんが、胡散《うさん》臭げな視線を向けてきた。

「何だい。見かけない顔だね。何か用かい」

無愛想に言ったが、帯に差した十手に気付くと、目を丸くした。

「へえ、たまげたね。あんた、女親分さんかい。噂で聞いたことあるよ」

胡散臭げな視線が、好奇の視線に変わった。

「で、誰に用なんだい」

「お勝《かつ》さんて人なんですけど。ちょっと聞きたいことがあって」

「お勝さんなら、あそこだよ」

おかみさんは奥から二番目の家を指差し、媚《こ》びるような笑みを向けてきた。

「でさ、あの婆さん、何を仕出かしたんだい。聞きたいことあるんなら、あたしが話すよ」

駄賃でも当てにしているようだ。その言葉で、お勝のこの長屋での評判は想像がつく。おゆうは取り合わず、まっすぐお勝の家に向かった。

「ご免下さい。お勝さん、居ますか」

茶色く変色した障子紙の向こうで、もぞもぞ人が動く気配がした。返事はない。

「開けますよ」

おゆうは一応断って、建て付けの悪い戸をがらりと開けた。汚い四畳半で、六十くらいかと思う婆さんが、火鉢を抱え込むように蹲《うずくま》っていた。見かけは現代の八十代後半のようだ。日がな一日、こんな格好で過ごしているのだろうか。

「何だい、あんた。見ての通り、金ならないよ」

「掛け取りじゃありません。御上の御用です」

おゆうが十手を見せると、生気のなかったお勝の目が見開かれた。

「女だてらに岡っ引きかい。あたしゃ、何もやってないよ」

「わかってます。昔のことを聞きたいんです。だいぶ前、浅草奥山の軽業一座に居たそうですね」

「はあ？　そんなこと聞いてどうすんだい。もうあの一座が潰れて十四年だよ」

年数を正確に言ったところをみると、記憶力は確かなようだ。これは有難い。

「その一座に居た人たちが今どうしてるか、知りたいんです」

おゆうはおもむろに懐から包みを出して広げた。包まれていたのは、饅頭が五個だった。

「まあ、これでもどうぞ」

お勝の目が光り、電光石火で伸びた手が饅頭《まんじゅう》を摑《つか》んだ。そのまま口へ持って行ってかぶりつく。

「ああ、旨い」

思わず声が漏れたようだ。旨いのも当然、日本橋本町の幕府御用達、桔梗屋《ききょうや》河内《かわち》の饅頭だ。手土産には高価過ぎるが、おゆうは自分が食べたかったのでついでに買って来たのである。その値打ちは充分あったようで、お勝の機嫌が目に見えて良くなった。

「一座が潰れたとき、軽業芸人は何人居たんですか」

「男が四人。潰れたときは、それぞれ年が三十と二十五と二十一だったかね。もう一人は十歳の子供《ガキ》だ。女も二人居た。十九と十一だったよ」

「その人たち、どうなったかご存知でしょうか」

「ああ。二十一の男は、十九の女と一緒になった。今は木場人足をやってるよ」

なるほど、丸太の上に乗る仕事なら、軽業師の経験を活かせるだろう。悪くない転職先だ。

「二十五の男は、上方へ行ってみるとか言って、旅姿で行っちまった。今はどこでどうしてるか、知らないねえ」

「そうですか。三十だった人は」

おゆうが次を尋ねると、お勝は急に声を潜めた。

「大きな声では言えないんだけどね、年が行ってたから他の一座のお呼びがかからなくてさ。結局仕事も見つからず、盗人になっちまったんだよ」

「盗人ですって？」

おゆうはぎょっとした。そいつが例の賊なのか。

「ああ。軽業を使って忍び込むんだ。けど、長続きしやしないよ。七年前にお縄になって、八丈島《はちじょうじま》へ送られちまった。もう死んでるかも知れないねえ」

遠島になっていたか。肩透かしを食ったような気がした。が、考えてみれば、一座が潰れたとき三十なら、今は四十四だ。あんなに速く屋根を走り回れるとは思えない。行方不明の二十五の男も、今は三十九だ。あの賊は、もっと若い奴だという気がする。十歳の子供だったという男なら、丁度合いそうだが。

「子供の方はね、他の一座に入れたんだけどね」

おゆうが聞くより先に、お勝が言った。

「でも、辞めちまったんだよ。行った先の一座で何かあったのかもね。で、屋根屋になったんだけど、去年の暮れに足を怪我してさ。屋根屋はもうできないようだね。下谷の方に住んでるはずだ」

それは、源七が調べた男に違いない。

「それから、十一だった娘も他の一座に入ったよ。でもこっちは、三年ほどで逃げ出しちまった。座長に手籠めにされかけたって噂だよ」

それは酷い。だが、この時代では結構ある話かも知れない。

「あの、お勝さんも軽業をやっていたんですか」

試しに聞いてみると、お勝は頷いた。

「ああ、昔ね。子供のときからだ」

「お勝さんなら、若い頃は花形だったんでしょうね」

そう言ってみると、お勝の頬が緩んだ。

「まあ、ね。私にもいい時代があった、ってことさ」

お勝は遠くを見るような目になった。今の姿からは想像し難いが、若いときは美人だったのかも知れない。

「それでまあ、芸を辞めてからも世話人みたいなことをやってたんだけどね」

「それにしても、一座が潰れてだいぶ経つのに、ずいぶんお詳しいですね」

「何せ、暇だからね」

お勝は苦笑気味に言った。他にすることもないし、と言いたいのだろう。その様子を見て、おゆうは思った。お勝が一座を離れなかったのは、一座がお勝にとっては人生そのものだったからではないか。そこから離れることができず、今も浅草の近くに暮らし、昔の仲間の動向を気にかけているのだ。一座が潰れたとき、お勝はどんな気持ちだったろう。

何だか気の毒になったおゆうは、そこで話を終え、丁寧に礼を述べた。もういいのかい、とお勝は残念そうに言った。昔話をできる相手も、もういないのかも知れない。

長屋の井戸端には、いつの間にかおかみさんの数が増えていた。野次馬根性か、とおゆうは肩を竦《すく》め、遠慮なく向けられる視線を無視して、長屋を後にした。

（結局、空振りか）

一時は手掛かりか、と思ったが、期待通りにはいかなかった。やはり、三崎屋と大村屋の身辺を当たるしかないようだ。おゆうは深川へ行ってみるつもりで、両国橋へと向かった。

両国広小路まで来て、ふと思い立ち、馬喰町の番屋へ足を向けた。源七か伝三郎が居たら、お勝の話を早めに報告しておいた方がいいだろう。

番屋の戸を開けると、意外な人物がそこに座っていた。

「あらまあ、おゆうさん、でしたね。先日はどうも」

にっこりして、ぺこりと頭を下げたのは、お多津だった。

「あ、お多津さん。どうしてここに」

驚いて尋ねた。もしや、伝三郎目当てに待っているんだろうか。

「はい、鵜飼様から三崎屋さんと大村屋さんに関わる噂を拾うよう言われてましたから、ちょっとお知らせを、と思いまして」

「何か摑んだんですか」

「摑んだと言いますか、あくまで噂の断片ですけど。仕事の合間に少し暇ができましたので、鵜飼様はこちらによくおいでと聞きましたから、お待ちしてみましたの」

「鵜飼様が来るのは、大抵は昼過ぎから八ツ過ぎですよ。今はまだ他所《よそ》でしょう」

定廻り同心である以上、捜査中でも巡回は欠かせない。ある程度決まったルートはあるので、時間毎にだいたいどの辺に居るか見当はつくが、そこまで教えることもあるまい。

「良かったら、私が伺って鵜飼様にお伝えしますけど」

「そうですね。いつまでもお待ちはできませんし」

お多津は逡巡《しゅんじゅん》したものの、話すことにしたようだ。おゆうはお多津の隣に腰を下ろした。

「実は三崎屋さんと大村屋さん、浜善で他の方にもたまに会っているようなんです」

「他の方、と言いますと」

「はい、呉服問屋の美濃屋《みのや》さんです」

呉服問屋か。美濃屋の店は確か神田須田町《かんだすだちょう》で、まずまずの大店である。しかし、海産物問屋や油問屋とは、これまた縁が薄い。とは言っても、それだけで異常というわけではない。

「でも、大店同士です。何かお付き合いがあっても不都合ではありませんね。美濃屋さんにご不審でも？」

「おっしゃる通りです。でも、何かおかしいんです」

お多津が膝の上で握った手に、力がこもった。

「前に言った、知り合いの深川の芸者さんに聞いたんです。三崎屋さんと美濃屋さんが、浜善の裏手の路地から出てくるのをちらと見たって。でも、そっちは御勝手で、御客用の出入り口はないはずだって言うんです」

「表じゃなく、御勝手からこっそり出たんですか」

「たぶん。それだけじゃないんです。その芸者さんに頼んで、浜善の板長さんのおかみさんのところへ髪結いの紹介をしてもらって行ったんですけど、髪結いの途中でその話を出すと、たまたま休みで家に居た板長さんが、真っ向から否定したんです。そんな人たちは来てねえし、余計な話をするなって、怒りだしちゃって」

お多津はどうですと言わんばかりの顔で、おゆうを見た。

「ね、おかしいでしょう」

「確かに、これは何かありそうですね」

三崎屋と大村屋。それに美濃屋。もしかしたら、浜善も。この四者は、いったいどういう関係なのだろうか。おゆうには、まるで見当がつかなかった。

第二章　呉服橋の魍魎

四

「姐さん、姐さん、こっちです」

木の陰の暗がりから、源七の下っ引き、千太《せんた》の声がした。提灯を持っておゆうを先導していた同じ下っ引きの藤吉《とうきち》が、おゆうの方を向いて頷く。おゆうも頷き、二人は小走りに木の傍に寄った。

「あの中なの」

おゆうは向かいの武家屋敷を顎で示した。無役だが二千石の大身旗本、伊藤伊賀守《いとういがのかみ》の屋敷だ。

「へい。ここの中間部屋で、五日おきに賭場が開かれてるってことで」

「そいつが入ってから、どのくらい経つ」

「半刻ちょっと、ってとこですかね。ツキが回ってなきゃ、もう出てくる頃合いでしょう。丁度良かったですよ」

「よし、ここで待つとしましょう」

賭場が開かれるのは、ここのような武家屋敷の中間部屋や、寺などが多い。いずれも町方役人の管轄外だからだ。おゆうは目の前の旗本屋敷を睨み、二人の下っ引きと並んで木の陰にうずくまった。夜もだいぶ更け、すっかり冷えているが、張り込みに備えてヒートテックのアンダーウェアに、使い捨てカイロを三つも身に着けて来たので、寒さはある程度しのげる。

目当ての男が出て来たのは、十五分ばかり過ぎたときだった。月明かりでは顔までは見えないが、背を丸めて歩く様子は不機嫌そうで、やはり今夜はツイていなかったようだ。おゆうは二人に目配せし、男の提灯を目印に後を尾《つ》けていった。

武家屋敷を過ぎて町人地に入り、五町余り歩いたところで、おゆうは千太と藤吉の肩を叩いた。二人はすぐに了解し、さっと駆け出すと男の行く手を塞いだ。

「な、何だお前は」

怯《おび》えたような声を上げた男に、千太が十手を突きつけた。

「ちょいとその先の番屋まで、付き合ってもらうぜ」

「ちょっと待て。俺が何したって……」

文句を言う男の首筋に、おゆうは後ろから十手を当てた。

「つべこべ言うんじゃない。伊賀守様のお屋敷の賭場から、ずっと尾けてたんだ。あんた、浜善の番頭の勘兵衛《かんべえ》だろ」

提灯の明かりで、男がぎくりとするのがわかった。

次の角を曲がった先にある番屋の戸を開けると、居眠りしていた白髪の木戸番が飛び起き、驚いた顔でこちらを見た。

「東馬喰町のおゆうです。悪いけど、御用の筋でちょっとこの場を借りますね」

木戸番は慌てて頷き、そそくさと奥に引っ込んだ。おゆうは勘兵衛を上がり框に座らせ、自分はその向かいの腰掛に陣取った。勘兵衛の両脇を、千太と藤吉が固めた。

「いったいこりゃあ、どういうことです、女親分さん」

勘兵衛は当惑した様子で、おゆうたち三人に順に目をやった。

「そりゃあ確かに、賭場に出入りするのは褒められた話じゃありませんが、いきなり番屋へしょっ引かれるとは。誰だって、息抜きの手慰みぐらいは……」

「誰だって、と言うけど、浜善みたいなそこそこ名の知れた料理屋の番頭が、やることじゃないでしょう」

そう言ってやると、勘兵衛は落ち着かなげに身じろぎした。浜善は富岡八幡宮《とみおかはちまんぐう》の周辺に集まる高級料理屋の中でも、ランクは上の方だ。主人の善吾郎《ぜんごろう》は四十過ぎ、商売熱心で手堅い人物との評で、信用がある。その主人の補佐をする番頭が賭場通い、というのが世間に知れるのは、決して望ましくなかろう。

おゆうはお多津から聞いた浜善の話を伝三郎に伝え、源七にも相談して浜善を見張ることにした。大村屋と三崎屋、あるいは美濃屋がまた会合するところを確認するか、浜善の誰かから証言を得られないかと考えたのだ。浜善の従業員は皆、口が堅かったが、番頭の勘兵衛が賭場に出入りしているのでは、との噂は摑めた。そこで、網を張ったのである。

「そ、そうはおっしゃいますが、博打に入れ込んで借財を作ったわけでもなし、少ない額を繰り返し賭けて楽しんでいるだけですよ。そんなにまで悪いことでしょうか」

「それがあんた自身の金ならね」

その一言で、勘兵衛の顔色が変わった。

「お、親分さんはいったい何を……」

「浜善の旦那に知れたら、あんたは終わりだね。成り行きによっちゃ、小伝馬町《こでんまちよう》送りだよ」

少額とは言え、店の金を持ち出して賭博に使い、ばれないように穴埋めし、回転させていたとなれば横領で、盗みと同じ罪状である。公になれば、ただでは済まない。

勘兵衛は、震え始めた。

「けどねえ勘兵衛さん、あんたが知っていることを教えてくれたら、私たちもことを荒立てるつもりはないんだけど」

魚心あれば水心。おゆうは口元に笑みを浮かべ、勘兵衛をじっと見た。勘兵衛がごくりと唾をのむ気配がした。

「その……私が知っていることと言うと」

縋《すが》るような目付きになった勘兵衛が、おずおずと言った。よし、これで何でも聞き出せる。

「浜善には、普通の客が入る部屋以外に、奥に隠し部屋のようなものがあるそうじゃない」

勘兵衛はぎょっとして目を見開いた。なるほど、やはりお多津の得た情報は正しいようだ。

「その部屋について、教えて頂戴」

「それは……」

勘兵衛は目を白黒させ、言いかけては口を閉じるという動きを二度、繰り返した。善吾郎から固く口止めされていると見える。が、我が身大事の思いが勝った。三度目の正直で、勘兵衛は話し始めた。

「店の一番奥です。客の出入りする廊下とは繋がっておらず、他の客はそこに部屋があることも気付きません。そこへの出入りは、勝手口の脇にある扉からするんです」

「どんな人が使ってるの」

「この部屋があることを知っているのは、ごく限られた客だけです。内密の会合を持ちたいお偉方とか、大店の方々です」

「もしかして、賄賂の受け渡しとか、不義密通とかにも？」

「いえ、賄賂云々は私にもわかりませんが、女を連れ込んで何かを、ということはありません。旦那様がそれは厳にお断りしているので、あの部屋には芸者さえ呼ばないんです。表立ってできない難しい話の場、というような使い方です」

なるほど。かつて政治家が贔屓にしていた赤坂《あかさか》の料亭などは、廊下と部屋の配置が工夫され、別々の客同士が鉢合わせしないよう配慮されていたと聞く。それをさらに厳重にしたような機能なのだろう。

「その限られた客たちの名前を教えて」

「えっ、そればかりはご容赦を。だいたい、私が名を知っている方は多くは居ません。全部をご存知なのは、旦那様だけです」

さすがに勘兵衛の口にも、限度があるようだ。無理押しはやめておく。

「じゃあ、私が名前を言うから、当て嵌まるかどうか答えて」

勘兵衛は仕方なさそうに頷いた。おゆうは、大村屋、三崎屋、美濃屋と順に名を挙げていった。勘兵衛は、その三人とも隠し部屋に入ったことがあると認めた。

「三人が一堂に会したことはあるの」

「さて、それは……私は覚えがありませんが」

勘兵衛は首を傾げた。どうやら、隠しているわけではないらしい。

「ただ、隠し部屋の客は旦那様が直々に案内しますから、私が知らないだけかも知れません。そのお三方とは、旦那様自身がお話に入ることが多いようですし」

「善吾郎さん自身が会合に？」

これは考えていなかった。しかし、内密の会合場所を提供する主人が、その会合のメンバーであることは何ら不思議ではない。

「善吾郎さんは、この三人以外の客とも隠し部屋で話すことはあるの」

「さあ、私の知る限りではそのお三方ぐらいかと」

ふむ、これは何かありそうだ。

（大村屋、三崎屋、美濃屋、浜善の四人だけのサークルなのかも知れないな）

だが、それが何のためのサークルなのか、全然わからない。この四人の共通点は、年恰好が似ているということぐらいだ。勘兵衛をさらに問い詰めてみたが、四人の関わりについてはそれ以上知らないようだ。

知りたいことは、もうこれ以上引き出せない、と悟ったおゆうは、勘兵衛を解放してやった。勘兵衛は不安げにおゆうの顔色を窺いながら、ネズミのようにこそこそと番屋から去った。

「もっと脅しあげて、知ってる名前を全部吐かせりゃ良かったんじゃねえですかい」

千太が残念そうに言ったが、おゆうは賛同しなかった。

「よっぽど固く口止めされてるのよ。あまり追い詰め過ぎてもまずい。あいつは、まだ役に立つかも知れない」

千太は、それもそうかと納得したらしく、頭を掻いた。その脇から藤吉が、何やら感心した風に言った。

「しかし姐さん、さすがですねえ。勘兵衛の奴が店の金を博打に使ってるってネタを、どこから仕込んだんです」

おゆうは、失笑を漏らした。

「そんなの、ハッタリに決まってるじゃない。あっさり引っ掛かってくれて助かった」

藤吉は唖然《あぜん》として、しばし棒立ちになった。


「大村屋と三崎屋と美濃屋に、浜善も加わってたか」

翌朝、出仕の途中でおゆうから報告を受けた伝三郎は、腕組みして考え込んだ。

「油屋、海産物屋、呉服屋に料理屋。何なんだ、こりゃあ」

「商売の本筋とは関わりの薄い集まりのように思えますけど」

「らしいな。そうすると、例の賊がこの集まりに絡んでるって線が、やっぱり濃いな」

おっしゃる通りですね、とおゆうは伝三郎と並んで歩きながら頷く。

「美濃屋には、新しく雇われた下女はいねえんだったな」

それは既に確かめてあった。浜善の方も、下女は一年以上前から雇っている者ばかりだ。

「同じ手口で三度目もやるでしょうか」

「さすがにそれはあるめえ。同じことをやったら、今度は下女を逃がしたりはしねえからな。向こうも当然、そう考えてるだろう」

「それじゃ、美濃屋と浜善を張りますか」

「ああ。当面、そうするしかねえな。奉行所に着いたら、すぐ手配りしよう」

軽業師の線がうまくいかなかったので、今確実にできるのは、賊が次の犯行に及ぶのを待って、その場で捕らえることだ。三崎屋のときはそれで失敗したが、捕らえられなくても、何らかの手掛かりを残す可能性はある。伝三郎もさんざん尻を叩かれているようだから、そろそろ結果を出さなくてはならないだろう。

「じゃあ、段取りが決まりましたらお指図願います」

伝三郎のためにできることは何でもやるつもりで、おゆうは力強く言った。伝三郎も、頼むぜ、と頷きを返した。

「お多津にも、美濃屋と浜善の噂をできるだけ集めてくれと言ってある。見込みのある話が拾えるかどうかは、わからねえが」

伝三郎は最後にそう付け足して、おゆうに手を振ると、日本橋通りを越えて数寄屋《すきや》橋《ばし》の方へ向かった。またお多津さんか。おゆうはちょっとむくれて、踵《きびす》を返した。

まあいいわ。私は私にしかできないことを、取り敢えず進めておきましょう。

市ケ谷《いちがや》から乗った総武線各駅停車を、いつもの阿佐ケ谷でなく西荻窪《にしおぎくぼ》で降りた。初めて降りる駅だ。阿佐ケ谷や荻窪と比べると、駅前広場もなく、ずいぶん狭苦しい。

スマホでグーグルマップを確かめつつ、南口を出て神明《しんめい》通りの方へ向かう。駅からしばらくの間は多くの店がひしめき、ちょっと洒落たカフェなどもある。さすがに中央線沿線だ。優佳の住む古くからの町より、住むには便利に違いない。

そのまま南東へ歩き、西荻南に入って北へ折れた。グーグルマップを再度確かめ、メモ書きの住所と照合する。間違いない。目の前に建つ六階建てのマンションが、宇田川の住まいだ。

玄関口に立つと、優佳は元不動産会社ＯＬの目で値踏みを始めた。ロビー内装は大理石。共用玄関はオートロック。管理人は常駐。住み込みかも知れない。築七年くらいか。まだ汚れは目立たない。清掃などのメンテは丁寧に行われているようだ。

いやいや、そんなこと調べてどうする。中古物件の査定に来たわけじゃない。優佳はメモを見て、インターホンのキーパッドを叩き、宇田川の部屋を呼び出した。

四回コールする音が聞こえてから、「はい」といつもの面倒臭そうな声が答えた。

「私だけど」と言うと、唸るような声がしてドアが解錠された。「いらっしゃい」とか「おはよう」の一言は当然の如く、ない。優佳はエレベーターで五階に上がり、宇田川の部屋の前に立った。さて、いよいよあの分析オタクの寝起きする場所を、この目で見ることになる。優佳はしっかり身構えて、ドアホンを鳴らした。

ドアホンからの応答はないまま、五秒後にいきなりドアが開いて、宇田川が現れた。優佳は思わず一歩引いた。無愛想な顔はいつもの通りだが、さすがに白衣ではない。代わりに着ているのは、濃いグレーのスウェット上下だった。休日に家でリラックスしている状況なら、まず普通の格好であろうが、食べものの染みが点々とついているのが、どうもダサい。

「おう。入れよ」

宇田川はそれだけ言うと、奥に引っ込んだ。優佳は頷いて、玄関に踏み入った。

「お邪魔します」

今日ここに来たのは、錠前の指紋の照合結果を確認するためだ。メールで結果を教えてもらうだけでも良かったのだが、宇田川がどんなところに住んでいるのか、一度見てみたかったのである。

廊下の先にリビング、その横に洋室、廊下の左にも洋室、右に洗面と浴室と納戸。ごく普通の2LDKだ。幸いにして最悪の予想は外れ、ゴミが積み上げられて足の踏み場もない、などということはなかった。むしろ、きっちり片付いている方だろう。家具や小物が少ないので、殺風景と表現した方がいいかも知れない。

優佳は悪い癖だと思いつつ、また値踏みを始めた。五十五平米ぐらいのようだ。駅からの距離と周辺環境、結構グレードの高い内外装などを考慮すると、新築価格で四千五百万から五千万というところか。宇田川の年収を考えれば、贅沢なものではない。テーブルや家電も、大型家具店で揃えたような、シンプルな品ばかりだ。やはり服装だけでなく、住まいへの関心も低いのだろう。

「こっちだ」

宇田川が、リビングの隣の洋室を指差した。そこだけは、宇田川のこだわりが如実に表れた部屋であった。パソコンが二台と外付けハードディスク、よくわからない分析機器らしきものが二台……いや、三台か。分析対象物を入れてあるらしいコンテナや引き出し、整理棚が幾つか。参考文献だか資料だかの詰まったカラーボックスが数個。その間に、萌え系のフィギュアが何体かあるのが、異質と言うかオタクらしいと言うか、首を傾げるところだ。リビングと対照的に、かなり雑然とモノが詰め込まれているが、こういうオタクの常として、本人だけはどこに何があるか、きちんと把握しているに違いない。

「ちょっと待ってろ。指紋の結果を表示する」

パソコンデスクの前の椅子に、王様然としてどっかり座った宇田川が、マウスをいじりながら言った。横にあるもう一つの椅子を指差したのは、そこへ座れということだろう。

ただ黙って待つのもどうかと思って、キッチンを覗いてみた。コーヒーでもあれば淹れようかと思ったのだ。キッチンを見回したところ、マグカップが二つ三つと、インスタントコーヒーが棚にあった。三ツ口のガスコンロにはヤカンが置いてあったので、これで湯は沸かせる。しかし、それ以外の鍋とかフライパンは、キャビネットにしまわれたまま、ほとんど使われた形跡がなかった。皿などは、うっすら埃が積もったものまである。食洗機もビルトインされた立派なキッチンなのに、湯を沸かす以外の使われ方がされていないのは、一目瞭然だった。もっとも宇田川がキッチンで料理をしている姿など、ちょっと想像がつかない。

キッチンの隅っこに、都指定のゴミ袋に入ったゴミがあった。きちんとマニュアル通りに分別されているところは、宇田川らしい。見たところ、大半はプラ容器のようだ。予想はしていたが、コイツの食生活は、カップ麵などのインスタントかコンビニ弁当などで成り立っているに違いない。実は優佳の方も大して変わらないのだが、優佳が経済的事情でそうしているのに対し、宇田川の場合は料理や食に対する興味の薄さが理由だろう。

マグ二つにコーヒーを淹れて持って行くと、画面にラボで何度も目にしているのと同じ、指紋照合用のソフトが立ち上げられていた。宇田川は黙々と作業を続けている。もともと動作は緩慢なのに、指先の動きが妙に軽やかだ。

「よし、これでいい」

五分ほど待ったところで、宇田川が呟いた。優佳は身を乗り出した。画面に二つの指紋画像が並び、一致点を示すグリーンの丸の表示が画像上に散らばっている。

「一致指紋あり、ね」

「ああ。錠前一号と錠前二号に付いていた指紋の中に、一つ一致するのがあった」

錠前一号は三崎屋の、錠前二号は大村屋のものだ。互いに出入りのない店の錠前に同じ指紋が付いていたなら、それは犯人のものと思ってほぼ間違いない。

「こいつが犯人《ホシ》の指紋か」

宇田川は画面を切り替え、問題の指紋を拡大した。比較的鮮明な親指指紋だ。よし、と優佳は右手を握りしめた。伝三郎たちにはまだ説明できないものの、これで謎の賊についての明確な手掛かりが一つ、手に入ったのだ。これをいつ利用できるかは、まだわからないが。


翌日の昼下がり。江戸へ戻ったおゆうは、富岡八幡宮の境内を歩いていた。二百年後には内紛騒ぎを起こして週刊誌に書き立てられたために、改めて全国に名が知られてしまったが、この江戸ではそんな騒動の気配もなく、多数の参詣者を集めて常に賑《にぎ》わっている。参道の周囲にはいつからか料理屋が集まり、新興のグルメ街として注目されていた。八幡宮の西側、富久町にある浜善も、そんな店の一つである。

せっかくだからとお参りを済ませ、富久町に回ったおゆうは、浜善の裏手にある桶屋の陰から小声で呼び止められた。

「姐さん、姐さん、ここです」

源七の下っ引き、藤吉である。おゆうは黙って頷き、物陰に歩み寄った。

「どう？　何か動きは」

「へい、大きな動きはありやせんが」

藤吉は頭を掻いた。

「あっしも顔を知ってる大店の旦那衆が何人か来やしたが、ただ飯を食いに来ただけのようで。繁盛してるのは結構かも知れねえが、こうも人の出入りが多いと見張るには不向きですねえ。ここの料理は、そんなに旨いんですかねえ」

藤吉は自分も相伴に与れないものか、とでも言いたげに、浜善の表に目をやった。

「瓦版屋の料理番付じゃ、前頭の上の方だったかな。こら、あんまりもの欲しげな顔するんじゃないの」

おゆうは笑って藤吉を肘で小突いた。

「勝手口の方はどう。番頭の勘兵衛が言ってた、脇の出入り口を使った奴はいないの」

表口より大事なのは、隠し部屋に出入りするための裏口だ。だが、藤吉は肩を竦めた。

「それが姐さん、見たところ、勝手口の周りにそんな戸口は見えねえんで。勘兵衛の奴、その場しのぎに嘘を言いやがったんじゃねえでしょうね」

「隠し部屋への戸口がない？」

おゆうは眉をひそめ、藤吉から離れると裏路地に入り、勝手口の方へ近寄った。なるほど、浜善の裏手には「浜善勝手口」と堂々と記した戸口以外、塀が続くだけで出入りできそうな箇所は見当たらない。おゆうは首を傾げて藤吉のところへ戻った。

「確かに戸口は見えないけど」

「でしょう。どうしたもんですかね」

「裏路地の方は、通る人もほとんど居ない。もしかすると、隠し扉でもあるかも知れないよ。このまま見張ってて」

秘密の隠し部屋なら、秘密の出入り口があってもおかしくはないだろう。むしろ、隠し扉を設けるほどなら、隠し部屋の重要性はより高いと言うべきだ。藤吉は頷いて持ち場に戻った。

おゆうは、次は美濃屋の様子を見てみよう、と思って歩き出そうとした。そのとき、表口を見ていた藤吉が「あれ」と呟くのが聞こえた。

「何？　どうかした」

「あ、いえね、あの侍ですが」

「侍？」

おゆうは藤吉が差す方に顔を向けた。浜善を出た一人の侍が、大川筋《おおかわすじ》の方へと歩み去る後ろ姿が見える。羽織の紋所はよく見えないが、着ているものはまずまず立派だ。

「羽振りは良さそうね。どこの御家中かしら」

「さあ、そいつはわかりやせんが、昨日、交代で美濃屋を張ってたとき、美濃屋に入るのを見たんでさぁ」

「美濃屋に入った、ですって」

美濃屋の客には大名家や旗本も居るし、その家中の者が何かの用事で美濃屋を訪れることはあるだろう。浜善は不特定多数が利用する料理屋だ。一人の侍が両方に出入りしたからと言って、不審とまでは言えない。だが、昨日の今日というのは確かに気にはなる。

「どうしやしょう。尾けてどこのどいつか確かめた方がいいですかね」

「いいえ、そこまではいいから見張りを続けて。でも、また現れるようならそのときは知らせて」

承知しやしたと頷く藤吉を後に残し、おゆうは馬喰町に向かった。もう少ししたら、番屋に伝三郎が来るだろう。侍のことは、耳に入れておいた方がいいかも知れない。


番屋の戸を開けるなり、おゆうは「あれっ」と声を出してしまった。

上がり框に伝三郎とお多津が、仲良く並んで座っていた。おゆうはお多津の手が、慌てたようにさっと引っ込むのを見逃さなかった。その手は、伝三郎の膝に置かれていたように思える。

「お、おう、おゆうか。何か見つけたのか」

伝三郎が目を瞬いた。少しばかり焦っているようなのが憎らしい。

「いえ、大したことじゃないんですけどね。お多津さんが来てらっしゃるとは、思ってませんでしたので」

おゆうはにっこりと笑みを浮かべ、お多津にちょっと頭を下げた。お多津も愛想良く、輝くような笑みを返してきた。

「いえね、ちょっと三崎屋さん、大村屋さん、美濃屋さんのことで聞き込んだ話がありまして、それをお知らせに」

「まあ、そうでしたの。それはそれは」

おゆうとお多津はまだ微笑みを交わし合っているが、互いの目が笑っていないことに伝三郎は気付いているだろうか。

「それで、どんなお話ですか」

「はい、それは鵜飼様にみんなお話ししましたので」

それを聞いたおゆうは、伝三郎を挟んでお多津と反対側にどしんと腰を下ろし、伝三郎にぴったり体を寄せた。

「鵜飼様、私にも教えて下さいな」

伝三郎が、咳払《せきばら》いした。

「いや、実はな。三崎屋も大村屋も美濃屋も、近頃どこかのお偉方に近付いてるような噂があるらしいんだ。その三軒に、同一人じゃねえかと思われる侍が、何度か出入りしてるって話もある。そのお偉方に近付くのに、三崎屋たちがツルんでるのか対抗し合ってるのか、その辺はわからねえ。何のために誰に近付いてるのかもわからねえんだがな」

「お偉方の御家来の誰かが、三崎屋や大村屋に出入りしてるってことですか」

これを聞いて、おゆうの頭は一気に冷めた。浜善で藤吉から聞いた話と丁度符合するではないか。おゆうは急いでさっきの出来事を話した。

「ほう、浜善にもそれらしい侍が来てたのか」

伝三郎の表情も、いつものクールな同心のそれに戻っていた。

「どうやら四軒の繋がりが浮かんで来たようだな」

「はい。後は、そのお偉方が誰かわかれば、賊の目的と正体を知る手掛かりになるかも知れませんね」

「お偉方が絡んでいるなら、厄介なことにならないでしょうか」

お多津が心配げに言った。伝三郎に上から圧力がかかるのを案じているようだ。伝三郎は、気にするなと笑った。

「そんなことは、相手が割れてから考えりゃいい。今は賊が何を企んでるのか、知ることが先だ」

そうそう、それでこそ伝三郎だ。おゆうは意気込んだ。

「わかりました。美濃屋と浜善を張ってる人たちに、侍が現れたら何者か突き止めるよう繋ぎをつけておきます」

伝三郎が、よし、頼むと頷いたところで、お多津が声をかけた。

「私も、そのお偉方のことをもっと聞き込んでみます」

「お多津さん、この先は素人の方が深入りしては危ないです」

おゆうが急いでストップをかけると、伝三郎も賛意を示した。

「おゆうの言う通りだ。あまり無理をするんじゃねえぞ。何か妙な動きがあったら、すぐに知らせろよ」

「はい、決してご心配はおかけしません。野暮な十手を出すより、私の方が話をさせやすいかも知れませんし」

お多津はちらりとおゆうの顔を見た。何それ。野暮な十手って、私に言ってるの。

おゆうの血圧がまた上昇した。

「私はただ、鵜飼様のお役に立てれば嬉しいんです」

そう言ってお多津はすっと立ち上がり、では、吉報をお届け出来るようにしますと伝三郎に丁寧に礼をした。それから振り向き、「おゆうさん、ご機嫌よう」と軽く一礼すると、優雅な足取りで番屋を出て行った。

「鵜飼様、よろしいんですか。お多津さんにこれ以上やらせて」

おゆうが責めるように言うと、伝三郎は困った顔をした。

「頼り過ぎちゃいけねえのはわかってるが、あいつは確かにネタを摑んで来るからなあ。せっかく俺たちのために働いてくれてるのを、あまり無下《むげ》に出来ねえし」

何だか面白くないが、あまり強く言えない事情もある。おゆうが十手を預かる前、伝三郎と知り合ったばかりの頃は、今のお多津と同じような立場だったのだ。それでも伝三郎は、頼りにしてくれていた。あの頃、それがとても嬉しかったのだが……。

表でばたばたと足音がしたと思うと、勢いよく戸が開いて源七が入って来た。

「いやあ旦那、鳶職の方はさっぱりです。手分けして親方を十五、六人当たりやしたが、盗人に商売替えしたような奴は、噂も出ねえ」

「そうか。仕方ねえな。わかった、鳶の方はもういい。実はさっき、お多津が気になる話を伝えに来てな」

伝三郎は源七に、先ほどの侍の話を伝えた。源七もさすがに目を丸くした。

「そうですかい。お多津さんもずいぶんとやるじゃねえですか」

それから、急に気付いたようにおゆうの方を向いた。

「おゆうさん、どうしたい。何だか、まるで亭主に浮気された女房みてえな顔してるぜ」

伝三郎が飛び上がった。おゆうはゆらりと立ち上がって、源七の前に立った。

「今、何て言いました」

声のトーンが、二オクターブは下がっていただろう。源七が、凍り付いた。それから、青ざめる伝三郎とおゆうを恐る恐る交互に見ると、ぱっと身を翻し、番屋の戸を引き開けて、そのまま一目散に駆け出した。

五

その晩、伝三郎はおゆうの家に来なかった。まあ仕方ない、とおゆうも思う。来てもらっても、会話がぎこちなくなって寛《くつろ》げなかっただろう。

寝つけずに輾転反側《てんてんはんそく》し、ようやく眠りに落ちたのは明け方近かった。が、その浅い眠りは忽《たちま》ち破られることになった。

「姐さん、姐さん、大変《てえへん》です。起きて下せえ」

表戸をがんがん叩く音と共に、千太の大声が聞こえた。やれやれ、こんな風に叩き起こされるのは、これで何度目か。ほとんど眠れぬ夜を過ごした後の目覚め方としては、最悪の部類だ。

「はいはい、聞こえてますよ。ご近所に悪いから静かにして」

戸を叩く音が止まり、千太が「済いやせん」と声を落として詫びた。布団から起き上がったおゆうは、額を叩いて頭をはっきりさせようとした。

「何があったの」

「へい、美濃屋です。美濃屋の蔵が、破られやした」

その一言は、眠気を吹き飛ばすのに充分だった。

大急ぎで身支度を整え、千太と一緒に神田須田町へと走った。ようやく朝の光が満ちる明け六ツ（六時）過ぎ、町は動き出したばかりだ。朝餉《あさげ》の支度の湯気が上がる長屋を掠《かす》め、まだ眠い目をこすっている丁稚が掃除に出て来た、表店の前を走り過ぎる。神田須田町までは十町余り、急げば十分もかからない。

「見張りは居たんでしょう」

走りながら聞いた。千太が「へい」と答える。

「小柳町の儀助親分の下っ引きが、二人付いてやした。ですが、そいつらは何も気付かなかったそうで」

「賊が入るのも出て行くのも、誰も見てなかったわけ？」

「そうなんでさぁ」

「じゃあ、蔵の扉が開けっ放しになってるのを早起きした店の人が見つけた、とか？」

「いえ、それが、蔵の戸は閉まったままで、錠前もきっちり嵌ってたようなんで」

「え、戸が開けられてない？」

おゆうは思わず、走るのをやめて立ち止まった。

「どういうこと。本当に賊が入ったの？」

「いや、賊だと騒ぎ出したのは美濃屋の方なんで……とにかく行って見て下さい」

何だか要領を得ないまま、おゆうは千太に促されて再び走り出した。

美濃屋に着いてみると、表の雨戸が半分ほど開けられ、その前に儀助が立って、二人の下っ引きをどやしつけているところだった。

「ったく、どこに目ぇ付けてやがんだ。役立たずめ。いいか、俺らの鼻先でこうもあっさりと仕事をされたんじゃ……」

「儀助親分、何があったんですか」

がみがみと言い立てる声に割り込むと、儀助はこちらを振り向いて、腹立たしげに「どうもこうもねえや」と吐き捨てた。

「こいつら、一晩中店の前と裏で張ってたってのに、盗人の影さえ見ちゃいねえんだ。明け方になって店の中がざわつき出したんで、こんな早くから何事かと思って出て来た手代に声をかけてみたら、蔵から何か盗まれてるってえじゃねえか。店の中の者《もん》に教えてもらってたんじゃゃ、何のための見張りかわかりゃしねえ」

儀助は二人の下っ引きを、もう一睨みした。一人はそばかすの浮いた十七、八の若い衆、もう一人は二十歳過ぎの兄貴分で、腕っぷしはそこそこありそうな面構えである。その若い衆二人は、儀助の叱責にすっかりしょげ込んでいた。この須田町は小柳町のすぐ隣で、儀助にしてみれば、自分の縄張りのど真ん中を荒らされたことになる。

怒るのも無理はない。

「まあまあ、儀助親分。こっちの思っている通りだとしたら、相手は三十人の捕り方を手玉に取ったほどの奴なんですよ」

「だからって、見張りをしくじった言い訳には……」

儀助がなおも言いかけたところで、おゆうは小者を従えた伝三郎が、急ぎ足で向かって来るのを見つけた。儀助も伝三郎に気付き、下っ引き二人に、下がってろと手を振った。

「あ、鵜飼様、おはようございます」

「おう、おゆう、来てたか。早いな。おい儀助、こいつはどういうこった」

「へい、旦那。面目ありやせん。どうも出し抜かれちまったようで、申し訳ねえ」

「とにかく蔵を見せてもらおう。美濃屋は蔵の方か」

「へい、美濃屋も番頭も蔵のところに居やす。こちらで」

儀助は頭を下げ、半分開いた戸口から伝三郎を奥へ案内した。下っ引きは戸口の脇でうなだれたまま、固まっている。おゆうは、あまり落ち込むな、と目で励ました。二人がほっとしたように頷きを返した。

美濃屋治平《じへい》は、大村屋と対照的に痩身で上背のある男だった。年恰好は同じくらいだが、どうも神経質そうな感じがする。眉間の皺が深いのは、昨夜の蔵破りのせいだけではなさそうだ。

「ああ、これはこんな朝早くから、御役目ご苦労様でございます」

伝三郎の姿を見て、美濃屋は細い体を二つ折りにした。

「おう、美濃屋。大変だったな。蔵がやられたと聞いたが……」

そう声をかけて蔵の戸に目をやった伝三郎は、開けられた錠前を指差した。

「錠前はどうなってた。やっぱり合鍵で開けられたのか」

「ああ、いえ。それは手前が開けましたので。それまでは、きちんと閉まっておりました」

「何？　錠前は掛かったままだったのか」

千太が言っていた通りのようだ。伝三郎は怪訝な顔で、美濃屋と錠前を交互に見ている。

「どうして賊に入られたとわかったんだ。何かなくなっていたのか」

「は、はい。蒔絵《まきえ》の文箱が……」

「文箱だと。そいつは値打ちものなんだろうな」

「はい、光琳の作ということで、去年、百五十両で手に入れました」

「尾形光琳《おがたこうりん》の文箱なんですか」

おゆうは、つい声を上げてしまった。尾形光琳と言えば、十七世紀末から十八世紀初期の江戸を代表する大物芸術家だ。その作品なら、現代では重文か国宝だろう。声を聞き付けた伝三郎と美濃屋が、驚いて振り向いた。

「これは女親分さん、お見逸れしました。光琳をご存知で」

しまったと思った。岡っ引き風情が、光琳のような上流の芸術家を知っているのは不自然だ。だが、口に出した以上は仕方がない。

「ええ、その、名前だけなら。百年くらい前の、御大層な絵師でしょう」

「ああ。そうか、お前、この前の北斎《ほくさい》の贋作《がんさく》騒動で絵のことはちょっと齧《かじ》ってたな」

伝三郎が納得した様子で言った。おゆうはほっと一息ついた。

「言っちゃ何だが、本物なんだろうな」

伝三郎が幾らか疑わしげに聞くと、美濃屋は眉間に皺を寄せた。

「もちろん、そのように思っておりますが」

おゆうはちょっと眉唾かも、と思った。美濃屋は大店だが、呉服商としては中の上くらいだ。重文級の美術品が蔵にあるとは、容易に信じ難い。百五十両という買値も、よくわからないが中途半端な感じがする。

「そうか、まあいい。錠前の鍵は、普段は誰が持ってるんだ」

伝三郎は真贋を追及する気まではないようで、話を肝心の方向へ戻した。

「私だけです。合鍵はありません。もっとも、番頭は鍵の在り処を知っておりますが」

「鍵がしばらく見えなくなったとか、そんなことはなかったか」

「ああ、賊が鍵を盗んで合鍵を作ってから戻したのでは、ということですね。いえ、そのようなことはありませんでした」

「そうか。それじゃあ、錠前を開けて入ったんじゃねえのかもな」

伝三郎は首を傾げながら、蔵の中を覗き込んだ。

「とにかく、中を見せてもらおう」

「はい、こちらでございます」

美濃屋が先に立ち、蔵の奥へと案内した。蔵の中は薄暗いが、棚には高級品と思われる生地の収まった大箱や、骨董品の木箱が整然と並んでいるのがわかった。が、奥の壁の手前の区画だけ、箱の幾つかが床に下ろされ、その蓋が開けられていた。

「このように中が荒らされておりまして、びっくりして調べましたら、蒔絵の文箱を納めた桐箱が消えていたのです」

「なくなったのは、それだけなんだな」

伝三郎が念を押すと、美濃屋は「さようでございます」と改めて断言した。伝三郎はおゆうの方を向いた。目で、大村屋や三崎屋のときと同じだ、と語りかけている。おゆうも小さく頷きを返した。

「あの、蔵に入って盗みに気付いたのは、今朝早くなんですね？　何刻頃です」

おゆうが尋ねると、美濃屋はすぐに「七ツ半頃です」と答えた。

「大急ぎで番屋に知らせようと手代が店を出ましたところ、表に目明しの方々が居られましたので、すぐその場でお話しした次第です」

「七ツ半と言えば、まだ明け方ですね。そんなに早くから、蔵にご用があったんですか」

そう聞くと、美濃屋の顔に動揺が走った。

「ああ、はい。商いで気になることがありまして、在庫を確かめておこうと。何かが気になりますと、早めに調べないと落ち着かないものでして」

「はあ、そうですか」

やはり見た目の印象通り、神経質な男なのだろうか。どうも何か隠していそうな気がするが。

「ところで、この幾月かの間に雇われて、すぐに辞めた下女はいませんか」

「いえ、そういう者はおりません。女子衆は、一番新しい者でも二年前からです」

美濃屋は即答した。やはり下女を潜り込ませる手口は使われていない。

「どうも変ですねえ」

おゆうの後ろで、蔵の中を調べていた儀助の声がした。振り向くと、儀助は壁を叩きながら首を捻っている。

「当り前と言やあ当り前だが、この土蔵、表の扉の他に出入りできるところはありやせんぜ」

儀助は美濃屋に鋭い眼を向けた。

「美濃屋の旦那、本当にその箱とやらは、盗まれたんですかい」

美濃屋はむっとした表情を浮かべ、床に散らばった木箱を指差した。

「ご覧の通りです。勘違いだとでも言われるんですか」

「いや、しかし扉の錠前は掛かってたんでしょう。だったら、盗人はどこから出入りしたんです」

「親分さん、まさしくそれをお調べいただきたいんですがねえ」

美濃屋にそう言われては、儀助も黙るしかない。おゆうももう一度ゆっくり、蔵の中を見渡した。出入り口の扉は西側。壁は分厚い土壁で、もちろん穴などはない。北側と南側には開口部はなく、東側の上部に換気と明かりとりの窓がある。床から四メートルくらいで、人一人くらい通れる大きさだが、格子が嵌っているし、夜は雨除けの蓋を内側から棒で閉めているはずだ。床は頑丈な板が張られ、隙間もほとんどなかった。

「美濃屋さん、この蔵はわりに新しいようですが」

一通り目をやってからおゆうが聞くと、美濃屋は、そうなんですと大きく頷いた。

「去年の夏に建てたばかりです。ですから、傷みもまだ全くございません」

「てことは、この蔵にゃあ隙がねえわけか。となると……」

伝三郎が顎を撫《な》でて、扉の方を見ながら呟いた。

「考えられるのは、やっぱり道具か何かで錠前を開けて、仕事を済ませてから元通り鍵をかけて行った、てぇぐらいか」

「どうして鍵をかけ直したのでございましょう」

美濃屋が戸惑ったように聞いた。

「盗みが見つかるのを遅らせるため、かな」

一応そう答えたものの、伝三郎も自信はなさそうだ。大村屋と三崎屋では、そんな小細工は一切せずに堂々と蔵を破っていた。

「おゆう、この錠前、どう思う」

伝三郎は開いた錠前を扉から外し、おゆうに手渡した。おゆうは懐紙を出して丁重に受け取った。自分の指紋をべたべた付けないよう注意して、目を細め、じっくりと改める。見たところ、鍵穴の周囲に不自然な傷はない。

「道具でこじ開けたような跡は見えませんね。でも、一応調べてみます」

美濃屋の言う通り合鍵を作られた様子がないなら、錠前破りの道具を使ったとしか思えないのだが。まあ、宇田川に頼めばその辺も調べてくれるだろう。

それから半刻ばかり蔵の周りを調べたが、賊の痕跡は何も見つからなかった。念のため梯子を持って来させて、明かり取りの窓を内側から見てみたが、格子はきちんと嵌っていて、通り抜けは全く無理だった。両隣の屋根にも上ってみたものの、足跡ではないかと疑われるものはあったが、もう一つはっきりしない。しかし妙なことに、地面にもそれらしい足跡は残っていなかった。

「今朝からまだ踏み荒らされてもいねえのに、賊の足跡が見つからん、ってのはどうも気に入らねえな」

伝三郎が苛立ったように言うと、儀助も首を傾げた。

「地面に足をつかずに蔵へ入ったんでしょうかね。ずいぶん器用なことをしやがる」

「大村屋でも三崎屋でも、そんな面倒なことはしてねえぞ」

伝三郎は美濃屋をちらりと見た。伝三郎も狂言ではないかと疑いを持ったようだ。だが、美濃屋は真剣な顔で逆に尋ねてきた。

「あの、これは大村屋さんや三崎屋さんに入ったのと同じ賊、というお見立てなのでしょうか」

「ほう、大村屋と三崎屋をよく知ってるのかい」

伝三郎の目が光った。美濃屋は一瞬、しまった、余計なことを言ったというように頬を引きつらせた。が、すぐに元の心配げな表情に戻った。

「深いお付き合いがあるわけではございませんが、存じ上げてはおります。ご両者に続けて賊が入ったとのお話を漏れ聞いておりまして、もしやと思いましたのですが」

「そうかい。お前さんは浜善にもよく行くのか」

「は？　富岡八幡の近くの浜善でございますか。はい、時々参りますが、それが何か」

「ああ、いや。何でもねえ」

伝三郎は首を振り、話を変えた。

「蒔絵の箱だが、それがここにあることを知っている者は、大勢居るのか」

「はい。好事家のお客人などがあれば、お見せしていましたので。ご存知の方は何十人も」

このあたりも、大村屋や三崎屋と同様である。賊が目を付けるのは簡単だったろう。

「何十人もか。しょうがねえな」

伝三郎は肩を竦め、おゆうと儀助に言った。

「よし、ここじゃあもう何も見つかるまい。ひとまず引き上げるぞ」

伝三郎は何か思い出したらすぐ届けろ、と言い置き、肩を落とす美濃屋を後に残して、表通りへと出て行った。

通りへ出て角を曲がったところで、伝三郎が儀助を傍に呼んだ。

「美濃屋の奉公人に聞き込みをかけろ。治平には知られないようにな」

命じられた儀助は、伝三郎の考えを察したようだ。口元に笑みを浮かべ、「合点です」と応じると、さっと身を翻した。

「美濃屋は何か隠してる、そういうことですね」

儀助が去ってから、おゆうは伝三郎に微笑みを向けて言った。

「あいつと大村屋と三崎屋とは、かなり親しく交わっているようなのに互いに隠そうとしてる。こいつは臭うぜ。何を企んでやがるのか」

「企んでるとしたら、それは賊と関わりがあるんでしょうね」

「違いあるめえ。とすりゃ、賊を追うより美濃屋、大村屋、三崎屋の周りを洗った方がいい」

伝三郎の言う通りだ。そっちはお多津も探っているはずだが、後れを取ってなるものか。おゆうは帯に差した十手の柄を、ぎゅっと握りしめた。

儀助が馬喰町の番屋に現れたのは、八ツ近くになってからだった。伝三郎がここに寄るのを見計らって来たようだ。儀助が番屋の戸を開けたとき、伝三郎とおゆうは、上がり框に仲良く並んで茶を啜っているところだった。

「あー、旦那。お邪魔かも知れやせんが、失礼しやす」

儀助は二人を交互に見て揶揄《やゆ》するように笑みを浮かべ、向かいの腰掛に座った。

「美濃屋の連中に話を聞いて来やした。やっぱり誰も、賊が入ったことに気付いちゃいやせんでした」

「そうか。まあ、そいつは仕方ねえ。で、他には」

伝三郎が先を促すと、儀助はニヤリとして見せた。

「へい、手代の一人に聞いたんですがね。美濃屋は、ここ何日か、毎朝起きてすぐに蔵の様子を確かめに行ってたそうで」

「ほう、朝起きてすぐにか。それで今朝も、早々に賊にやられたことがわかったんだな」

「へい。外から見るだけじゃなく、いちいち鍵を開けて中へ入《へえ》ってたってことです。よほど気になってたんでしょうね」

「あの、ここ何日かって、いつからなんですか」

おゆうが横から聞くと、儀助は意味ありげに指を立てた。

「それだよ。六日前の朝からだそうだ」

「六日前って……三崎屋さんの蔵が破られた翌々日ですね。つまり、三崎屋さんのことを聞いた次の日の朝から、ってことですね」

「そうか。美濃屋は三崎屋の蔵がやられたと聞いて、次は自分のところだと思ったわけだ。それなのに、奉行所には何も話さなかった。お前たち目明しに頼むこともしなかった。三崎屋たちとの繋がりを、知られたくなかったからだな」

伝三郎も儀助同様、ニヤリとした。

「だんだんと、面白くなって来るじゃねえか」


総武線各駅停車の下り三鷹《みたか》方面行きは、かなりの混雑だった。時計を見れば、ちょうど帰宅ラッシュにかかったところだ。しばらく満員電車から縁遠かった優佳には、この混み具合は結構こたえた。バッグのストラップがちぎれないかと、何度も心配したほどだ。無事に西荻窪に着いて、弾き出されるようにしてホームに降り立つと、心底ほっとした。ほんの二、三年前まで、あんな電車でよく通勤していたものだ。

宇田川には、メールで夜に訪問する旨、伝えてある。夜に、と言っても宇田川のことだから、変な誤解をする気遣いはない。残業はせず、早々に帰宅してくれているはずだ。

マンションのエントランスからインターホンで呼び出すと、いつものぶっきら棒な声が応答した。頼んだ通り、定時退社してくれたらしい。優佳は済まないと思いつつ、急いで宇田川の部屋に向かった。

「何だ。面白いものが出たか」

玄関ドアを開けるなり、宇田川が言った。今日もこの前と同じ、垢抜けないスエット上下を着ている。染みは消えていないが、黒ずんでいたり臭ったりしていないのは、まだしも立派と言えた。

「いやその、面白いってほどのものじゃないんだけど」

期待を裏切るようで申し訳ないが、と優佳はバッグから美濃屋の蔵の錠前を出した。

「なんだ、また錠前か」

宇田川は明らかに落胆したようだ。

「まあ、そう言わずに。そんなに変わった遺留品や証拠品なんて、現実にはそうそう出ないから」

それはそうかも知れんが、とぶつぶつ言いながら手袋をはめ、宇田川は錠前をビニール袋から引き出した。

「指紋でいいのか」

「それもあるけど、この錠前がピッキングされてないか見てほしいの」

錠前に関しては、以前、宇田川の知り合いのプロの鍵屋にレクチャーしてもらったことがある。宇田川もそれを思い出してか、「ああ、そういうことか」と頷いた。

「なら、使える道具がある。去年、あんたが錠前の調査を頼んだ後で、次に使うこともあるかと買っておいた」

そんなことを言いながら、宇田川は黒いホースのようなものをキャビネットから引っ張り出してパソコンに繋いだ。

「何なの、それ」

優佳は目を剝《む》いてその道具を見た。検診で使う胃カメラそっくりだが、ずっと細い。

「見ての通り、ファイバースコープだ。このカメラの付いた先端を、鍵穴に突っ込む」

見ての通り、と言うが、普通の家にあるような道具ではない。呆れていると、宇田川はスコープを起動させ、早速鍵穴に突っ込んだ。細い金属板が重なり合った錠前の中身が、パソコン画面に大写しになった。

「ふうん。イレギュラーな傷はないようだな」

ほんの十秒ばかり映像を吟味すると、宇田川はそう断じた。優佳も画面を注視したが、正規の鍵で一定の場所に付いた傷以外、異常なものは見つからなかった。

「やっぱり、道具で無理に解錠した痕跡はないみたいね」

「そうだな。こいつを開けるには、普通に鍵を使っただけだろう。泥棒の仕業なら、鍵を盗んだか合鍵を使ったか、どちらかだな」

宇田川は興味が薄れてきたらしく、肩を竦めた。

「まあ一応、指紋を調べるか」

そう言って指紋検出キットを出し、パウダーをはたいて浮き上がった指紋を採った。

しかし案の定、データと照合して見ても、大村屋と三崎屋の錠前に付いていた指紋と合致するものはなかった。

「ね、なかなか簡単じゃないのよ」

宇田川はその言葉で、改めて関心が湧いたようだ。優佳は美濃屋の蔵を調べた結果を、かいつまんで話した。

「ふうん。侵入経路がわからんのか」

「そうなの。床も壁も格子窓も、異常はないみたい。鍵が盗まれてもいないし、合鍵を作る暇もない。どうやって入ったと思う」

「天井はどうなんだ」

「家じゃなくて土蔵だから、瓦を外しても下は頑丈な板屋根で、簡単には破れない。もちろん、壊された様子なんかなかった」

「つまり、密室盗難事件というわけか」

密室事件か。そう意識していたわけではないが、言われてみれば正しくそうだ。宇田川の瞳が、急に輝き出したようなのは気のせいだろうか。

「現場の写真はないのか」

「それはちょっと。伝三郎や他の岡っ引きが居るところへ、カメラやスマホは持って行けないし」

「ふん、それもそうだな。なら、状況分析する材料がない……」

宇田川は腕組みをして、珍しくうーんと唸った。分析ができないことが、口惜しくて仕方ないらしい。

「遺留品もなしか」

「全っ然。そんなもの残すような与《くみ》しやすい相手なら、苦労しないわよ。けどまあ、美濃屋の蔵の中をもっと調べれば、何か出るかも知れないし」

だから私が何か見つけて持ち帰るまで待ってて、そう言おうと思った。が、宇田川はそれに先んじて明瞭に告げた。

「なら、こっちから出向いて調べるしかないな」

「うん、そうね。蔵ごと持って来るわけにいかないし、こっちから行くしか……」

は？　今、何て言った？

「ちょい待ち。出向いて調べるって……」

「だから、俺が出向いて蔵の中を調べるんだよ。それなりの道具を持って行きゃ、痕跡ぐらい見つかるだろう」

宇田川は、何を当たり前のことを、と言わんばかりの風情だ。優佳は恐る恐る確かめた。

「あの、それって、宇田川君が美濃屋の蔵に行くってこと？」

「そうだよ」

「つまり、江戸へ行くと」

「だから、そう言ってるだろ」

何を言い出すんだこのオタクは。

「ちょっと、何考えてんの、あんたは」

「密室盗難事件の謎が解けなきゃ、そっちが困るんだろ」

それはそうだ。しかし、宇田川を江戸へ行かせるなんて。それは即《すなわ》ち、優佳の家の秘密をそのまま見せてしまうことになる。そのリスクは極めて大きい。

だが……待てよ、場所こそ教えていないが、宇田川は既にタイムトンネルの存在を知ってるんだから、今さらそう恐れなくてもいいのでは。いやいや、こいつを江戸に送り込んだら、周りの目を無視してどんなことを仕出かすか。と言っても、蔵破りの方法はこいつでなきゃわかりそうにないし……。

「難しく考えるな。ちょっと行って、さっさと調べりゃいいだけだろ」

宇田川は馬鹿にしたような台詞をぶつけてきた。そんなにあっさり済ませてしまっていいのか。優佳の頭は、混沌とするばかりだった。

「じゃあ、週末にな。そっちの住所は知ってる。必要と思えるものは、行くまでに揃えとく」

宇田川はそう言って、優佳を送り出した。頭の中は未だに整理がついていなかったが、明確な結論を出せないまま、追い出されてしまったような格好だ。電車に乗っても優佳はずっと、これでいいのかと自問し続けていた。

(それに、あいつの言う必要なもの、って何だろう)

まさか、捜査機器を江戸に持ち込むつもりなんだろうか。宇田川のおかげで歴史が変わるようなことになったら、一大事だ。

いや、そうじゃない。優佳は首を振った。宇田川の説によれば、優佳が江戸でいくら動き回っても、現代に影響は出ていない。だから、優佳の江戸での行動は、既に最初から歴史に組み込まれているのだ、ということだ。ならば、宇田川が江戸へ行っても同様のはずだ。少なくとも、宇田川自身はそう確信しているに違いない。それでは、宇田川に江戸で自由に動いてもらっても、何ら問題ないのでは。

「ええい、こうなりゃ成り行き任せだ」

家に帰った優佳は、冷蔵庫から貴重な缶ビールを出し、一気に呷った。開き直るとだいぶ気分が良くなった。

(週末に来るって言ってたな。今日はまだ月曜だ。土曜日までの間に、江戸で出来るだけのことはしておかなくちゃ)

美濃屋や三崎屋の周辺を探らなくてはならないし、お多津のことも気になるし、宇田川の江戸での偽装も用意しなければならない。優佳は明日の段取りを考えながら、缶ビールをもう一本、開けた。

六

「はあ、三崎屋さんのことでございますか」

箱崎町《はこざきちょう》の海産物問屋、網代屋《あじろや》の主人は、眼鏡をかけた温和な顔に怪訝な表情を浮かべた。

「はい。ご存知のことだけでよろしいんですが。同業の方々の間の評判とか、近頃の商売のご様子とか、どなたとお親しいとか」

「さて、そう言われましても、何を申し上げて良いやら……」

網代屋は困ったように顎に手を当てた。同業者の噂話をあげつらうのは、信用に関わると思っているらしい。おゆうはさりげなく帯の十手に手をやった。網代屋はそれを見て、ふっと溜息をつき、仕方ありませんねというように口を開いた。

「さようでございますねえ。商いの方は、まずまずの具合とお見受けいたします。耳にしております限りでは、取引のある方々にも評判はよろしいようで」

「借財が多いとか、お金の遣い方が荒いとか、そんな話もないんですね」

「はい、それは全く聞いておりません」

「ご同業とのお付き合いは、滞りなくされていますか」

「寄合などは欠かさずお出になりますし、お店同士での融通が入り用になるときも、普通になされておいでです。滞りといったものは、ございませんが」

多少割り引いて考えても、三崎屋の商売は順調で、同業者同士の貸し借りなども問題なくやっているらしい。悪い評判はなさそうだ。

「油問屋大村屋さん、呉服商の美濃屋さんはご存知でしょうか。いずれも、三崎屋さんとお親しいと聞きましたが」

はて、と網代屋は首を傾げた。心当たりはないようだ。さすがに、この三軒に同じ賊が侵入した、ということまでは知るまい。

「そのお二方は存じ上げません。三崎屋さんとお付き合いがあるかどうかは、ちょっと」

「そうですか。では、富久町の浜善さんは」

「ああ、浜善さんは存じております。何度か使わせていただきました。手前どもでは浜善さんに海産物を納めたことはございませんが、そうですね、三崎屋さんとは取引がおありかと思います」

それはまあ、想定内だ。海産物問屋と料理屋の間に取引があるのは、至って普通の話である。

「あのう、他にどのようなお話をすればよろしいでしょうか」

どうもおゆうが何を知りたいのかよくわからないようで、網代屋は困惑気味になってきた。おゆうもちょっと弱った。これといった当てがあったわけではなく、同業者の間に三崎屋に関する何らかの噂が流れていないか、確かめてみたかっただけだ。この様子では、空振りらしい。

「そうですね……」

おゆうは天井を見上げて考え込み、ふと思い付いて聞いた。

「三崎屋さんの出自は、ご存知でしょうか」

「は？　出自でございますか。さあ、それは」

網代屋はさらに困惑した様子だ。が、ふと眉をひそめた。

「三崎屋さんは今の御主人が一代で作られたお店で、十四、五年になるはずですが、店を出される以前はどこに居られたか、存じませんのです」

「え？　以前はどこで商いをされていたのか、どちらの出自なのか、何もわからないのですか」

「少なくとも、手前は聞いておりません」

これはどういうことだろう。一代でそれなりの大店を立ち上げたのなら、創業出世物語をあちこちで宣伝しているのが普通ではなかろうか。そう考えたとき、網代屋が何ごとかを思い出した。

「ああ、そう言えば、いつかの寄合の後の宴席で、お国自慢の話になったことがございました。みなさん、それぞれの御先祖のご出身のお話をされ、あちらが良いの自分の国が良いのと盛り上がりましたのですが、三崎屋さんだけはご自分の国の話をなさいませんでした。今から思えば、少し妙でございますな」

「三崎屋さんは、ご自身の出自に関わるお話を避けておられる、ということですね」

「そう言い切るのもいかがなものかとは存じますが、そう見えないこともございませんね」

網代屋の言い方は慎重だが、おゆうの言う通りだと認めたようだ。これは興味深い。三崎屋が出自を隠しているとすると、そこに事件の鍵がありそうだ。

「何か、三崎屋さんの出自について、手掛かりになるようなことをご存知ありませんか」

「いえ、それは思い当たりません」

網代屋はしばらく考える風であったが、済まなそうに頭を下げた。網代屋としては三崎屋の出自を詮索《せんさく》する理由はないから、まあ仕方あるまい。これ以上は何も出ない、と見切ったおゆうは、礼を述べて網代屋を辞した。

箱崎町の通りに出た後、家へは向かわず、逆方向の永代橋《えいたいばし》へ足を向けた。浜善の様子を見ておこう、と思ったのだ。永代橋を渡ってから富久町までは八町ほど、網代屋から歩いて二十分ぐらいだ。さほどの寄り道ではない。うまくすれば、誰か例の秘密の座敷に通されるのを、見張っている千太か藤吉が目撃しているかも知れない。

浜善の裏に回ると、前に藤吉が隠れていた桶屋の陰に目を向けた。が、誰も居ない。どうしたのかと思って左右を見ると、二軒離れた家の横に置かれた用水桶の後ろに、藤吉の姿が見えた。なるほど、気付かれないよう、見張りの場所を毎日変えているのか。気が利いてるじゃない、とおゆうは微笑を浮かべ、用水桶に近付いた。

藤吉がこちらに気付き、さっと手を上げて大きく振った。その顔が、何だか輝いている。これは、いい話が聞けそうだ。おゆうは通行人がいないのを確かめ、急いで藤吉の傍に寄った。

「どうしたの。何かあったみたいね」

「へい、姐さん。この前の侍です。そいつが、何とあの隠し部屋に入ったんでさあ」

「あの侍が？　同じ奴に間違いないんだね」

「間違いありやせん。しかも、あの塀の真ん中に隠し扉があったんですよ」

「えっ、本当にそんなもの、あったの」

「ちょっと見たぐらいじゃわかりやせん。あの侍、人が見てねえのを確かめてから、勝手口から二間ばかり離れたところの塀を、叩いたんです。何をやってるのかと思ったら、そこのところの塀が、内側に開くじゃありやせんか。びっくり仰天して見てると、侍は左右を見回して、さっと中へ消えやした。外側に把手がねえんで、内側からしか開け閉めできねえんでしょう」

そういうことか。塀の叩き方で合図を決めておいて、隠し部屋を使う客が来たら、中に居る番人が合図を聞いて、客を通すのだ。

「その侍、隠し部屋で誰と会ってるの」

「いえ、それが入ったのはあの侍だけでして」

「後から相手が来るのかな」

「でも、侍が入ってからもう小半刻経ちます。さすがに待たせ過ぎじゃねえですかい」

「そんなに経つの。じゃあ、誰も来ないのかもね」

「侍は一人で何をやってるんでしょう」

「一人じゃないでしょうよ」

藤吉は、不思議そうな顔をした。だがすぐに、「ああ」と唸って膝を打った。

「浜善の旦那に用があった、ってわけですね。なるほど」

おゆうは軽く頷いた。しかし、浜善に何の用なのかはわからない。そのとき、勝手口が開いて、男が顔を出した。四十前後だろうか、美濃屋治平を少し小柄にしたような感じだ。前掛けなどはなく、羽織を着ているので、板前などではあるまい。

「浜善の旦那、善吾郎です」

藤吉が囁《ささや》いた。善吾郎は路地の両側にさっと目を走らせ、人影がないのを確認したのか、体の後ろへ回した手を動かした。すると、塀の中ほどが突然内側に開いた。どうやら善吾郎は、隠し扉を操作する係の者に、後ろ手で合図を送ったのだろう。開いた隠し扉から、侍が一人現れた。年の頃は三十四、五か。一昨日この店に来たあの侍なのは間違いない。侍は見張られているとも知らず、おゆうたちが隠れている用水桶の前を、すたすたと横切って行った。

しばらく待って、藤吉が動き出した。が、それをおゆうが止めた。

「あなたはここで見張りを続けて。侍の方は私が尾ける」

一瞬、藤吉は残念そうな顔をした。それでも素直に「合点です」と言うと、元通り用水桶の裏で姿勢を低めた。

侍は、永代橋の方へ歩いている。急ぐでもなく、遅過ぎもしない。周りを警戒する様子は、全くなかった。自分が尾けられたり襲われたりする、という感覚がほとんどないのだろう。これは尾けやすい相手だ。おゆうは十間ほどの間隔を保って、侍の後を追った。

(無警戒ということは、後ろ暗いことをしてるような自覚がないわけかな。ずいぶん堂々とした様子からすると、まさしくお偉方の部下、って感じね)

お多津の情報が正しければ、三崎屋たちと「お偉方」を繋いでいるのは、この侍だろう。おゆうはそう確信した。伴を連れずに一人、ということは、目立ちたくない用事だったのだ。

永代橋を渡り、さっき訪問した網代屋のすぐ近所まで来た。侍はそこで左に折れて湊橋《みなとばし》、さらに右に折れて霊岸橋《れいがんばし》と順に渡って行く。後ろを振り返るようなことは、一度もしていない。お偉方の屋敷に真っ直ぐ報告に帰るところだろうか。ならばもっけの幸いだ。

小半刻余り、およそ四十分歩いたところで、正面に外堀にかかる呉服橋《ごふくばし》が見えて来た。侍は、その呉服橋目指して歩き続けている。あれを渡れば呉服橋御門で、その向こうは北町奉行所の他、幕府高官の屋敷が連なっている。おゆうの期待感は一気に高まった。

侍は、呉服橋の袂で初めて立ち止まり、振り返って辺りを見回した。気配で気付いたおゆうは、さりげなく目を逸らし、歩速を変えずに進んだ。侍は何も感じなかったらしく、すぐに前を向いてまた歩き出し、そのまま呉服橋を渡って御門を抜けた。

思った通りだった。しかしこの先に進むと、町人の通行は出入り商人などのごく少数で、尾行するおゆうの姿は目立ち過ぎ、忽《たちま》ち不審に思われてしまう。仕方なく、呉服橋の手前で一旦歩みを止めた。

外堀の対岸に目をやると、あの侍が御門で左折して、堀沿いに進んでいるのが見えた。これまた幸いだ。あれなら対岸からでも追える。外堀のこちら側は、日本橋通りから連なる賑やかな町人地が続いており、人通りも多い。こちらに気付かれることはないだろう。

侍は北町奉行所の門前を過ぎてさらに進み、二軒目の武家屋敷の、閉じた表門の脇にある通用口の潜り戸を通って中に消えた。おゆうは対岸でその様子を、じっと見ていた。呉服橋御門の内側に屋敷を賜る、というのは、有力者の証しであり、一種のステイタスである。あの屋敷であれば、主は「お偉方」に相違あるまい。

(ようし、尾けた甲斐があったわ。でも、誰の屋敷かな)

対岸に渡って表札を見ればいいのだが、門番の注意を引いてしまう。おゆうはその屋敷から外堀を挟んでちょうど向かい合う位置の、菓子屋の手代を掴まえた。

「ちょっと御免なさいな。お堀の向こう側のあのお屋敷、どなたのかご存知ですか」

手代はちょっと面喰らったようだが、すぐに愛想笑いを作って答えてくれた。

「ああ、林肥後守《はやしひごのかみ》様のお屋敷ですよ。近頃はなかなかの羽振りでいらっしゃるようで、いろんな方が出入りされますよ」

「ずいぶんと厄介な話になってきたじゃねえか」

馬喰町の番屋で、伝三郎の隣に腰を下ろした境田左門《さかいださもん》は、懐から近所で調達したらしい焼き芋を取り出してそう言うと、一口齧った。

「御側御用取次《おそばごようとりつぎ》、林肥後守様とはなあ」

「まったくこの一件、どこへ向かうんだろうなあ」

伝三郎が珍しく、弱音混じりの溜息をついた。昨日、浜善から侍を呉服橋まで尾けた件を報告したところ、伝三郎は顔色を変えた。その反応を見たおゆうは、夜に東京に戻って、林肥後守についてネットで調べ上げた。結果、伝三郎が困惑するのも無理はない、とわかった。

林肥後守忠英《ただふさ》は、このとき旗本四千石。三年後には若年寄に出世し、大名に列せられる。将軍家斉《いえなり》の覚えめでたく、家斉の治世下で長く権力をふるい続けた人物で、今現在は飛ぶ鳥を落とす勢いだ。お約束通りの賄賂政治家であり、時代劇映画に出るときは百パーセントの確率で悪役を務めている。幕閣に巣食う魑魅魍魎《ちみもうりょう》の類い、と言えた。三崎屋たちがこんな大物と繋がりがあるとは、意外だった。驚いた伝三郎が今朝、奉行所で事情通で知られる同僚の境田に話し、その結果、彼がここに居るというわけだ。

「噂じゃ、今月にもまたご加増があるらしいぜ」

もぐもぐと口を動かしながら、境田が言った。伝三郎が渋い顔をした。

「三崎屋にしろ大村屋にしろ美濃屋にしろ、林様の屋敷に出入りしているわけじゃねえ。商売もばらばらだ。そんな連中が林様に取り入って、何をする気なんだろうな」

「そりゃあ、俺に聞かれてもわからん」

境田はあっさりと伝三郎の問いかけを退けた。そこでおゆうが焼き芋にじっと視線を注いでいるのに気付き、ちょっと迷ったようだが、大きな焼き芋の三分の一ほどを割って、「ほらよ」とおゆうに差し出した。

「わあ、ありがとうございます」

喜んで受け取り、早速口に持って行った。ほどよい熱さで、曇り空でうすら寒い今日の天候にはちょうどいい。一口齧ると、抑えた甘味が心地良く広がった。焼き芋は江戸でも人気の高い、軽食兼スイーツなのだ。

「焼き芋ぐらいで、そんなに嬉しそうな顔をするなよ」

伝三郎が苦笑し、おゆうは照れ笑いを返した。

「済みません。でも、美味しくって」

それから少しばかり真顔に戻し、境田に聞いてみた。

「林様ほどのお方なら、三崎屋さんや大村屋さんも、幾ら大店とは言え、簡単にお近づきにはなれないんじゃないですか」

「おう、いいところを衝いてくるな」

焼き芋を頬張ったまま、境田が笑みを浮かべた。

「何がしかの伝手《つて》は要るだろう。当然、金もかかるしな」

「ですよねえ。そんな苦労をしなくても、それぞれに商いはやれているみたいですけど」

「それにだ。何度も言うようだが、海産物問屋と油問屋と呉服屋と料理屋に、共通して利になることって、何なんだ。ずっと考えてるが、さっぱり思い付かねえ。その上に御側御用取次様のお出ましだ。どう解く」

伝三郎が横から言ったが、境田は肩を竦めるだけだった。

「共通して利になるって言うと、お金ぐらいしか思いつきませんね」

おゆうは何げなく言ってみた。すると、境田が急に難しい顔になった。

「金か、なるほど……」

境田は焼き芋の残りを口に押し込み、思案を始めた。

「考えられなくはないな。林様の絡んだ何かに金を出し、得られた利を出した金に応じて分ける。あるいは逆に、林様にまとまった額の賄賂を贈り、それぞれの商売で何かある都度、便宜を図ってもらう。そういうことなら、あり得るかも知れん」

はははあ、林が利権を持つ事業に投資して配当をもらう、又は定期的に賄賂を出し、後ろ盾になってもらう。それなら、現代でもある話だ。だが、言ってから境田は首を傾げた。

「しかし、そんなことなら誰でもやりそうだ。さっきおゆうさんが言ったように、林様との繋ぎが何かないと、話を持って行けねえだろう」

「それにだ、三崎屋たち四人が何でツルむようになったか、それがわからねえ。そっちを明らかにする方が、先じゃねえのか」

伝三郎が改めて言うと、境田も「正論だな」と頷いた。

話はそれから小半刻近くも続いたが、仮説はいろいろ出るものの、ああでもない、こうでもないと堂々巡りに終わった。

「やれやれ、話が前に進まねえな。そろそろ仕事に戻るか」

境田がそう言って立ち上がりかけ、伝三郎も一緒に腰を上げようとしたときである。番屋の戸が、がらりと開けられた。

「あ、鵜飼の旦那。境田様も」

入って来たのは源七である。何か知らせたいことがあるようだ。伝三郎も境田も、その場に座り直した。

「大村屋の周りをざっと調べたんですがね。どうも妙なことが」

「何だ。早く言え」

煮詰まっていたところに、新たな手掛かりが得られたかと、伝三郎の目が光った。

「へい。大村屋は今の主人の孝右衛門が一代で作った店なんですがね。店を開いたのが十四年前なんですが、店を出す前にどこで何をしてたか、どうもはっきりしねえんですよ」

「何だと」

伝三郎とおゆうは同時に声を上げ、顔を見合わせた。

「源七親分、昨日鵜飼様にも申し上げたんですけど、三崎屋さんも十四、五年前に店を開いたんですが、その前のことを誰も知らないんです」

「えっ」

今度は源七が驚いた。

「大村屋も三崎屋も、店を出す前のことがわからねえってことか。こいつは……」

源七は伝三郎の顔を覗き込んだ。伝三郎が頷く。先ほどまでとは違って、気合が入ったようだ。

「よし、他の連中も使って、美濃屋と浜善の出自がどうなってるか調べろ。もしその二人も昔のことがわからねえってんなら、そこが鍵だ」

伝三郎が指図を飛ばし、おゆうと源七は、「はい」「合点です」と頷いた。傍らでこの様子を見て、境田が安堵《あんど》したような笑みを見せた。

「どうやら切り口が一つ、見つかったようだな」


それから足掛け三日、おゆうたち目明しは美濃屋と浜善を洗うことに集中した。結果は明瞭だった。

まず報告に来たのは、美濃屋を調べた儀助だった。

「美濃屋は五十年前からある店です」

儀助が開口一番そう言ったので、伝三郎は明らかな落胆を見せた。

「何だ、そんな古い店か。しょうがねえな」

「最後まで聞いて下せえ。美濃屋の暖簾《のれん》は確かに五十年前から続いてやすが、今の主人の治平は先代と血のつながりはありやせん。十二年前に先代が商いにしくじって潰れそうになったのを、買い取ったんですよ。店の暖簾を残すのを条件に」

「買い取った？　それじゃ、治平はその前は何を」

「へい、二年ほど古着屋をやってたんですが、その前は誰も知らねえんで。少なくとも、江戸生まれじゃなさそうです」

「ようし、こいつはいいぞ」

伝三郎は満足げに顎を撫でた。

「古着屋をやってたときのことを、もっと調べろ。生国《しょうごく》の手掛かりが掴めるかも知れねえ」

「わかりやした」

儀助は了解して、すぐに出て行った。

次に来たのは、浜善を調べていた源七だった。

「浜善の善吾郎は、十二年前にあの店を出してます。それまでは他の店で板前修業をしてたようですが」

「板前か。どのくらいだ。その店の話は聞いたのか」

「二年ほどです。本所相生町《ほんじょあいおいちょう》の小料理屋ですがね、話によると腕はまあ、並だったようです」

「並程度の板前が、二年やそこらで店を出せるのか」

「小料理屋の主人も、その辺を不思議がってやしたね。確かに、普通は無理でしょう」

「金を持ってたか、誰かから金を出してもらったか、だな」

伝三郎は何事か考えている様子だ。そう言えば美濃屋にしても、二年ぐらい古着屋をやっただけで、ちゃんとした呉服屋を買い取るほどの金が貯まるとは思えない。

「板前修業に来る前は、どこに居たんでしょう。やっぱり江戸に出て来たんですか」

おゆうが聞いてみると、源七は「その通りだ」と答えた。

「善吾郎は、下総《しもうさ》の出だと言ってる」

「あれ、出自がはっきりしてるんですか」

「いや、それがそうでもねえんだ」

源七は、ちゃんと調べてあるぜと胸を張った。

「浜善に出入りしてた魚屋に聞いたんですが、その魚屋は下総の出だったんで、お国訛《なま》りで善吾郎に話しかけたんだそうで。同郷のよしみで商売に繋がるか、と思ったんですね。ところが、善吾郎は魚屋の訛りがよくわからなかったようで、終始江戸言葉で喋ったそうです。そればかりか、下総の話を出しても、満足な答えが返って来なかったとか」

「じゃあ……下総の出、っていうのは嘘？」

「その魚屋、それっきり浜善からお呼びがかからねえそうだ。どう考えても変だろ。しかも善吾郎はその後、下総の話を口にしねえんだとよ」

「決まりだな。善吾郎も出自がわからねえ。それを隠そうとまでした。四人には、知られたくない過去があるんだ」

「はい、私も間違いないと思います」

おゆうが勢い込んでそう言ったところで、源七がさらに大事なことを付け加えた。

「もう一つ。その魚屋に聞いたんですが、下総じゃねえとしたら相州《そうしゅう》かも知れねえ、ってんです」

「相州？　どうしてそう思ったんだ」

伝三郎が眉を上げ、身を乗り出した。

「魚屋が言うには、善吾郎は漁のことに結構詳しいようで、あっしはよくわかりやせんが、刺し網のやり方とか、大掛かりな漁のこともいろいろ知ってるそうです。そういう漁をやるなら、下総よりは上総《かずさ》か相模《さがみ》ですが、魚屋は下総でも上総に近い方の出で、上総の出の知り合いも何人か居るんです。で、どうも上総じゃねえような気がするって」

「そうかなるほど、下総でも上総でもなけりゃ相州か」

伝三郎は顎に手を当てながら頷いた。

「ちょいとあやふやな話だが、手掛かりにはなるな」

「鵜飼様、相州に絞って聞き込んでみましょうか。もし何か出たら、めっけものですよ」

確かにあやふやだが、一つでも材料ができたのは有難い。

「おう、お前の言う通りだ。頼むぜ」

「はい、心当たりをつついてみます」

おゆうは十手を摑んで立ち上がった。


「おや、おゆう親分さん。またのお越しで」

急かされてあたふたと座敷に出て来た網代屋の主人は、何事かと訝《いぶか》しげだ。おゆうは前置きを飛ばして尋ねた。

「また三崎屋さんのことで、済みません。突然ですが、三崎屋さんのお国が相州だ、という話はお聞きになったことがございませんか」

「は？　相州でございますか」

唐突過ぎたか、網代屋は鳩《はと》が豆鉄砲を食らったような顔をした。

「さあ、それは……先日も申しました通り、三崎屋さんの出自につきましては存じ上げませんので」

「それは承知していますが、もしや相州と聞いて、思い出されることがおありではないかと」

「はあ、相州……相模の国ねえ」

網代屋は首を捻った。何とか記憶を辿《たど》ろうとしているようだ。おゆうはじっと待った。

「相州に関わりがあるようなことは……」

ぶつぶつと呟きながら、網代屋は腕組みして考え込んでいる。無理に相州に結び付けなくてもいいんですが、とおゆうが言いかけたとき、網代屋は「そうだ」と手を叩いた。

「一つ思い出しました。寄合の後、誰かが釣りをしていて川に落ちて、ひどい目にあったという話をされたとき、三崎屋さんが、自分も子供の頃、お城の堀に落ちそうになって親からこっぴどく叱られた、と話されたんです。三崎屋さんは若い頃江戸に出て来たお方と聞いた覚えがありますから、子供の頃の話なら、江戸の御城のことではないでしょう。どこかの御城下のお生まれ、ということになろうかと」

「御城……御城下」

これは大きな手掛かりかも知れない。御城下と言うと……、

「もし相州のお生まれなら、御城下と言えば、やはり小田原《おだわら》でしょうか」

網代屋がそう言い足した。そうだ、小田原だ。おゆうは手を叩いた。新幹線からも見える、小田原城。相州で「お城」と呼べるものは、他にないはずだ。

「あっ」

ふいに網代屋が声を上げた。また何か、思い出したようだ。

「蒲鉾《かまぼこ》です」

「蒲鉾？」

「小田原で思い出しました。二、三年前、三崎屋さんと商いのことで、蒲鉾の話をしていたとき、ふっと、子供の頃に作っているのを見たことがあるとか、そんなことを漏らされました。どこで、と聞きますと、忘れた、と言っておられたように思います」

おゆうは「それだ」と心で叫んだ。蒲鉾は江戸の世でも現代でも、小田原の名産である。おゆうは高揚する気分を抑えつつ、網代屋に丁寧に礼を言った。相州小田原。十四年かそれ以上前、そこで何かがあったのだ。

第三章　千住の学者先生

七

必要と思うものは持って行く、と言っていたので、電車ではなくタクシーで来るとは予想していた。しかし、二トントラックを連れて来て、家の前に横付けするとまでは思っていなかった。

「いったいこれは、何ごとなの」

泡を食った優佳は玄関から飛び出して、タクシーから降りたばかりの宇田川を摑まえた。

「道具は持って来る、って言ったろ」

優佳の驚愕など意に介していない様子で、宇田川は眉も動かさずに言った。トラックの運転手は、早くも荷台の扉を開けて積荷を下ろそうとしている。

「ご近所がいったい何て思うか」

「そんなこと、俺は知らん。必要と思ったから持って来ただけだ」

「あんた、ラボをあたしン家《ち》に移転する気？」

次々と運転手が出してくる大小の段ボール箱や金属ケースを指差し、優佳は唖然とした。気付くと、三軒隣の奥さんがこっちを驚いたように見ている。優佳は愛想笑いを浮かべて奥さんに会釈し、家に引っ込んだ。表では、宇田川が差し出された伝票にサインしている。運転手は伝票を受け取り、ありがとうございましたと深く一礼して、トラックに戻った。

「これは一体、どういう道具なの」

「だから分析に必要なものだって」

積み上げられた箱を見て頭を抱える優佳を、宇田川はあっさりと受け流した。

「最初に犯行現場の蔵を調べりゃいいんだな」

「それはその通りだけど」

一応、昨日のうちに美濃屋には、明日助っ人を連れて立ち入らせてもらう旨を伝えてある。だが、この現代でも変人の分析オタクを、江戸の人々に会わせて無事に済むのかどうか、優佳は未だに不安でたまらなかった。

宇田川は頷いて、自分の着ている地味なブルゾンとワークシャツと、くたびれたジーンズに目を這《は》わせながら言った。

「着替えるんだよな、これ」

当たり前だ。そんな恰好で江戸の往来に出られてはたまらない。

「着替えは用意しといた。私は別の部屋で着替えてくるから、自分で着ておいて」

優佳は押し入れを開け、江戸の古着屋で揃えておいた着物や股引《ももひき》を引っ張り出し、宇田川に放った。サイズは目分量だが、現代人の標準身長程度の宇田川は、江戸の標準からすれば結構な大男だ。体に合いそうな着物を捜すのに往生した。着物は洋服よりサイズの融通が利くので、まだ助かる。

着物を受け取った宇田川は、珍しそうに広げてひっくり返したりしている。優佳はそれを尻目に、おゆうに変身するため納戸に入った。

優佳・おゆうの着替え一式は、納戸の裏から階段を下りたところ、江戸と東京の中間位置にある小部屋の箪笥《たんす》にしまってある。優佳は慣れた手際で江戸の着物に着替え、帯を締めた。最初は一人で帯を締めるのも大騒動だったが、今では着付けの師匠で食えるほどだ。

さっさと着替え、髪も江戸でのおゆうの定番、「洗い髪」にまとめると、東京の居間に引き返した。この格好で東京に戻ることは滅多にない。

「宇田川君、用意できた？」

そう聞きながら居間の襖を開けた。そして、懸念した通りの事態になっているのを見て、嘆息した。

股引は付け、着物も順番を違えず何とか羽織っていた。しかし、帯は駄目だった。

「ちょっと、何それ。旅館の浴衣じゃないのよ。蝶結びにしてどうすんの」

宇田川は帯の両端を握って、憮然《ぶぜん》とした。

「もしかして、着物着たことないの」

「普通、ないだろ」

「あーもう、しょうがないなあ」

優佳は宇田川の後ろに回った。

「着物の前、ちゃんと合わせといてよ」

優佳は宇田川の帯をぐいっと締め付けた。宇田川が呻《うめ》いたが、無視した。自分でも上々と思える手付きで、無難な貝の口結びに仕上げる。後ろは取り敢えず何とかなったので、前に回った。やはり襟が緩んでいるので、ぐいっと引っ張って直してやる。うん、まあまあ見られるようになった。後は髪の毛だ。

「ちょっと洗面所に来て」

鏡の前に立たせ、江戸から持って来た髪油でぼさぼさ頭を撫でつけ、オールバックにする。余らせた髪を後ろでぎゅっと纏《まと》め、細い飾り紐《ひも》で縛った。それから先端を、鋏《はさみ》で整えた。

「あ、そうだ。眼鏡はまずいよ」

江戸でも網代屋がしていたような眼鏡はあるが、これは着物のように勝手に度数を見繕うわけにいかない。宇田川は眼鏡なしでも大丈夫なのか。

「そのぐらいわかってる。コンタクトレンズを用意してきた」

宇田川も少しは頭を使ったようだ。居間のハンガーに吊《つ》ったブルゾンのポケットからコンタクトのケースを出し、洗面所でそれを両目に嵌めた。

「これでいいか」

用意が整った宇田川は、確認を求めるように言って優佳の前に立った。

（あれっ）

意外だった。度の強い眼鏡に手入れしない髪、よれよれの白衣という普段の宇田川は、いかにもオタクらしい風貌なのだが、今着ている縞柄《しまがら》の袷《あわせ》の着物は、古着とは言えそこそこ上等なものだ。着こなしも優佳が徹底的に修正を加えたので、きちんとしている。無粋な眼鏡も外し、髪も整えた。そうして改めて見ると、宇田川は決してダサくない。確かに太めだが、コンタクトに変えたその顔は、いつもよりずっとイケていた。

「何だ。これで大丈夫なのか」

数秒、ぼうっと見ていたらしい。そのぶっきら棒な言い方は、全くいつもの宇田川だった。ちょっとどぎまぎしてしまった優佳は、慌てて言った。

「ああ、大丈夫。私がコーディネイトしたんだから。完璧とは言えないけど、江戸を歩いても不自然じゃないよ」

「そうか」

　ほっとして余裕ができたらしく、宇田川は優佳を、上から下までじっと眺めた。

「な、何よ」

　舐《な》め回すような視線ではなく、純粋に好奇心にかられてのことだったようだが、見つめられると優佳は落ち着かなくなった。

「ふうん、江戸じゃ普段、そんな恰好でいるわけか」

　宇田川は、何とも味気ない感想を述べた。失礼な話だが、いつもの宇田川らしくて優佳は寧ろ安堵した。もしも宇田川が、「素敵だ」とか「綺麗だよ」などという台詞を吐いたりしたら、富士山が噴火しかねない。

「よし、それじゃこいつを持ってくれ」

　宇田川は積み上げた箱の中から、比較的小ぶりなものを指した。宇田川自身は一抱えもある箱の上にさらに二つ積み、ぐっと持ち上げた。仕方ないな、と優佳は溜息をつき、指示された箱を持った。

「行くよ。足元に気を付けて」

　優佳は先に立ち、左手に箱を持って右手で納戸の戸に手をかけた。そこで、動きを止めた。

（本当にいいのか。階段を下りたら、もう後には引けないぞ）

　後ろで宇田川は、なぜためらうのか不審に思っているだろう。この期に及んで、優佳の頭の中を様々な考えが駆け巡った。伝三郎は宇田川を見てどう思うだろう。タイムパラドックスは、本当に大丈夫か。そして、事件は宇田川抜きで解決することはできないのか……。

（ええい、ままよ）

優佳はもう一度腹を括《くく》った。そして大きく深呼吸すると、右手でノブを回した。

「まさか、家の中に通路があったとはな」

宇田川は通って来た押し入れを振り返り、さすがに驚嘆したらしく言った。

「タイムトンネル付きの家なんて、初めて聞いたぞ」

誰だって初めてだろう。おゆうは、きょろきょろ家の中を見回す宇田川の背を小突いた。

「感心してないで、ちゃんと私の言う通りに動くのよ」

口調を強め、改めて釘を刺す。放っておくと、分析したいものを次々に見付け、人目も構わず没頭しかねない。

「あんたの名前は、宇田川聡庵《そうあん》。ちゃんと覚えた？」

「ああ」

「表に出たら、珍しいからってやたらと周りを見ないこと。あんたは生粋の江戸人ってことになるんだからね。お上りさんみたいな行動をとったら、ベテランの岡っ引きに忽ち変な目で見られるよ」

「しつこいな。俺だって馬鹿じゃない」

宇田川の方は、まったく不安など感じていないようだ。

「早速出かけるのか」

「先方には、昼のうちに行くと言ってあるから」

宇田川の江戸滞在時間は、可能な限り短くしなくてはならない。宇田川は素直に頷いた。

「わかった。機材を用意する」

宇田川は押し入れの羽目板を指差した。持ち込んだ機材は、江戸の人の目に触れたら一大事なので、羽目板の向こう側の階段に積んである。おゆうは宇田川を睨んだ。

「箱ごと持って行っちゃ駄目よ」

「馬鹿言え。風呂敷を寄越せ。できるだけ大きいやつ」

礼儀などには無頓着の宇田川も、そういう常識はあるようだ。

戸口から外を窺い、誰にも見られていないのを確かめ、風呂敷包みを提げた宇田川と一緒に、こっそり表に出た。自分の家なのに、盗人のように忍び出なくてはならないとは情けない。だが、知り合いに宇田川と家を出るところを見られたら大変だ。おゆうが間男をしていると噂されかねない。

できるだけ人目の少なそうな裏路地を選んで歩いた。が、そんな路地ばかりでは目的地に行けない。二つ三つ角を曲がって、馬喰町の通りを越えた。ここまで来ると、須田町の美濃屋までは、人通りの多い神田川沿いの柳原《やなぎはら》通りを行った方がいい。江戸では大柄な宇田川でも、人混みに紛れるだろう。

しかし、そう簡単にはいかなかった。柳原通りに出た途端、真正面から声がかかった。

「おう、おゆうさん。こっちへ歩いてるってことは、美濃屋へ行くのかい」

源七だった。間が悪い、と思ったがそんな顔はできない。おゆうは普段と変わらぬ物腰で、微笑んだ。

「あら源七親分、そうなんです。もう一度、蔵を見せてもらおうと」

「そうかい。で、そっちの旦那は？」

源七は宇田川に軽く顎を振った。見たことない顔だな、と表情が語っている。

「こちらは、蘭学《らんがく》その他、よろずに通じた学者の先生ですよ。美濃屋の蔵を破った手口がどうにもわからないんで、違った切り口から見てもらったら、何か思い付くことがあるかもと思って」

「へえ、蘭学の先生かい」

源七が珍しいものでも見るように、宇田川を眺め回した。まずいなあと思い、おゆうがさらに説明を加えようとすると、宇田川が一歩前へ出た。

「宇田川聡庵と言います。お見知りおきを。馬喰町の源七親分かな」

「へい、左様で」

宇田川より頭一つ低い源七は、警戒するような目をした。宇田川は東京では滅多にしないこと、即ち愛想笑いを浮かべた。

「噂は聞いてますよ。界隈で知られた凄腕だそうですな」

源七の顔がほころんだ。

「いやあ、凄腕って言われるようなもんでもねえが」

頭を掻いた源七は、おゆうと宇田川に向かって、二、三度頷いた。

「そうですかい。まあ、美濃屋の蔵についちゃこの俺も、思案投げ首ってとこでね。じゃあ先生、いい考えが浮かんだら教えて下せえよ」

源七はそれだけ言うと、二人に手を振って両国橋の方へ向かった。おゆうはほっとして、宇田川の方を向いた。

「ちょっと、あんたなかなかやるじゃない」

これは嬉しい誤算と言うべきか。一時はどうなるかと思ったが、何と宇田川は、一言で源七の警戒を解いてしまったのだ。ラボに座っている宇田川の様子からは、想像できなかったことだ。

「まさかあんたが愛想を言うとはね。その調子なら、うまく行きそうだわ」

「言ったろ。俺だって馬鹿じゃない」

おっしゃる通りです、とおゆうは頭を下げた。宇田川には、こういうことができる一面もあったのだ。不遜でぶっきら棒な態度の方が本来のものなのだろうが、時と場所に応じて変えることができるのなら、江戸でも心配は要らないのではないか。おゆうの気分は、格段に軽くなった。宇田川を江戸へ連れて来たのは、正解だったかも知れない。

後から考えれば、このときのおゆうの考えは、あまりにも楽観的であった。


美濃屋治平は、おゆうの紹介を聞いて、少なからず驚いたようだ。

「蘭学もなさるのですか。学者先生がお出ましになるとは、思いませんでした」

美濃屋が宇田川に向けた視線は、どこか疑わしげだ。口には出さないが、学者なんぞに何ができるんだ、と思っているのだろう。

「おゆう親分さんに、一度見てくれと頼まれましてな。正直なところ、役に立てるかどうか見てみないとわかりませんが」

　宇田川が落ち着き払って言うと、美濃屋もまあ害にはなるまいと思ったようだ。先生よろしくお願いします、と腰を折った。

おゆうは、いいぞいいぞと胸の内で応援した。これまでのところ、宇田川の動きは期待以上だ。いかにも自信のある学者、という雰囲気を、無理なく醸し出している。これで分析にも結果が出せれば、言うことはない。

　美濃屋が蔵に案内し、首から紐で吊って懐に入れていた鍵を出し、錠前を開けた。賊が入ったときの錠前は、宇田川が分析した後、奉行所で保管しているので、これは新しいものだ。美濃屋は扉を開けて蔵に入り、さあどうぞとおゆうたちを招じ入れた。

「千両箱などは別の場所へ移しました。賊がどうやって蔵に入ったかわからぬうちは、用心せねばなりませんから」

　美濃屋の言う通り、前に見たときと比べると、棚から箱が幾つか消えていた。犯行当時そのままの方が有難いが、まあ、さして影響はあるまい。

　宇田川は、おゆうに目で「始めるぞ」と合図した。おゆうは美濃屋の方を向いて、

「申し訳ありませんが」と詫びた。

「美濃屋さんはお店の方でお待ちいただけませんか。先生は、少々手の込んだ調べをなさるようですので。蔵の中の大事なお品には、傷一つ付けませんから、どうかご安心を」

美濃屋は眉をひそめた。だが、そうきっぱり言われては仕方がない。多少の不安を顔に残しつつ、ではよろしくお願いしますと頭を下げ、蔵を出て行った。

美濃屋の姿が消えるなり、宇田川は扉を閉めて、持って来た風呂敷包みを開いた。

「え、何なのこれ」

包みの中身は、大きめの懐中電灯と何色かのカラーフィルター、カラーゴーグル、それに一眼レフカメラだった。怪訝な顔をするおゆうに、宇田川はいかにも彼らしい小馬鹿にしたような表情を向けた。

「ALSライトだ。見たことないか。科学捜査官のドラマとかで出てくるだろ」

「そういうドラマ見てないから知らない」

宇田川は、信じ難いというように首を振った。

「こいつは、普通と違う波長の光を当てて、それに反応するものを浮かび上がらせる道具だ」

言いながら宇田川は、ライトにオレンジ色のフィルターを取り付け、同じ色のゴーグルを二つ、摘《つま》み上げた。

「こいつで光を当て、ゴーグルを通して見れば、浮かび上がった指紋が見える」

宇田川はゴーグルの一つを自分でかけ、一つをおゆうに手渡した。促されるまま、それをかけてみる。

「さっさと片付けるか。見てろ」

勿体《もったい》をつけるでもなく、日常作業のような手軽さでライトを点灯すると、宇田川は棚に並んだ木箱を照らした。幾つもの指紋がゴーグルの視界に浮かび上がった。

「へえっ」

おゆうは感嘆してその光景を見た。指紋が燐光《りんこう》を帯びたようにはっきり見える。こんな優れモノがあるなら、もっと早く貸してくれれば良かったのに、などと勝手なことを思った。

「盗まれたものが入ってたのは、どれだ」

「ええっと、確かこの箱」

照らされた箱には、何重にも重なった指紋がべたべた付いていた。賊の指紋だけ抽出するのは、大変そうだ。宇田川もそこから指紋採取する気はないようで、すぐにライトを床に向けた。

「で、犯行時にはこの箱は床に落ちてたのか」

「そう。その辺かな」

おゆうが指す部分の床板に、ライトを当てた。床にはそれらしい指紋は見えない。宇田川は、「ふん」と鼻を鳴らすと、顔を上げて天井を見た。それから首を回し、格子のはまった明かり取りの窓を見上げた。

「土蔵って、だいたいあんなものが付いてるのか」

「いえ、必ずしもそうじゃないけど」

宇田川はもう一度鼻を鳴らし、ライトをさっと上に向けた。何でそんな方を、とおゆうは言いかけたが、ライトが向けられたところを見上げて、「あっ」と声を上げた。

「ま、思った通りか」

宇田川は淡々と言って、ライトの光を明かり取りの窓の縁から棚の上部へと、斜めに這わせていった。そこには、指紋が点々と残っていた。

「あんな高いところに指紋が、ってことは……」

おゆうは呻いた。これは、賊が棚を足場にして壁伝いに手をつきながら駆け上がり、明かり取りの窓から出て行った、という状況をはっきり示している。侵入するときは、窓から身を入れて床に飛び降りたのだろう。相当身が軽くて、訓練した者でないとできないだろうが、三崎屋を襲っておゆうたちの包囲網を逃れたのは、正しくそういう奴だった。

「いや、でも、あの窓は格子があって開かないのよ。どうやって出入りを」

「そんなこと知るか。指紋の付き方を見りゃ、あそこから出たのは明らかだ。窓を破った方法は、そっちで考えろ」

もっともだ。あの窓からは出入りできないと決めつけて、今まで詳しく調べていなかった。梯子を持って来て、若い衆に上らせよう。

おゆうは蔵を出ると、進展がありそうだから後でまた来る、と美濃屋に告げ、多くを聞かれないうちにと、急いで宇田川を連れて店を出た。壁の指紋は、フィルターを被せた一眼レフで撮影し、データに取り込んである。美濃屋はどうもよくわからないといった様子で、首を傾げながら二人を見送った。

家へ帰って機材を押し入れに隠すと、馬喰町の番屋に顔を出した。うまい具合に、浜善の見張りを交代して戻って来たらしい千太が、座って一服していた。

「あ、姐さん、どうも。あれ、そっちのお人は」

千太が宇田川に好奇の目を向けた。

「蘭学とかいろいろやってる宇田川先生よ。ちょっと美濃屋の調べを手伝ってもらったんだけど、気になることがあるんだ。鶉飼様と源七親分を探して、美濃屋に来てもらって。私たちは、先に行ってるから」

「へ？　へい、わかりやした」

千太が出て行くと、おゆうは宇田川に向き直った。

「じゃあ宇田川君、取り敢えず東京に戻っとく？」

やはり宇田川の長居は避けた方がいい。が、宇田川は肩を竦めた。

「そうもいかんだろ。俺が調べに行ったことは知られてるんだから、例の同心に説明してやらないと」

「説明って、まさか指紋の話を」

「なわけないだろ。必要になったら、ちゃんと理詰めで話してやるさ」

おゆうは迷った。宇田川の言うことは筋が通っているが、こいつを伝三郎と対面させてもいいものだろうか。伝三郎が相手だと、源七のように簡単に丸め込めないのではないか。

「心配するな。ほら、ぐずぐずしないで行こうや」

仕方ない。おゆうは急かされるまま、番屋を出て宇田川と共に美濃屋へ取って返した。


「学者の先生、ですか」

伝三郎は、美濃屋の庭で初めて顔を合わせた宇田川を、頭のてっぺんから爪先まで、遠慮なくじろじろと見た。おゆうは気が気ではなかった。まさか、伝三郎と宇田川がこんな風に相対する日が来るなんて、想像もしなかった。

「どちらにお住まいで」

「ああ、千住の方に庵を建てて、住んでらっしゃるんですよ。静かな方がいいって」

おゆうが急いで割り込んだ。住まいについての質問は当然受けるだろうし、土地勘のない宇田川に変なことを言われたら危ないので、答えはおゆうの方で用意していた。

「ほう、千住ですか。お一人で」

「ええ、まあ。喧騒から離れている方が学問にはいいので」

おゆうがほっとしたことに、宇田川は無難な答えを返した。

「さあ、みんな揃ったんですから、始めましょう」

このまま伝三郎に質問を続けさせたら、ボロが出てしまう。おゆうは手を叩き、一同を急かした。

「梯子は」

「はい、こちらでございます」

美濃屋の手代が、長い梯子を持って来た。この前、蔵の屋根を調べたときに使ったものだ。

「よし、千太。上ってよく見て来い」

「え、あっしですか。鳶職でも呼んだ方が……」

「つべこべ言うな。お前以外に誰が上るってんだ」

源七に尻を叩かれ、千太は顔を顰めながら梯子を上って行った。高い所は、あまり好きではないらしい。

「あそこは屋根を調べたとき、一通り見たんだが、格子は頑丈そうだったぜ。夜は雨が入らないよう、内側にある蓋を閉めるそうだし」

源七が梯子を見上げて首を傾げた。

「でもねえ、床も屋根も調べて、そのどちらにも出入りできる穴や隙間がないなら、あそこしかないんですよ。夜は蓋をすると言っても、蓋に鍵をかけるわけじゃないから、すぐ開くでしょう」

格子さえなければ、だが。

「左様。消去法でいくと、あの窓しか残らないわけで」

「しょうきょほう？」

源七が首を捻った。まずい！　現代語だ。

「次々にあり得ないことを消していって、残ったもの、ってことです。学問の言葉なんですよね、先生」

おゆうは宇田川を振り向き、伝三郎と源七に見えないように睨んだ。それで宇田川にもわかったようで、もっともらしく咳払いすると、「いかにも」と鷹揚に言った。

「へえ、そうですか」

伝三郎は、何だか納得いかないような顔をしている。おゆうの背中に冷や汗が出た。と、そこへ上から千太の声が降ってきた。見上げると、千太は窓の格子をしきりに叩いている。

「どうもこの格子、ちょっとやそっとじゃ壊せませんぜ。頑丈に出来てらぁ」

「壊して入ったわけじゃないだろう。格子が外れるようなところはねえか」

伝三郎が大声で言うと、千太は梯子の上で首を傾げた。

「そんなところは、なさそうですがねえ」

千太は格子を一本一本叩いている。びくともしないようだ。

「手品《てづま》みたいな仕掛けがあるのかねえ」

源七が千太の動きをじっと見て言うと、隣で宇田川がぼそりと漏らした。

「夜の暗い中でやったんだ。そんなに難しい仕掛けじゃないはずだ」

伝三郎が「なるほど」と呟くのが聞こえた。

「あれっ」

いきなり千太が叫んだ。

「何だ、どうした」

声に驚いた源七が聞いた。千太はどうやら、窓枠の四隅にある金具を触っているらしい。

「窓枠に格子の枠を留めてある金具なんですがね。ちょっと横にずれるんですよ」

「あァ？　留め具が動いちゃ、役に立たねえだろうが」

「いやそれが、動くんですって。もしかして、こっちも」

千太が他の金具を触った途端、窓の格子が内側に傾いた。

「うわっ」

格子を摑んでいたのでバランスを崩した千太が、悲鳴を上げた。

「危ない！」

思わずおゆうは叫んだ。千太はどうにか窓枠を摑み直し、体勢を戻した。

「はあぁ、寿命が縮んだ」

千太が情けない声を出す。源七が怒鳴った。

「馬鹿野郎！　こっちの寿命が縮むじゃねえか。どうなったんだ」

「へい、四隅の金具をいじったら、留めが外れて、格子が枠ごとごっそり外れたんでさぁ。こんな仕掛けになってるとは」

「美濃屋、こいつはどういうこった」

伝三郎が驚いて美濃屋に尋ねた。だが、美濃屋は伝三郎以上に驚愕していた。

「そ、そんな。あの格子が外れるようになっていたなんて、ちっとも知りませんでした」

「この蔵、去年の秋に建てたって言ったな」

「はい、左様でございます」

「建てた大工は」

「堅大工町《たてだいくちょう》の棟梁、太蔵《たいぞう》さんです。あの、まさか」

青ざめる美濃屋には答えず、伝三郎は源七に目で指図した。源七は「へい」と頷き、梯子の上の千太にまた怒鳴った。

「おうい、もういいぞ。格子をはめ直して、とっとと下りて来い。急げ」

「ええっ。わかりやした、ちっと待って下せえ」

千太は慌てて格子を直し、人使いが荒いやとぶつぶつ言いながら、梯子を下りて来た。地面に着くなり、源七が背中を叩いた。

「おい、休んでる暇はねえ。行くぞ」

「え？　行くってどこへ」

「決まってらぁ。堅大工町だ」

源七と千太は、呆然とする美濃屋の横を駆け抜け、表に飛び出して行った。

「いったいどういうことでございましょう。蔵を建てたときからあんな細工が……」

「後からできるような細工じゃねえだろう」

伝三郎が言っても、美濃屋はまだ半ば信じられないようだ。

「太蔵さんはもう二十年、棟梁をなさってるお人ですよ。信用もあるし、賊の一味だなどと、到底思えません」

「棟梁が一味でなくても、弟子に紛れ込んでるかも知れねえ。その辺は、調べりゃわかる」

伝三郎は自信ありげに言った。それから、思い出したように宇田川の方へ顔を向けた。

「いや先生、ありがとうございました。さすがの慧眼《けいがん》ですな」

「なに、私は見方をお示ししただけのこと。お役に立てて良かった」

宇田川はいくらか胸を反らせたようだ。調子に乗る前に連れ出さねば。おゆうは宇田川の袖を、後ろから引いた。

伝三郎は、宇田川に再度礼を言うと、急に美濃屋に声をかけた。

「おう美濃屋、ところでお前さんの生国はどこだったかな」

「は？　手前の生国ですか。野州《やしゅう》でございますが」

野州は下野《しもつけ》、つまり栃木《とちぎ》県だ。

「そうかい。野州のどの辺だい」

「佐野《さの》の方でございますが、それが何か」

美濃屋の顔に不審の影がさした。伝三郎は、何でもない、というように肩を揺すった。

「いや、いいんだ。もしかして、相州かと思ったんだが、そうかい、野州かい」

おゆうは、美濃屋が一瞬強張《こわば》ったのを、見逃さなかった。伝三郎も何気ない風を装っているが、気付いただろう。

「よし、ひとまず引き上げよう。太蔵のことで何かわかったら、また知らせる」

伝三郎は生国の話をすぐに打ち切り、表へと足を向けた。美濃屋は、御役目ご苦労様ですと深く一礼し、懐から紙包みを出して伝三郎に恭しく渡した。お約束の、付け届けだ。宇田川は、見ないふりのつもりか、そっぽを向いている。

通りへ出て、少し歩いてからおゆうは伝三郎の脇に寄り、小声で言った。

「鵜飼様、相州のことで揺さぶりをかけましたね」

伝三郎が、ニヤリとする。

「美濃屋め、明らかに動揺していたな」

「ええ。私たちが外へ出てからも、しばらくずっとこっちを見てましたよ。背中に穴が開くかと思うくらい」

「そいつは盛大なお見送りだな」

「野州の佐野、とは言ってましたけど」

「もし本当に相州の出で、それを隠したいなら、尋ねられたときに備えて、もっともらしい生い立ちの話を用意してるだろうさ」

おゆうはぎくりとした。そう言ったとき、伝三郎の目が、ちらりと宇田川に向いたような気がしたからだ。だが、改めて伝三郎の顔を見ると、特に変わらず機嫌も良さそうだ。気のせいだったか。

「じゃあ鶏飼様、私は先生をお送りしてきます」

「そうか。俺は浜善の見張りを増やすよう、手配りしておく」

伝三郎は宇田川に、では先生、どうもと軽く一礼し、奉行所の方角へ向かった。おゆうは、ふうやれやれ、と大きく息を吐いた。宇田川と伝三郎の顔合わせは、何とか無事に済んだ。

「じゃ、帰ろうか。宇田川君、助かったよ。本当にありがとう」

気分が軽くなったおゆうは、歩きながら素直に宇田川に礼を言った。

「あの同心、鶏飼伝三郎か、賄賂みたいなのを受け取ってたが、いいのか」

「ああ、付け届け。そりゃ現代の警察ならもらっちゃヤバいけど、江戸じゃあれが習慣なんだよ。町方役人は基本給安いのに、配下の岡っ引きへの報酬は自腹だから、大事な収入源なんだ」

「ふうん」

説明を聞くと、宇田川は関心をなくしたようだ。この男は基本的に、自分が興味を持てないと思ったことには、至って冷淡である。

「ああ、でも宇田川君、あんなにたくさん機材持ち込んでもらったのに、結局ＡＬＳ

ライトしか使わなかったね。悪いなあ」

おゆうとしては、人目に付く大型機材などを江戸に入れずに済んで、ほっとしたところだ。だが、宇田川は思わぬ反応を見せた。

「他の機材なら、まだ使うかも知れんんだろ」

「は？　まだ使う？」

「犯人の尻尾を押さえるには、まだまだ細工が必要だからな」

「え、ちょっ……もしかして、この先も続ける気？」

宇田川は、ほとほと呆れたという目でおゆうを見た。

「何を言ってる。犯人の目星すらつかないんだろ。まずデータ収集から進めないとな」

顔から血の気が引くのがわかった。美濃屋の蔵の調査を頼んだだけのはずが、宇田川は事件解決まで、江戸に出入りを続けるつもりだ。

（この分析オタク、甘く見てた）

考えればこの男が、江戸へ入って直に様々な分析を試みられる、そんなあり得ないチャンスを無駄にするはずがなかったのだ。

八

「堅大工町の太蔵のところへ行って来やしたが」

おゆうの家の座敷に座って、駆け付けに、とおゆうの出した酒を一口啜り、源七が言った。

「太蔵は、美濃屋の蔵にそんな細工がされてるなんて、寝耳に水だったようで」

「棟梁が、細工に気付かなかったってぇのか」

炬燵に入った伝三郎が、信じられんなという風に眉を上げた。おゆうはその隣に寄り添い、徳利を傾けている。

さっきは大変だった。宇田川に何とか言い含めて、今日のところは東京へ帰らせたのだが、来週の週末も来ると言う。頻繁にこの家に出入りされては、すぐに伝三郎に知られてしまう。それは何としても避けたい。今も、もしや宇田川が忘れ物があったなどと言って戻って来やしないかと、内心びくびくしていた。

(次の週末までに、どうするか考えなくっちゃ)

「何か気になるのか」

うわの空になりかけていたようだ。伝三郎が心配げに問いかけた。

「ああ、いえ、何でもありません。蔵に細工するなんて、よく考えたもんだと」

「ああ、それはそうだな」

伝三郎の方も、今日はだいぶ疲れているようだ。いつもより口数も少ない。奉行所で何か言われたのかも知れない。源七は、そんな様子には構わず続けた。

「深川の棟梁の書いた書付を持って、働かせてくれと言って来た奴が居たんだそうで。三十くらいの真面目そうな男で、使ってみると腕も悪くない。蔵を建てるのが得意だって言うんで、それじゃあと美濃屋の蔵を任せたんでさぁ」

「何だか都合のいい話ですね」

おゆうが首を傾げると、源七も「まったくだ」と相槌《あいづち》を打った。

「後から考えりゃ都合が良過ぎるが、そのときは手が足りなかったんで、渡りに舟と思ったらしい。初めは太蔵も様子を見に行ってたんだが、不都合はなさそうなんで、終いには任せきりだったそうだ」

「じゃ、太蔵さんの見てないところで、そいつが細工をしたんですね」

「そうよ。最初《はな》っから、そのつもりで潜り込んだんだ」

「そいつの名前と住まいは」

伝三郎が聞くと、源七は手を左右に振った。

「菊造《きくぞう》って名乗ってましたが、出まかせでしょう。神田山下町《かんだやましたちょう》の長屋住まいと言ってたのも、調べたら嘘っぱちで、そんな奴は住んでやせんでした」

「てことは、深川の棟梁の書付も」

「へい、その棟梁は本物ですが、菊造なんて奴も書付も知らねえと」

「鵜飼様、これって例の、およねとかおよしとか名乗った下女と同じやり口ですね」

「ああ。こいつもあの賊の一味に間違いねえな」

「それにしても、半年も前から細工を仕込んでたとはねえ。気の長え話だ」

源七が腕組みし、感心したように漏らした。源七の言う通り、ずいぶん長期にわたる計画のようだ。美濃屋の細工は、大村屋に下女を入れるよりずっと先に行われている。それぞれの店に使う手口を計算し、周到に準備してあったとすると、この賊は一筋縄ではいかない。

「こうなると、浜善にどんな仕掛けをしてくるか、だ。見張りを増やしたぐらいじゃ充分とは言えねえな。明日、蔵を調べて、ついでに善吾郎にも揺さぶりをかけてみるか」

伝三郎はそう言っておゆうの顔を見た。

「はい、お供させていただきます」

おゆうは力強く頷いた。

浜善の善吾郎は、すっかり当惑しているようだった。

「本当に、大村屋さんと三崎屋さん、美濃屋さんに入った盗人が、うちも狙っているとおっしゃるのですか」

「まあ、そう思うだけの理由はある。お前、その三軒の旦那衆とは親しいようだな」

「はい、お三方ともうちをご贔屓いただいておりますが、それほど深いお付き合いというわけでは。それだけで同じ盗っ人がうちに来るとは……」

伝三郎の話を聞いて、善吾郎は落ち着かなげに目を動かした。

「心当たりは、ねえってのかい」

「はい、これと言って思い浮かびません」

「同じ客先に、四人とも出入りしてるなんてことはねえのかい。例えば、お大名とかお旗本とかな」

この一言に善吾郎は、おゆうにもはっきりわかる動揺を見せた。

「いっ、いえ、そのようなお出入り先はございません」

「そうかい。ならいいんだが」

伝三郎が目を細めると、善吾郎は視線を下に逸らせた。伝三郎は林肥後守の名前を出すつもりはないようだ。今の段階で手の内を全部晒《さら》すのは得策でない、ということだろう。

「とにかく、疑いがある以上、蔵を見せてもらうぜ」

「承知いたしました。正直申しまして、手前の蔵には大村屋さんや三崎屋さんのように、高価な品が幾つも入ってはおりませんのですが」

おや、水が漏れたわね、とおゆうはほくそ笑んだ。大村屋や三崎屋とは、蔵の中身を知っているほど深い付き合いがある、と自ら言ったのと同じだ。今のところ、四人の商人の間に強い結びつきがあるという確たる証拠はないが、状況証拠は次々に集まっている。おゆうも伝三郎も、その結びつきの根底にあるのは何か、ということがわかれば、事件は解決するだろうと思っていた。

善吾郎が案内した浜善の蔵は、他の三軒の蔵よりひと回りは小さかった。錠前も平凡な箱型錠で、飾り気もない。しかも、開いたままだった。

「昼間は錠前は掛けておりません。店の者の目が届きますし、先ほども申しましたように、値の張るものは特にございませんので」

戸口に立った善吾郎は、扉を開けておゆうと伝三郎に、さあどうぞと手で蔵の中を示した。伝三郎が「じゃあ入らせてもらうぜ」と足を踏み入れ、おゆうもそれに続いた。

蔵の中は綺麗に整頓され、埃もなかった。棚には箱が幾つも置いてあるが、中身は正月用の飾り物とか、古い皿などだ。善吾郎の言うように、大村屋などとは違って、値打ちのある骨董らしきものは見当たらない。千両箱もない。

「一番高いのはどれだい」

「左様でございますね……その伊万里の絵皿でしょうか。と申しましても、値《あたい》は二十両ほどですが」

庶民からすれば高価な品だが、他の三軒で盗られたのは何百両という品物だ。それに比べれば、見劣りすると言わざるを得ない。持って逃げるのにはちょっと大きいし、これを狙ってくるということがあるだろうか。

「この蔵は、いつ建ったんだ」

「はい、七年前でございます。海辺《うみべ》大工町《だいくちょう》の棟梁がご自身で手掛けられまして」

おゆうはまた、おや、と思った。唐突に見える伝三郎の質問だったが、善吾郎の答えは、美濃屋の蔵が賊の仲間に細工されたのを、知っているかのようだった。昨日の今日では、噂が耳に入った、ということはないはずだ。美濃屋が知らせなければ。

中を一通り確かめ、外側に回った。この蔵には、開口部が戸口一か所しかない。壁は分厚い土壁で、ひび割れもない。

「鵜飼様、この土蔵に細工はなさそうですね」

蔵の四隅まで念入りに見てから、おゆうは諦めて言った。伝三郎が頷く。

「鍵は善吾郎が肌身離さず持っておく、と言ってる。どうやってこの蔵を破るつもりか、ちっと見当がつかねえな」

伝三郎は蔵の屋根を見上げて溜息をついた。伝三郎にしては珍しい。やはり疲れているのか。

「ここの見張りには六人当ててるが、充分とは言えねえ。三崎屋のときみたいに、賊がいつ来るか見通しが立ちゃ、大勢で待ち伏せもできるがなあ」

伝三郎は口惜しそうだ。一度失敗しているので、そう安易に大量動員はかけられないだろう。仕方ねえ、と肩を竦めると、傍らで様子を見守っていた善吾郎に向き直った。

「しばらくの間、夜通し見張りを置いておく。お前も充分に用心しろよ」

「はい、ありがとうございます。店の者にも、交代で寝ずの番をさせます」

「そうしてくれ。ところでちょいと聞くが、お前さん、生国は相州かい」

善吾郎が絶句し、そのまま凍りついた。

「うん？　どうかしたのか」

「あ、いえいえ。手前の生国は下総でございます」

「ふうん、下総のどの辺だい」

「え？　は、はい、印旛《いんば》の方でございますが……それが何か」

善吾郎の顔が、青白くなっている。下総の話を、何とか避けようとしているようだ。

「何か、ってほどでもねえんだが、ちょっとな。お前さんのところは、蒲鉾はどこから仕入れてるんだ」

「かっ……蒲鉾でございますか」

善吾郎は、誰が見てもわかるほど、激しく動揺した。突然無関係な質問をされれば、困惑するのが当然だが、善吾郎の反応はそんなものではなかった。

「お、大川端の白井屋《しらいや》さんからで……」

「そうかい。わかった。いや、今日は邪魔したな。何度も言うが、くれぐれも用心を怠るなよ」

伝三郎は唐突に並べ立てた質問を、また唐突に打ち切り、善吾郎に背を向けて表に出て行った。伝三郎に付いて表に行きかけたおゆうが振り向くと、善吾郎は呆然としたまま、店の前まで送りに出るのも忘れて突っ立っていた。


「善吾郎さん、ずいぶん泡を食ってましたね」

二町ほど歩いて千鳥橋《ちどりばし》を渡り、堀沿いに永代橋へ歩く途中でおゆうが言った。ここまで来れば、浜善からはもう見えない。

「ああ。料理屋の旦那が蒲鉾の話であんなに青ざめるとは、驚き桃の木だ」

それはおゆうにも意外なほどだった。

「やっぱり相州、それも小田原に何かありますね、これは」

「ああ。大村屋と美濃屋も、小田原に絞って何か縁がないか、探ろう。うまくすりゃ、美濃屋を調べてる儀助あたりが何か摑んでるかも知れねえ」

伝三郎は、小網町まで来てから、儀助を摑まえてみる、今晩また寄るから、と言っておゆうと別れた。いつもなら、もっとどっしり構えて岡っ引きたちの報告を待つのだが、今回は少しせっかちだ。やはり、上の方から何か言われているのだろうか。お疲れ気味なら、精の付くものでも肴《さかな》に用意してあげよう、と思って一旦家に向かった。

大伝馬町まで来たところで、良く知った顔に出会った。

「よう、おゆうさんじゃねえか。もしかして、浜善へ行ったのかい」

境田左門は、小太りの童顔に笑みを浮かべて、挨拶代わりに手を上げた。

「あら境田様。大番屋の帰りですか」

「ああ、これからちょいと一回りだ。伝さんは」

「小柳町の儀助親分を探しに行きました。美濃屋の周りで何か摑めてないか、聞きたいって」

「そうか。伝さんも大変だな」

境田は同情するような言い方をして、首筋を掻いた。おゆうは眉をひそめた。

「鵜飼様は、奉行所で何か言われてるんですか」

そう聞くと、境田はちょっと困った顔になった。

「うん、まあ……伝さんが余計なことを言うなって怒るから、内緒だぞ。三崎屋で賊を取り逃して、今度は美濃屋をあっさりやられたろう。浅はか源吾だけじゃなく、吟味与力様の辺りからも何をやってるんだ、なんて声が出てな。御奉行も苛立っていて、早々に何とかしろと言い出してるそうだ。三崎屋の大捕物にしくじったのが、尾を引いてるんだな」

やはり伝三郎は、相当プレッシャーをかけられているのだ。

「大村屋と三崎屋、美濃屋、浜善が何かでツルんでるらしい、ってのは上の方の耳にも入れてある。これで浜善の蔵も襲われて、まんまと逃げられたら、一通りの叱責じゃ済まねえだろう。伝さんが焦るのもわかるよ」

これは頑張らねば。浜善で賊を捕らえるのは難しいかも知れないが、何としても手掛かりを摑んで、賊の正体を割り出さねばならない。下手をすると、伝三郎に処分が出てしまう。

「おゆうさん、顔が曇ってるな。伝さんが心配なんだろ」

「え、ええ。とっても心配です。私にできることは、何でも」

「いいねえ。俺もどこかの別嬪に、そのぐらい心配されてみてえや」

境田は眉を下げ、しっかり伝さんを助けてやってくれよ、とおゆうの肩を叩いて、定廻りの仕事に出かけて行った。

おゆうは大伝馬町の通りを東へ歩きながら、思案した。今から十四、五年前、小田原で何か起きていないか、東京でネット検索してみようか。だが、検索でヒットするほどの大事件なら、伝三郎も境田もすぐ気付くだろう。賊の手口から割り出せることはないか。軽業師の線も鳶職の線も駄目だったのだから、後は何が考えられる？　菊造と名乗った大工も、あの下女も、市中に紛れてしまえば容易に見つかるまい。とすれば……。

（宇田川の力を、借りるか）

宇田川なら犯行手口から何らかの分析を行えるかも知れない。そんな話をすれば、嬉々《きき》としてこの江戸に出入りを重ねるだろう。しかし、それはおゆうの家にしょっちゅう出入りすることを意味するから、どうにも具合が悪い。

思案に行き詰まり、取り敢えず煮売り屋で煮魚や蛤《はまぐり》などを買って家に戻った。伝三郎が来るまでには、まだ二、三時間あるだろう。それまでに何かできないか……。

「やあ、お帰り」

戸を開けた途端、家の中からそんな声が降って来て、おゆうは腰を抜かしそうになった。辛うじて悲鳴が出るのを抑え、座敷を見た。炬燵の横で、宇田川が胡坐《あぐら》をかいていた。

「ななな、何でここに居るの」

　すっかり度を失って宇田川に指を突きつけると、のほほんとした表情が返ってきた。

「何でって、手伝いに来ただけだ」

「来るのは次の週末でしょ。昨日の夕方、帰ったばかりじゃない。明日、会社はどうすんの」

「河野さんにメールして、税務調査が終わるまで休む、と連絡しておいた」

「そんな急に長期休暇取って、大丈夫なの」

「今はややこしい仕事はない。どうせ単純作業がほとんどでつまらんから、スタッフに任せときゃいい」

　ずいぶん自由な、と言うかいい加減な、と思ったが、業務が単純作業ばかりなら、宇田川は出社しても自分の好きな分析を勝手にやっているだけだろう。河野にしてみれば、国税の調査官の前で妙なことを口走られるより、休んでくれた方が好都合かも知れない。

「待って。今日のところは具合が悪い。二時間もしたら伝三郎が来るのよ」

「そうか。来たら挨拶するか」

「しなくていい！　とにかく一旦引き上げて。明日からの段取りは何とかつけるから」

夕方にこの座敷で顔を合わせたら、伝三郎に何と思われるか。不満そうな宇田川の背中を無理やり押して、押し入れの奥に蹴飛ばすように送り込んだ。羽目板を元通り閉め、とにかく一息ついたものの、明日以降、どうしたものか。伝三郎のために宇田川は必要だと思うものの、この家に居座られては困る。どこか拠点を見つけねば。

伝三郎が来たのは、ほぼ思った通りの二時間後、七ツ半（午後五時）を過ぎた頃だった。

「お待ちしてました。ゆっくりして下さいね」

おゆうは飛びきりの笑顔で迎えると、大小を預かって刀掛けに置き、酒を用意するため台所に立った。伝三郎は、ふうっと大きく息を吐いて、座敷の真ん中にどっかり座った。

「そろそろ炬燵もしまいどきだな。飛鳥山《あすかやま》の桜もだいぶ咲いたようだぜ」

飛鳥山は江戸随一の桜の名所だ。満開となれば金持ちも庶民もこぞって弁当を用意し、花見に興ずるのは江戸も東京も同じである。

「いいですねえ。一件が片付いたら、お花見に行きましょうか」

「そいつはいいなあ」

伝三郎の口調は、どうも勢いに乏しい。花が散るまでに事件が解決するのは難しい、と承知しているからだろう。要らぬことを言ったか、とおゆうは後悔した。

「美濃屋の方は、何かわかりましたか」

酒を伝三郎の盃に注ぎながら、本題の方を聞いてみた。うん、と伝三郎は小さく頷いた。

「儀助の話を聞いたが、わかったと言うか何と言うか」

伝三郎の答えは歯切れが悪い。

「聞き込んだところじゃ、やっぱり生国の話はしたがらねえようだ。野州佐野の生まれ、ってのを聞いたのは何人か居るが、そのうち一人が、どうも美濃屋は野州の出じゃねえような気がする、って言ったそうだ。そいつは野州に親類が居るとかでな。はっきりここが変だ、ってんじゃなく、何となく、らしいが」

「相州のことは出て来ないんですね」

「そこまでは駄目だった」

やはり状況証拠止まり、ほとんど進んでいない。今のところ、一番揺さぶりに弱そうだったのは、浜善の善吾郎だ。善吾郎をもっと叩きましょうか、と言いかけたとき、伝三郎が違うことを言い出した。

「さっき、お多津に会ったぜ」

「え、お多津さん」

お多津の名を聞いて、つい反応してしまった。いかんいかん、とおゆうは一呼吸置き、「何か新しいことが？」と先を促した。

「例の侍が、大村屋に現れたそうだ」

「あの、林肥後守様の御家中の、ですか」

「これまで、肥後守様の御家中らしい、ってことだけで名前もわからなかったんだが、ちょうどお多津が大村屋の奥でお内儀の髪結いをしてるときに来て、大村屋が、ながえ様、と呼ぶのが聞こえたと言ってる。お多津はその侍のことを、もっと探る気のようだ」

ナガエ某《なにがし》、か。わずかな進展だが、手掛かりが増えたことは間違いなかった。お多津が一ポイント獲得か。偶然の成果なのに。そう思うと、ちょっと面白くない。が、そこでふと、おゆうは冷静に戻った。お多津は、本当に大丈夫なんだろうか。

次の日の朝、五ツ過ぎ（午前八時半）。朝食を終えて考え事をしていると、押し入れの奥でがたごと音がした。ええっと思って押し入れの方を見ると、襖がすうっと開いて宇田川が現れた。

「ずいぶん早いじゃない。あれ、着物、ずっと着たままだったの」

宇田川は昨日と同じ格好で、帯もきちんと結ばれている。東京に戻っても着替えなかったのか。

「そんなことはない。着たままだと風呂に入れないじゃないか」

「どうやって着物を着直したの。あんた、全然駄目だったじゃない」

「ネットで帯の結び方を見て練習した。何とかなったぞ」

おゆうは改めて宇田川の着こなしをしげしげと見た。おゆうが手伝ったときより若干ズレているが、許容範囲だ。一晩でこれだけ習得するとは、こいつ結構器用なのか。

「で、段取りはどうなった」

「どうなったって、まだ考え中よ」

「そうか。それじゃ、三崎屋と浜善の周りを見たいんだが」

「三崎屋と浜善の周り？　何をする気」

「次に賊が襲うのは浜善なんだろ。で、あんたらが犯人の動きを見て追ったのが三崎屋だ。できるだけ両者周辺のデータを集めたい」

「データを集める？　集めて何をするの」

「決まってるだろ。行動解析だ」

仕方なく、といった風情でおゆうは宇田川と共に伊勢町に向かった。三崎屋の周りを歩き回ったところで何が得られるのか、おゆうにはわからなかったが、宇田川には彼なりの成算があるようだ。おゆうの家から三崎屋までは歩いて十五分余り。遠くはない距離だが、宇田川の振る舞いが変に目立ったりしないか、気が気ではなかった。

幸い、宇田川の姿が目を引くことはなかった。宇田川も気を遣ってか、できるだけおとなしく歩いているようだ。

だが、三崎屋の看板が見えると宇田川の態度は一変した。好奇心も露わに周囲の建物に目を走らせ、いちいち頷きながら懐に手をやっている。

「ちょっと、何をしてるの」

気になったおゆうが小声で尋ねると、宇田川は懐の中をちらりと見せた。横目に見ると、宇田川の懐からは、ビデオカメラのものらしいレンズが覗いていた。おゆうはそれを見て、目を剝いた。

「そんなもの、見つかったら……」

「うるさい。こっちも見つけられるほど間抜けじゃない」

おゆうの抗議など受け付けず、宇田川はビデオ撮影を続けた。伊勢町の端まで行ったところで初めて、宇田川はおゆうに聞いた。

「おい、この辺で高い位置から、街並みを見られるところはないか」

「高い位置？　そんなの火の見櫓《やぐら》しかないよ」

伊勢町の辺りは昔の埋め立て地で、周りに高い土地がない。街並みを見るだけのために火の見櫓に上るなど常識外だが、宇田川は街を見下ろせさえすれば、何でもいいようだ。

「火の見櫓ってのは、あれか」

宇田川は堀留町の番屋の上に立っている櫓を指差した。木の板で囲った塔のようなもので、てっぺんに屋根があって半鐘がぶら下げてある。上り下りには、塔の中にある梯子を使う。高さは、およそ九メートルくらいだ。

「思ったより低いな」

残念そうに宇田川が言った。三階建てのビルより低いのだから、現代の感覚で言えばもの足りないだろうが、ほとんどの建物が二階建て以下の江戸では、火事の見張り程度ならこれで充分である。

「いったい何をしたいわけ」

「この辺の家の並び具合を、上から俯瞰《ふかん》したいんだ」

「ヘリの空撮みたいな？　そんな無理言わないで。凧《たこ》でも使えって言うの」

宇田川は、うーんと唸って唇を噛んだ。

「しょうがない。道具を取って来よう」

そう言うなり宇田川は、くるりと反転して来た道を戻り始めた。おゆうは不意を突かれ、慌てて後を追った。まったく、何て気まぐれなんだ。

おゆうの家に入り、宇田川が押し入れの奥の階段から持ち出して来たのは、幅三十センチ、長さ九十センチほどの板の片側に、五十センチほどの足を付けてL字形にしたものを二つと、大きめのアタッシェケースのような代物だった。見た目には、何なのかさっぱりわからない。

「何なの、そのケース。札束でも入ってるの」

「後で見ればわかる。これを包める風呂敷はあるか」

おゆうは家にある一番大きな風呂敷を出した。ケースを包んだ宇田川は、それを背負った。かなり怪しげだが、アタッシェケースを手に提げるよりましだ。板の方は、宇田川とおゆうが一枚ずつ手に持った。

「よし、それじゃ三崎屋へ行くぞ」

「え？　三崎屋でこれを使うの」

宇田川は、当たり前だろう、という目つきでおゆうを見ると、返事もせずに外へ出て行った。腹立たしかったが、何を始めるんだろうという好奇心の方が勝り、おゆうは黙って後に続いた。

三崎屋の番頭は、妙な荷物を持った二人を、怪訝な顔で迎えた。

「親分さん、何ごとでございましょう。主人は出かけておりますが」

「この前の賊についての調べです。こちらは私のお願いした学者の先生なんですが、改めて調べてみたいことがあるとおっしゃいまして」

　おゆうがもっともらしく説明しかけると、いきなり後ろから宇田川が言った。

「屋根に上らせて下さい」

　屋根に上る？　聞いてないぞ。おゆうはさっと振り向いて宇田川を睨みつけたが、どこ吹く風である。番頭はちょっと驚いたようだが、屋根を駆け回った賊の、侵入と逃走の状況を調べ直すのだ、と納得したらしい。それではどうぞ、と二人を奥へ通した。

　土蔵の屋根ですかと問う番頭に、母屋の屋根の方が広いので、と宇田川は答え、そちらに梯子を掛けさせた。

「この板は、何でございますか」

　番頭はL字形の板を見て首を傾げた。

「屋根の上に置いて、足場にします」

　なるほど、傾斜のある屋根に平らな部分を作るためか、とおゆうと番頭は一緒に納得した。

「背中のその大きなものは」

「これは、測量するための道具です。賊が通った経路をこれで測ります」

「ははあ、左様で」

測量そのものは江戸でも行われているので、番頭も何となく、わかった気になったようだ。寧ろおゆうの方が、宇田川の意図を測りかねていた。測量なんかして、何か捜査の役に立つんだろうか。

宇田川は足場を設置するため梯子を二往復し、改めて風呂敷包みを背負った。そして梯子段に足を掛けるとき、おゆうに目配せをした。番頭を遠ざけろ、という意味だ。おゆうは了解し、番頭の前に立って告げた。

「番頭さん、ここからは人目に曝せない秘伝の方法を使います。申し訳ないですが、御上の御用ということで、終わるまで外していただけませんか」

番頭は眉間に皺を寄せ、それは困ると言いたそうだったが、おゆうが威嚇するように帯の十手に触れると、渋々店の方に引っ込んだ。おゆうはそれを確かめ、屋根の上の宇田川にOKサインを送った。宇田川は頷き、風呂敷を解き始めた。おゆうは着物姿で屋根まで梯子を上るのは無理、と諦め、三段ほど上がったところからじっと目を凝らした。

宇田川はケースを板に乗せて開き、三、四十センチくらいの物体を取り出してその上に置いた。そして小型の弁当箱くらいの黒っぽいものを両手で持ち上げた。下から見上げていたおゆうには、逆光になってよく見えない。

宇田川は両手の指先で、弁当箱をいじっているようだ。すると間もなく、屋根からぶーんという唸るような小さな音が聞こえて来た。おゆうは目を大きく見開いた。

（ちょ、ちょっと待って。あれってまさか……）

宇田川に声をかけようとしたとき、黒っぽい物体が、いきなり天高く舞い上がった。おゆうは梯子から転げ落ちそうになった。三崎屋の者に聞こえるのも忘れ、大声を上げてしまう。宇田川は、ちらりとおゆうを見下ろして、手振りで静かにしろと告げると、操縦機《コントローラー》のスティックを親指で押した。地上から三十メートルほどの高さに上がったドローンは、呆然とするおゆうの目の先で小さな点になり、やがて見えなくなった。


できるだけ落ち着いた顔を作って番頭を誤魔化し、一応の調べは終わりましたからと礼を述べ、逃げるように三崎屋を去った。充分に店から離れたのを確認すると、おゆうは宇田川の腕を肘で小突いた。

「何て無茶なことしてくれるのよ。江戸で空撮用ドローンを飛ばすなんて。人に見られたらどうする気だったの」

「半世紀前に流行った歌じゃあるまいし、上を向いて歩こうなんて考える江戸の人間が、どれほど居る。それにあの大きさなら、三十メートルから四十メートルの高さまで上げてしまえば、まず見えやしない」

宇田川は動じる気配もなかった。だが、冷静に考えれば宇田川の言うことも間違ってはいない。ドローンどころか飛行機さえ知らない人々にとっては、たとえ上空を飛ぶ不審な物体を見かけても、何か変なものが飛んでるな、というだけで、それ以上追及しようとはしないだろう。大抵の人間の頭は、自分が理解できないものを目撃しても受け付けることができないのだ。

「とにかくもう、おかしな真似はやめてよね」

そう言ってはみたものの、やはり宇田川にはまったく通じなかった。

「まだ半分しか終わってない。次は浜善の周辺を空撮するぞ」

おゆうの苦言を一蹴し、宇田川はドローンの風呂敷包みを背負ったまま、ずんずん先に進んで行った。おゆうは眩暈《めまい》を起こしそうになった。

浜善のある深川富久町の周辺は、埋立地だ。高い土地はないし、もちろん三階建て以上の建物はない。北の方にある霊巌寺《れいがんじ》の屋根が一番高いが、そんなところに上がらせてもらえるわけがない。

「で、どうすんの。浜善にはまだ賊が入ったわけじゃないから、現場検証を理由に屋根に上るのは無理だからね。それにあそこには目明しが三、四人、張り付いて見張ってる。あんたの行動を説明しなきゃならなくなるよ」

浜善のすぐ西側にある丸太橋の袂で、おゆうは宇田川に迫った。すぐ傍の材木町の長屋の木戸の脇に、下っ引きが一人立って、堀を挟んだ浜善を見張っている。おゆうはちらりと目で「ご苦労さん」と合図した。下っ引きが、小さく頷いた。

宇田川は無言で、通りの左右をじろじろと眺めている。何を考えているのか。いつまでも立ちん棒のままでは、さすがに目立つのだが。

「おい、ありゃ宿屋か」

突然、宇田川が四、五十間ほど先の万年町《まんねんちょう》の角にある建物の看板を指して言った。浜善の斜向かいに当たる。

「へえ、結構遠いのによく見えたね。うん、宿屋だよ。小松屋《こまつや》、って言ったかな」

「看板はよく読めないが、旅姿の二人連れが出て来たんでな。よし、行って見よう」

宇田川は急にばたばたと歩き出した。どうもこの男の動き方は、やたら唐突だ。

小松屋は間口三間ほどの、小ぶりな宿だった。お上りさんの参詣客向けに商売しているらしい。宿としては、中の下くらいか。宇田川は小松屋の前で立ち止まり、二階を見上げ、さらに左右をじっくりと確かめている。この宿がどうかしたのか、とおゆうが思っていると、宇田川は満足そうな薄笑いを浮かべて言った。

「この宿の二階、貸切りにできるかな」

「貸切り？　あんた、ここに腰を据える気？」

驚いて聞くと、宇田川は浜善を顎で示した。

「見張るのにうってつけだろう。奉行所ではここを借りてなかったのか」

「そんな予算、ないのよ」

宇田川の言う通り、この二階なら浜善がよく見える。とは言うものの、いつ来るかわからない賊を待って、ずっと借りっぱなしにはできない。だが、宇田川がここに居座ってくれれば、江戸での滞在先の問題は解決だ。不用意な会話で江戸の人間でないことがばれないよう、変人だから飯を運ぶ以外は触れるな、と宿の者に言い含めておけばいいだろう。おゆうのポケットマネーで五両も渡してやれば、小松屋の主人も四の五の言うまい。

おゆうは宇田川を連れ、早速小松屋に乗り込んだ。十手を見せ、主人を呼んで尋ねると、さっき泊まっていた客が出たばかりで、二階は空いていると言う。三部屋ありますが、というのを全部借りると言ったら、主人の愛想が目に見えて良くなった。とりあえず十日、何があっても余計な詮索は無用、その代わり五両払う、と言ってやったら、主人の笑顔はさらに濃くなった。

五両の効き目か、お大名並みの丁重な扱いで二階に上がった。むさ苦しいところで申し訳ございませんとくどくど言う主人を下がらせ、おゆうは障子を開けて斜向かいを見た。浜善の南側全部と、路地に面した東側半分くらいがよく見える。例の隠し扉は建物の陰になっているが、監視場所としては充分役に立ちそうだ。

「うん、なかなかいい場所だね。浜善の表口も見えるし、客の顔も……ちょっとあんた、何する気！」

何やら後ろでごそごそする気配に振り向くと、宇田川はケースを開けてドローンを取り出そうとしていた。

「うん、バッテリーはあと半分だな。問題なかろう」

「まさかこの部屋からドローンを飛ばす気じゃないでしょうね」

「心配いらん。この部屋のスペースなら、離床させてその窓から出すのは、割に簡単だ」

「操縦テクのことじゃない！　ここから通りの上にドローンを出したら、目撃者が大勢出ちゃうじゃない」

「さっきも言ったろ。上を見ながら歩いている人間は、そう居ない。人通りが途切れたところを見計らって外に出し、すぐに上昇させれば、気付かれないさ」

二の句が継げずに固まっていると、「外を見てくれ。人通りが少なくなったら言って」と宇田川が指図してきた。おゆうは不承不承、窓から通りを見下ろした。

二、三分で人通りに切れ目ができた。おゆうは「いいよ」と宇田川に声をかけた。宇田川は返事もなく、直ちにドローンを稼働させた。四基のプロペラが一気に高速回転を始め、スティックの操作で一メートルほど浮き上がった。宇田川は慣れた様子でスティックを動かし、ゆっくりとドローンを窓から通りの上空へと移動させた。部屋から出切った、と思う瞬間、ドローンは弾き飛ばされたように急上昇して、おゆうの視界から消えた。

ドローンが帰って来たのはおおよそ二十分ほど後のことだった。それまで窓辺に張り付き、双眼鏡とパソコンに映る画像を交互に見ながらスティックを操作し続けていた宇田川は、自分で通りの様子を確かめ、タイミングを計ってさっとドローンを部屋に入れた。鮮やか、と言っていい手際だった。

「びっくりした。ドローンの操縦なんか、いつ練習したの」

「休みの日に、公園とか河川敷で。ちゃんとコーチに付いて習った。外にある分析対象物をチェックしたり画像データを集めるのに便利なんでな」

「で、江戸の町を空撮して、データをどうするわけ」

「侵入逃走経路を分析する。だから、あんたが三崎屋から犯人を追ったとき、犯人が通ったと考えられるコースを地図上に描いといてくれ。市街図みたいなもの、あるだろ」

「ああ、江戸の絵図面なら市販のがある。描いとくよ」

そんな方法で犯人の何がわかるんだろう、とおゆうは内心で首を捻ったが、この分析オタクを侮ってはいけない、ということは、度々の経験で身に沁みている。乗り掛かった舟だ。黙って言う通りにし、任せておくしかあるまい。

九

二日後の夜である。富久町界隈では、おゆうや源七を含む八人ほどの目明しが、油断なく辺りに目を配っていた。伝三郎も、丸太橋《まるたばし》を渡った隣町、材木町《ざいもくちょう》の番屋で待機している。

「今晩辺りで賊が現れるかも、ってのは、どの程度確かなんだい」

源七が小声で聞いた。もうすぐ九ツ、つまり午前零時だ。そろそろ退屈してきたらしい。

「今晩とは限りませんよ。この三、四日が怪しい、ってだけなんですから」

おゆうは夜空を見上げながら言った。半月から少し欠けた月が、静かに江戸の町を照らしている。おゆうの目線に気付いて、源七も月に顔を向けた。

「この三、四日を過ぎると三日月になっちまって、屋根を走り回るにゃ明るさが足りねえ、そういう話だったよな」

ええ、まあ、とおゆうは生返事をした。それは宇田川が言い出した説だ。大村屋が襲われた夜は下弦の半月、三崎屋のときは上弦の半月。美濃屋はほぼ満月。そのことから、賊の仕事には半月程度以上の月明かりが必要なんじゃないか、と宇田川が言い出したのだ。

「あと数日で三日月になって、新月になる。真っ暗闇じゃあ、屋根を走るのは危険だろう。次の半月までには二週間ある。奉行所が血眼で自分を追ってることは承知してるんだから、そんな状況で浜善を襲うなら、長く待つほど不利になることはわかってるはずだ」

だからこの三、四日が狙い目なんだ、と宇田川は主張した。宇田川らしく、屋根上の推定照度は何ルクスだとか何とか、聞いてもわからない説明も付け加えてくれた。

「それはちょっと、こじつけ過ぎなんじゃないの」

さすがにおゆうは、根拠が薄すぎるのではないか、と思った。

「かなりあやふやな話なのは、百も承知だ。だが、今あるデータから推測できることは限られてる。闇雲に待つより、理由を付けて絞った方がいいだろう」

宇田川にそう言われると、何となくそんな気もしてくる。おゆうは伝三郎に、学者先生がこんなこと言ってますが、と話してみた。伝三郎はしばらく考え込んでいたが、確かに何も拠りどころがないよりはましだな、と頷き、その三、四日は見張りを増やして自分も出張ろう、空振りになっても別に構わん、と言った。無論、奉行所から再び大人数を動員する根拠にはならない。本当に賊が現れても、三崎屋のときの様子からすると、数人の目明しだけでは捕らえるのは難しいだろうが、盗みを阻止するだけでもいい、ということだ。

「千住の学者先生は、あそこで頑張ってるのかい」

源七は、小松屋の二階を指した。そこだけは雨戸が閉められず、障子も細めに開いている。

「ええ、もう何日か泊まりこんでます」

「宿屋に居続けか。金があるんだろうなあ。あそこでやるんなら、見張りも悪くねえが」

源七は羨まし気な視線を小松屋に投げた。宿泊料は、先生じゃなくて私の財布から出てるんですけどね、とおゆうは声に出さずに肩を竦めた。おゆうたちの居場所は、浜善の隠し扉が見える裏路地の一角だ。他の目明しは、酒屋の二階の物置や、桶屋の裏に出された桶の中、立てかけた材木の陰などに潜んでいる。居心地は良くないだろうが、三崎屋の張り込みのときに比べると、季節が進んでだいぶ暖かくなっているのが救いだ。

おゆうはまた、小松屋をちらりと見た。灯りは消しているので、宇田川の姿は見えない。彼はそこに、赤外線カメラをセットして賊が現れるのを待ち構えているはずだ。賊の動きの一部始終を、動画撮影しようというのである。顔は覆面で見えなくても、動き方のパターンから何かを摑めるだろう、というのが彼の言い分だった。

「でも、どっちにカメラを向けておくの。屋根伝いに来るだろうとは予想できるけど、方角はわからないよ」

昼間、どこか楽しそうにカメラをセットしている宇田川に、そんな疑問をぶつけてみた。宇田川はさっと振り向き、ニヤリと薄笑いを浮かべた。よくぞ聞いてくれた、という顔つきだ。

「三崎屋周辺の空撮画像に賊の逃走ルートをトレースして解析した。やはり賊は、屋根の高さが揃っているところを選んでいる。あんたは賊が三間、つまり五・五メートルを飛んだ、って言ったな。ルートを見る限り、それが賊のジャンプの限界らしい」

「てことは、三間以上飛ばないといけないルートは使わないわけね」

「その通り。で、浜善周辺の空撮画像を調べてみた。この辺は、水路が多いな」

「物流のためよ。堀に舟を通して物を運んでるから」

「堀の幅は少なくとも十メートル以上ある。現代の走り幅跳びの世界記録は、八メートル九五だ。人間業では、飛び越えられん」

おゆうにもだんだんわかってきた。

「堀を越すのは無理。屋根が続いている方向からしか来られないのね」

「浜善のある富久町の北側は、武家屋敷だ」

「そう、松平和泉守《まつだいらいずみのかみ》様の屋敷」

「武家屋敷は大きな庭があるので、屋根と屋根の間隔が開いている。それに、武家屋敷への侵入はリスクがあるだろう」

「ええと、北が武家屋敷、西と南が堀。つまり、東側の平野町《ひらのちょう》と万年町の家並みの上を通るしかないんだ」

「そして平野町と万年町の東側には、寺が並んでいる。寺も屋根の間隔が開いているし、本堂の屋根の高さは町家よりだいぶ高い。塀の上は走れるが、寺の築地塀は低すぎて道を走る捕り方の手や棒が届く」

「そうか……万年町の北は仙台堀《せんだいぼり》の終点だから、そこで仙台堀を迂回《うかい》してさらに東へ、西平野町から東平野町へ。でも万年町から西平野町へ行くには、道がない。大川までぐるっと回らないと。賊はその間に逃げおおせる」

おゆうは目を輝かせた。宇田川の言う通り、賊の通れるルートはかなり限られてくる。

「で、これが条件を入力してパソコンが出した答えだ」

宇田川はA４判のプリントアウトを懐から出した。見てみると、空撮画像から作ったらしい深川の市街図に、今話した通りのルートが太線で表されていた。

「というわけで、この部屋から正面に向けてカメラをセットすれば、賊が現れたらキヤッチできるという寸法だ」

「へえ、すごいじゃん。あんたもやるねえ」

おゆうは素直に感心して、宇田川に賛辞を送った。宇田川は、さも当然という顔をしていたが、目がちょっと照れたように動いた。

「それにしても、こいつはほんの短い助走で五・五メートルを軽々と飛び越えて、バランスも崩さずそのまま屋根を走り続けたわけだろ。江戸人の体格から考えると、おそろしく身体能力の高い奴だな。会うのが楽しみだよ」

宇田川はそう言って、三脚に載せたカメラを、ぽんぽんと叩いた。

九ツ半になった。横を見ると案の定、源七は白河夜舟だ。おゆうはくすっと笑い、改めて小松屋の二階を見た。細目に開いた障子はそのままで、動きはない。宇田川は起きているのか。奴のことだから、レーザー検知システムか何かを仕掛けて、賊が屋根に姿を見せたら自動的にカメラが撮影を始めるようセットし、自分は寝ているのかも知れない。

そのとき、障子の隙間にごく小さな赤い点が現れた。おゆうははっとして背筋を伸ばした。宇田川のカメラが撮影を開始して、インジケーターが点灯したのだ。急いで隠れ場所から頭を出し、賊が来るはずの平野町の方角を見上げた。何も見えない。一人のときなら暗視スコープを使うのだが、源七たちが居る前ではそれもできず、ただ目を凝らした。

「何だ、どうかしたかい」

気配に気付いた源七が起き上がったので、「しっ」と指を口に当てた。それで源七も状況を把握し、おゆうと並んで屋根上に目を向けた。

（居た！）

平野町の北の端の家の屋根に、半月に照らされた影が、一瞬見えた。

「来やがったか」

源七も影を目にしたらしい。呟きが聞こえた。

おゆうが囁くと、源七は無言で頷いた。

「浜善の屋根に飛び移るまで、待ちましょう」

おゆうが囁くと、源七は無言で頷いた。おゆうは真上を向いた。半月の柔らかい光が、道の両側の屋根を黒く浮き上がらせている。

その夜空を遮るように、何かが頭の上を飛び越えた。屋根から屋根へ、一瞬の鳥のような動き。間違いない、あいつだ。

源七が飛び出し、呼子を吹いた。ほとんど同時に浜善の向かいの物陰から、誰かが通りに出て龕灯を屋根に向けた。その明るさは、投光器はもちろんフラッシュライトでさえ比べものにならないが、賊に向けられた灯火は威嚇としては充分だ。

「御用だ！」
「神妙にしやがれッ」

一斉に隠れ場所から出て来た目明したちが、十手を振り上げて口々に怒鳴った。屋根の上で、賊の動きが止まった。

賊はほんの少しの間、逡巡していた。が、選択肢は一つと悟ったようだ。向きを変えてぱっと走り出し、浜善の屋根を蹴ると、軽々と飛んで路地の反対側の平野町の屋根に移った。賊の黒い影は、そのまま北へ、仙台堀の方角へ走る。八人の目明しが、一斉に追い始めた。後ろからさらに一人、追いすがる足音がする。振り向くと、その影はまさしく伝三郎だ。呼子を聞き付け、待機していた番屋から駆け付けたのだ。

「源七、三人連れて一本東の通りへ回れッ」

伝三郎が指示を飛ばす。仙台堀の行き止まりへ先回りしようというのだ。源七が合点だと応じ、傍に居た三人を連れて次の角を曲がった。

だが、賊の足の方が遥《はる》かに速かった。おゆうと伝三郎が仙台堀の岸に出て角を曲がったとき、その先で賊が家の屋根から正覚寺《しょうがくじ》の塀に飛び移り、それを足場に西平野町の家の屋根へと、裏側から飛んだ。地上の道は、正覚寺の塀で行き止まりだった。梯子はないし、そんなものを掛けたところで、到底追いつくことはできない。

「畜生、また逃げられちまったか」

源七が口惜しそうに叫んで、正覚寺の土塀を平手で叩いた。この塀のせいで逃げられた、とでも言いたそうだ。

「まあそう騒ぐな。どのみち、この人数じゃ囲めやしねえ。浜善の蔵に入られなかっただけ、良しとしよう。明るくなったら、奴の通った屋根と逃げた方角を、できるだけ細かく調べろ」

伝三郎がそれほど怒っていないのに安心したか、目明したちは「わかりやした」と口々に言って、富久町の方へ戻り始めた。おゆうは源七たちを先に行かせ、伝三郎に寄り添った。

「思った通りに来ましたね」

「ああ、宇田川先生の言った通りだな。正直、五分五分だと思ってたんだが」

「先生もその程度に思ってたようです。何もないよりはよかろう、って」

「先生は小松屋で、ずっと張り番か。今のも見てたんだな」

「ええ、そのはずです。何か特に気付いたことはなかったか、明日の朝、聞きに行ってきます」

「そうか。俺も行きてえが」

えっ、それは。おゆうは困った。伝三郎が一緒では、赤外線画像を見るわけにいかない。

「どうした。不都合でもあるか」

「え？　いえいえ、大丈夫です。でもあの先生、なかなかの偏屈だから」

「なあに構やしねえ。そういう先生ほど、見つけたことを自慢したがるものさ」

うん、その通りだ。伝三郎も、宇田川の本性をよく見抜いている。

「お前、あの先生とはどれくらいの付き合いだ」

「そうですね、このひと月かふた月」

「小松屋の先生の部屋には、よく行ってるのか」

「二、三回覗きに行きましたけど」

おや、宇田川の話になると、何だか伝三郎に落ち着きがないような。これは面白いかも。お多津の件の復讐をしている気分になって、おゆうはちょっとだけ痛快に思った。


翌朝、伝三郎と連れ立って小松屋を訪れた。主人はすぐに出て来て、この前と同様の愛想笑いをたっぷりと浮かべた。

「ああ、宇田川先生でございましたら、朝早くにお出かけになりました」

「え、出かけた」

「はい、風呂敷包みをお持ちで、一度家の方へ戻って、またお越しになるそうで」

「そうか。じゃあ、仕方ねえな」

伝三郎は肩を竦めた。おゆうは済みませんねえ、と伝三郎に言ったものの、宇田川は何をしに戻ったかと考えた。家へ戻る、というのは言葉の通り、西荻窪のマンションだろう。おそらく、撮影した画像を解析するつもりだ。おゆうの東京の家の鍵の在り処は教えてあるから、勝手に出入りすることもできるし、不都合はない。しかし、おゆうに何も告げず早朝から出かけたということは、何か興味深いものでも見つけたのだろうか。

「この後、どうされますか」

「おう、奉行所へ行くわ。昨夜のことを上に話さなきゃならねえ。だいぶ何やかやと言われそうだがな」

永代橋へ向かう途中で、伝三郎は苦笑しながら言った。予想通りとは言え、前回に続いて賊を目にしながら取り逃がした格好になっているのだ。ご苦労さんなどと言ってもらえる状況ではないだろう。

「鵜飼様、大丈夫ですか。またお叱りを?」

「叱られるのは慣れてる。褒められた覚えの方がよっぽど少ねえや」

おゆうの心配を払いのけるように、伝三郎は高笑いをした。

伝三郎から呼び出しがあったのは、午後遅くになってからだった。千太から番屋で鵜飼様がお待ちですと聞き、急いで来てみたのだが、伝三郎は上がり框で悠然と茶を啜っていた。また何か起きたのではないようだ。

「奉行所の方は如何でしたか」

気遣って尋ねると、伝三郎は笑って手を振った。

「気にするな。だいぶ文句を言われたが、今度はこっちの手数《てかず》も少ない中で、何も盗られずに済んだんだ。それでまあ何とか、首は繋がったよ」

そうか。被害が出なかったことで、百点満点の五十点程度には見てくれたようだ。おゆうもほっと肩の力を抜いた。

「じゃあ、この先取り返せばいいってことですよね」

にっこり笑いかけると、伝三郎は頭を掻いた。

「簡単に言うなよ。一筋縄でいかねえことぐらい、お前だってわかってるじゃねえか」

「はい、私も頑張ります。それで、お呼びのご用は」

「うん、これから浜善の善吾郎をもう少し絞ってやろうと思ってな。何しろ、賊は現れたんだ。何も知らんでは通らねえ」

「わかりました。参りましょう」

メンタルの弱そうな善吾郎は、やっぱり賊に襲われかけたじゃないか、どういうことだと揺さぶれば、ぽろりと何か吐くかも知れない。この前は、相州と言う言葉だけであれだけ動揺していたのだ。多少は期待できるだろう。

だが浜善に着いてみると、早々に肩透かしを食わされた。

「申し訳ございません。主人善吾郎は、今朝早く出かけまして、まだ戻りませんのです」

番頭の勘兵衛は、当惑気味にそう言って頭を下げた。おゆうとは目を合わせようとしない。先日の脅しがまだ効いているようだ。

「出かけて戻らねえ？　どこへ行ったんだ」

「それが、昼には戻ると言い置いて、行き先は告げずに。どなたかをお訪ねのようでしたが」

「昨夜店に盗人が入ろうとしたってのに、今朝早くから行き先も言わずに出てっちまった、ってぇのか」

「はい、その通りで。今夜と明日の宴席について、旦那様しかわからないこともあって、私もいささか困っておりまして」

伝三郎とおゆうは顔を見合わせた。勘兵衛の表情は、嘘をついているようには見えない。

「本当に知らないんですか。隠すとためになりませんよ」

「とっ、とんでもない」

おゆうが念を押すと、勘兵衛は顔色を変えた。

「じゃあいいですけど、あなた、善吾郎さんから相州のことについて、聞いたことありませんか」

「相州ですって」

勘兵衛は、ぽかんとしておゆうを見返した。これについても、本当に知らないようだ。だが、何秒も経たないうちに、急に真顔に戻った。何か思い出したらしい。

「そう言えば……二、三年前、旦那様の古い手文庫に、相州の寺のお札が入っていたのを見たことがあります。何か取り出す拍子に落ちたのを手前が拾いましたら、怖い顔でひったくるように取り戻されましたので、ちょっと驚きました」

「そのお札、まだありますか」

おゆうはぐっと身を乗り出し、勘兵衛は逆に体を引いた。

「いえ、それきり見ません。旦那様が処分なすったのではないかと思います」

証拠を手に入れられるかと思ったが、さすがに駄目か。おゆうはがっかりした。

「相州の寺だとわかったなら、知られた名刹なのですね」

「はい、大雄山最乗寺《だいゆうざんさいじょうじ》、だったと思います」

おゆうは眉を上げた。大雄山。現在でも多数の参詣客を集める有名寺院だ。場所は小田原の北、南足柄市《みなみあしがら》。また一つ、状況証拠が揃った。

その日の夕方、伝三郎は境田左門らと、憂さ晴らしの飲み会に出かけた。現代でも江戸でも、勤め人のやっていることは大して変わらないんだな、と苦笑しつつ、おゆうは一人で家に帰った。

座敷に座って、さあどうしよう、東京へ戻ってレモンサワーでも飲むか、などと考えていると、押し入れで音がした。ぎくりとして振り向く。押し入れの襖が半分ほど開いて、宇田川が手招きしていた。着物ではなく、スウェットにジーンズの普段着だ。

「ちょっとやめてよ！　侵入窃盗犯かと思うじゃない。伝三郎が居たらどうする気よ」

「あんた以外に誰も居ないのを、ちゃんと確認したよ。ちょっと来てくれ。見せたいものがある」

見せたいもの？　もしや、昨夜の映像から何か出たのか。おゆうは呼ばれるまま、宇田川に続いて現代の家に戻った。着替えて優佳に戻るのは省略した。

「えー、あんたうちの茶の間を勝手に占領してるの」

東京の茶の間のテーブルには、宇田川が持ち込んだパソコンと周辺機器が並んでいた。これではレモンサワーの缶を置く場所もない。

「いいから、これを見ろよ」

何やらキーボードをカシャカシャやってから、宇田川はディスプレイを示した。

「えっ……何これ」

そこに出ているのは、普通の画像ではない。ポリゴンとか言う格子状の図形で表された、三次元グラフィックスだった。

「犯人の動きを解析するのに、撮った映像をこういう風にした。まあ見てろ」

ポリゴンで立体的に表示された、万年町から平野町への建物群が画面に並んでいる。宇田川がマウスでクリックすると、屋根の上に賊の姿が現れた。

「黒装束だか盗人装束だか、そんな着物を着てたから、その状態で表示してある。動かすぞ」

もう一度クリックすると、賊が前傾姿勢をとり、こちら側へと走り始めた。足の動きは、相当速い。

「下が瓦屋根で不安定だから、大きなストライドは取れない。小刻みに足を使ってる。こういう不安定な場所を走るのに、相当慣れてるな」

屋根の切れ目にかかり、賊がジャンプした。

「今ので一・五メートル。溝を越える程度の簡単なジャンプだ」

賊の足が速くなった気がする。次の切れ目はすぐだ。路地があるのか、屋根の間隔が開いている。賊は、またジャンプした。前より大きなジャンプだ。

「今ので三・五メートル。ためらいもなく、軽々と飛んだな。着地の衝撃で瓦を割ることもない。走る速さは、最高で毎秒八メートル前後。屋根の上としちゃ、かなり速い。普通の高校生の全力疾走並みだ。もしかすると忍者か、同等の訓練を受けた奴かもな」

おゆうは唸った。こうして具体的なデータを示されると、並々ならぬ相手だということがよくわかる。

「よく見ろ。動きに無駄がない。ジャンプするのに歩幅を調整することもしていない。だから、時間のロスがない。目明しが追いかけても捕まらないわけだ」

宇田川は一度画像の動きを止め、画面を叩いた。

「着物の上から見ても、こいつ、かなり鍛えてる。さすがにそこまで測れないが、体脂肪率は低いだろうな。身長から比べると、脚の筋肉はだいぶ発達してるようだ。今から浜善の屋根に飛ぶぞ」

宇田川がマウスをクリックし、動画を再開した。こちら側に走っていた賊はいきなり向きを変え、速度を落とさずに右足をぐっと踏ん張ると、大きく飛翔した。

「右利きだな。このジャンプは四・七メートル」

浜善の屋根に移った賊は、ここで走るのをやめた。直立して、左右を見ているようだ。おそらくこのとき、呼子が鳴ったのだろう。

「グラフィック化したのは、ここまでだ。この後は、逆方向に戻るだけで動きは大きく変わらない」

「一日の作業でここまでやったの」

おゆうは驚いて宇田川の顔を見つめた。何だかんだ言って、やはりこいつは只者ではない。宇田川は、何でもない、というように肩を竦めたが、内心は悦に入っているだろう。

「さて、もう一つ面白い結果が出た」

画像を止めた宇田川が、急に勿体ぶって付け加えた。これだけのものを見た後だ。さすがにおゆうも関心を惹《ひ》かれずにはいられなかった。

「何なの、その結果って」

「動きの特性と推定される体型から分析すると、だな」

宇田川は口の端に笑みらしきものを浮かべると、一呼吸置いてから言った。

「八十パーセントの確率で、こいつは女だ」

次の朝、馬喰町の番屋に現れた伝三郎は、珍しく顔色が良くなかった。

「旦那、具合でも悪いんですかい」

源七が顔を曇らせて尋ねたが、おゆうは揶揄するように微笑んだ。

「二日酔いでございましょ。昨夜はだいぶ過ごされたようですね」

伝三郎は渋い顔で頭に手を当てた。頭痛がしているのだろう。

「もう少し優しい言葉はねえのか。確かにちっと飲み過ぎちまったが」

伝三郎は溜まったストレスを、少しは発散できたのだろうか。おゆうは賊の正体について、昨日の宇田川の発見をどう伝えるか、まだ頭の中で思案していた。

「ははあ。例の賊の野郎を、酒の力で頭から吹っ飛ばそうってことですかい」

うまい具合に源七が、話の取っ掛かりを提供してくれた。おゆうはそれに乗った。

「ねえ源七親分、今、賊の野郎って言いましたけど、本当に賊は野郎なんですかね」

「え？　何だいそりゃあ。賊なんて、野郎に決まって……」

そこで源七は、おゆうの言いたいことに気付いたようだ。

「おい、もしかしてあんた、賊は男とは限らねえ、って言いてえのか」

これを聞いた伝三郎の顔が、急に引き締まった。

「おゆう、何か掴んだのか」

「いえ、掴んだってわけじゃないですけど、宇田川先生がふっと、あの賊は男なのか女なのかもわからんのか、って口に出したんですよ。そう言われてみると、私たちみんな、賊は男だって決めてましたが、女じゃいけない理由は特にないのかな、って」

「いや、まあ理屈はそうだけどよ……」

言いかけた源七の言葉が、止まった。

「あの下女……」

一拍置いて漏らした言葉に、伝三郎が反応した。

「それだ。俺たちは、大村屋と三崎屋に入り込んだ下女が賊の手下だと思ってたが、もしかすると賊本人だったかも知れねえ」

「なあるほど。店の中の様子も、自慢の骨董も、鍵の在り処も、自分自身で見てたとなりゃ、万に一つの間違いもねえや。こいつは目から鱗《うろこ》だ」

源七が額を叩いた。

「でも旦那、下女の手掛かりも今のところ、皆目ありやせんぜ」

「そりゃあそうだ。しかし、全く姿の見えねえ奴を今まで追ってたわけだ。下女は少なくとも姿を見られてる。そっちの方がましだろう。今、下女を捜してる奴は誰もいねえか」

「へい、人相書にあまりにも特徴がねえんで、みんな諦めちまって。どうせ賊の下働きの小物だ、って思ってやしたからねえ。それに、何しろ手が足りやせん」

「よし、大村屋と三崎屋の調べに関わった岡っ引き連中を、できるだけ大番屋に集めろ。総掛かりで下女を捜させる」

「へい、知らせを回しておきやす」

よし、とおゆうは胸の内で拍手した。思う方向へ話を持って行けた。下女がプロの盗人なら、あんなに目立たない人間だったのもわかる。印象に残らないよう、わざわざ特徴を殺していたのだ。それでも、江戸中の目明しが本腰を入れて追いかければ、痕跡ぐらいは出てくるはずだ。それを順に手繰り寄せて……。

おゆうの思いは、番屋にあたふたと駆け込んで来る足音で、中断された。

「親分！　あ、旦那もおゆうさんも。丁度良かった。大変《てえへん》です」

力任せに戸が開けられ、千太が舌を嚙みそうな勢いでまくし立てた。

「馬鹿野郎、旦那の前だぞ。落ち着きやがれ。何が大変だってんだ」

源七が目を怒らせて立ち上がると、千太は両手で制し、やっと肝心のことを口にした。

「浜善です。浜善の善吾郎が、ホトケになって大川に浮かんだんで」

第四章　相州の御城下

十

大川、つまり隅田川《すみだがわ》は、真っ直ぐではなく、蔵前《くらまえ》付近から永代橋にかけ、S字状に湾曲している。曲がった部分は水流で川岸が削られやすいが、両国橋の周辺は流れが特に速く、川岸を保護するために杭《くい》がたくさん打たれた。両国橋の北、大川右岸の藤《とう》堂和泉守《どういずみのかみ》の屋敷の前辺りにはその杭が大量に並び、百本杭と称されるようになっていた。

今しもその百本杭の岸辺には大勢の野次馬が群がり、その中心には、引き上げられて筵《むしろ》をかけられた善吾郎の死体が、横たわっていた。

「ほうら、どいたどいた。道を開けな」

おゆうと源七は十手を突き出して野次馬を分け、伝三郎を先導して死体の傍まで進んだ。役人の姿を見て、野次馬たちのざわめきが高まった。

源七がしゃがみ込み、筵をめくった。

（うわあ……）

おゆうは一目見て、顔を背けた。だいぶ死体を見慣れてきたおゆうであったが、川で流されるうち杭や石にぶつかったと見えて、この死体はだいぶ損傷していた。それでも、幸い人相がわからなくなるほどではない。

「どうだい」

伝三郎が上から覗き込む。

「善吾郎さんに間違いありません」

おゆうが確認すると、続けて源七が言った。

「首筋に痣《あざ》がありやすね。紐か何かで絞められたようです。頭に大きな傷もありやすが、こいつは流されて杭にぶつかったとき、できたもんでしょう」

「殺しに間違いねえ、か」

源七は伝三郎に「そのようで」と返事しながら、死体の懐を検《あらた》めた。

「財布も煙草入れも見当たりやせんねえ」

一応そう報告したが、源七も物取りの仕業とはこれっぽっちも思っていないようだ。

「どの辺りで見つけたんです」

おゆうは千太に第一発見者だと教えられた、近所の商家の者らしい若い男に尋ねた。

「あそこです。百本杭の真ん中辺りに引っ掛かっておりました」

発見者の男は、まだ震えている指でその場所を指差した。おゆうはそこから上流の方を見渡した。善吾郎の死体はそう遠くから流れて来たわけではあるまい。近ければ吾妻橋《あずまばし》、遠くても堀切《ほりきり》くらいか。行方不明になったのは昨日の話だから、それ以上遠いはずはない。

「死んでから一晩、ってとこか」

伝三郎がざっと死体を見て言った。朝から出かけ、堀切あたりで誰かと会合してそのまま帰らなかったとすれば、妥当な線だ。

「鵜飼様……」

おゆうが言いかけると、伝三郎は目で制した。

「考えてることはわかる。取り敢えず、番屋へ戻ってからだ」

ちょうどそこへ、荷車に戸板を積んだ小者が到着した。伝三郎はそれを見て、死体を大番屋へ運ぶよう指示し、源七に目配せした。源七は千太に善吾郎の遺留品が付近にないか調べるよう言いつけ、野次馬に帰るよう促した。善吾郎の死体は戸板に乗せられ、まだ口々に噂し合っている野次馬たちに見送られながら、静かに退場して行った。

百本杭から馬喰町の番屋までは、歩いて十分ちょっとの近さだ。おゆうと源七を従えて番屋に戻った伝三郎は、腰を下ろすなり「さて」と切り出した。

「おゆう、考えを言ってみろ」

「はい。これは口封じなんじゃないかと」

早々におゆうが核心に触れると、源七も賛意を示した。

「あるとすりゃ、大村屋、三崎屋、美濃屋、浜善の四人の繋がりに関わるこったろうな。善吾郎が、自分の店も襲われかけたんで震え上がって、ボロを出しそうになった、てぇことか」

「四人とも、そのことを懸命に隠してましたね」

「仲間を殺してまで隠してえことってのは、よほどの話なんだろうな」

おゆうと源七は、伝三郎の顔を見た。伝三郎もその見方に異論はないようだ。

「そうすると、下手人は大村屋か三崎屋か美濃屋、ってことになる。まずはその三人が昨夜どうしていたか、だ。源七は大村屋、おゆうは三崎屋の方を当たってくれ。美濃屋は儀助に探らせよう。俺は浜善の番頭に、昨日の様子をもう一度聞く」

「わかりました」

「承知しやした」

二人が同時に返事した。それから源七は溜息をついた。

「やれやれ、正体の摑めねえ賊だけでも大変なのに、殺しまでとはなあ。どんどん厄介なことになって来やがる」

「いえ、源七親分、それは逆かも知れません」

おゆうの言葉に、源七は怪訝な顔をした。

「これが口封じなら、大村屋たちが焦って手を出したことになります。その穴を突けば、全体が一気に動き出すかも知れませんよ」

「おゆうの言う通りだ。千丈の堤も蟻《あり》の一穴から、ってぇ言葉もある。善吾郎がボロを出しそうになったんだとしたら、もっと揺さぶりゃあ、他の連中も何かやらかすかも知れねえ。そいつが狙い目だ」

「へえ。ま、そう言われりゃあ」

源七はまだ半分くらいしか納得していない様子で、首を傾げている。そこで番屋の戸が開き、境田左門が入って来た。

「おう、揃ってるな。浜善の主人が土左衛門で上がったって聞いたぜ」

「土左衛門じゃねえよ。絞め殺されて、大川に放り込まれたようだ」

「そうか、殺しか。どうもそうじゃねえかと思ったよ」

伝三郎は境田に座れと言って、口封じという見立てを話し始めた。

「ふうん、そういうことか。要は、連中が何を隠してるか、ってことだな」

「その通りだ。ところで左門、顔の広いお前にちょっと聞きてえんだが」

おう、何だい、という顔で境田は伝三郎を見た。

「小田原藩に、貸しのある藩士は居ねえか」

「小田原藩？　大久保加賀守《おおくぼかがのかみ》様のところか」

境田は、ほんのしばらく首を捻った後で、ニヤリとした。

「格好の奴が、一人居るぜ」


「えっ、あっしが小田原へ、ですかい」

伝三郎から話を聞いた源七は、仰天して言った。

「俺が行けりゃいいんだが、そうもいかねえからな。左門を通じて、小田原の町奉行所には話を通しておく。路銀は俺の方で用意するから、済まんが頼む。大村屋の調べは、六蔵に言いつけておく」

「へ、へえ、そうですかい。そりゃあ、旦那のお指図とあっちゃあ、どこへだって行かせてもらいやすよ」

そう言いながら、源七はやけに嬉しそうだ。それはそうだろう。江戸の岡っ引きが公用で出張なんて、普通まずない。小田原までは、現代なら小田急ロマンスカーで一時間ほどだが、この時代は東海道を歩いて丸二日。ちょっとした遠出だ。小田原近辺には温泉もある。源七は、早くも旅行気分で舞い上がっているに違いない。

「源七親分、浮かれちゃ駄目ですよ。遊山じゃないんですから」

「ふん、わかってらい、そんなこたぁ。あの四人が間違いなく小田原に居たか、そこで何があったか調べるんだろ。大事な御役目じゃねえか」

源七は、無理に堅苦しい顔を作って胸を反らせている。おゆうは吹き出しそうになった。

小田原藩へのコネは、境田が用意した。貸しのある藩士というのは、江戸詰めの馬《うま》廻《まわ》り役だ。エリートだが女好きで、半年余り前、性質《たち》の悪い女郎に引っ掛かって騒動になりかけ、表沙汰になれば御役御免になるところ、境田が上手く処理してやったのだ。境田は小田原藩上屋敷にその貸しを取り立てに行き、相手は言われるままに、小田原町奉行所に宛て、南町奉行所の扱っている事件に協力してくれるよう、書状をしたためた、というわけだった。

「小田原藩の上屋敷からの書状は、明日の飛脚で届けるはずだ。お前は明後日の朝、発ってくれ。事の顚末《てんまつ》と、何を知りたいかってことについちゃ、俺が書状を書く。それを持って行って、小田原の奉行所の然るべき人に見せろ」

「へい、お任せを」

源七は、必要もないのに腕まくりをして見せた。

「もし、ちょいとお待ちを。三崎屋の清助《せいすけ》さんですね」

青物町《あおものちょう》の北側の稲荷の傍で、おゆうは江戸橋の方へと歩くその若い手代に後ろから近付き、呼び止めた。

「はい、左様ですが」

怪訝な顔で振り向いた清助は、おゆうの顔を見て一瞬、ぎくりとした。が、すぐに商売用の笑みを顔一杯に浮かべた。

「これは東馬喰町の親分さん、ご苦労様でございます。手前に何か」

「ええ、立ち話も何ですから、そこへ」

おゆうは稲荷の隣にある茶店を指した。清助は戸惑っている。

「あの、私は使いの途中ですので」

「ええ。でも、用事はもう済んだんでしょう。お手間は取らせません」

清助が、驚きを目に表した。

「よくご存知で。わかりました、では少しだけ」

清助はおとなしく、おゆうと並んで茶店の長床几に腰を下ろした。よくご存知なのも当然だ。おゆうは丁稚から、主人の用事を専ら《もっぱ》言いつかるのは手代の清助だ、と聞き込み、三崎屋からずっと尾けて来て、頃合いを見て声をかけたのである。

「さて清助さん、聞きたいのは三日前のことです。あの日、主人の新兵衛さんは、一日中お店に居ましたか」

出された茶を一口飲んでから、おゆうは聴き取りを始めた。三日前、と聞いて、清助の目に動揺が走った。無論、おゆうは見逃さない。

「さ、さあ。居たと思いますが、手前もずっと店に居りましたわけでは……」

「新兵衛さん、どこかへ出かけませんでしたか。昼から夜にかけて、とか」

「ああ、はい。そう言えば、寄合か何かに出かけておりましたような」

「清助さん、嘘が下手ねえ」

おゆうは清助に顔を寄せ、声のトーンをぐっと落とした。

「新兵衛さんのご用事は、大抵あなたが頼まれるそうじゃありませんか。信頼が厚いんでしょ。そのあなたが、ご主人が出かけたのを知らないはずがない」

清助の額に汗が浮いて来た。おゆうはキャラクターを変え、清助を睨みつけて声をさらに低めた。

「浜善の旦那が大川に浮かんだの、知ってるよね。これはそれに関わるお調べなんだよ。知ってることがあるなら、正直に吐いちまいな。さもないと、あんたに面倒が降りかかるよ」

これは効いた。清助は真っ青になり、唇が震え始めた。

「さあ、どうなんだい」

一押しで、清助は落ちた。

「は、はい。あの日、旦那様は八ツ頃、お出かけになりました。戻られたのは、五ツ頃だったと思います」

「どこへ出かけたの」

「それが、何もおっしゃらず、ただ人に会って来ると。ですが、お出かけの前に文《ふみ》が届きました。文、と言うより書付でしょうか。私がお預かりし、旦那様に渡しました」

「その書付を見て、すぐ出かけたわけ？」

「そうです」

「書付を持って来た奴に、心当たりは」

「いいえ、初めてお会いする人でした。でも……」

「何なの。いいからおっしゃい」

「はい、書付を包んでいた袱紗《ふくさ》です。袱紗の隅に、小さく紋のようなものが。あれは一、二度見たことがございました。たぶん、須田町の美濃屋さんの紋ではないかと」

よし、繋がった。おゆうは取り敢えず満足し、キャラクターを普段の自分に戻した。

「わかりました。ご面倒をかけましたね」

そう言って微笑んでやると、清助は明らかにほっとして、肩の力を抜いた。おゆうはそこへ、釘を刺した。

「わかってると思いますけど、今の話は新兵衛さんも含め、他言無用です。今日、私はあなたと会っていません。いいですね」

清助はごくりと唾を飲み込み、わかりましたと頷いた。おゆうは顎で通りを指し、行って良し、と告げた。清助はぱっと立ち上がり、振り返りもせず歩き出そうとして、石に躓《つまず》いた。清助はさらに取り乱し、ほうほうの体で去って行った。ちょっと脅し過ぎたかな、とおゆうは舌を出し、半分飲みかけたままの茶を啜った。

「あれ、おゆう親分さんじゃありませんか」

突然背後から声がかかり、おゆうはむせそうになった。何者かと振り返れば、そこにお多津が居た。

「あ、お多津さん。偶然ですね。まあ、どうぞ」

おゆうは先ほどまで清助が座っていた場所を示した。お多津は軽く一礼し、それじゃ失礼して、と言いながら腰を下ろした。

「こちらへは、何かのお調べですか」

「ええ、ちょっと。お多津さんは、お仕事ですか」

傍らに置いた髪結い道具の包みを目で指して尋ねると、お多津は「はい」と応じた。

「小網町に、贔屓にしていただいているお家がありまして」

そう言って川向うを指した。お多津の住む佐内町はこの南、目と鼻の先で、確かに通り道だ。

「聞いたんですが、浜善の旦那さんが殺されたそうですね」

「ええ。一昨日の朝、大川で見つかりました」

「下手人の目星は。やっぱり、あのことと関わりがあるんですか」

大村屋と三崎屋と浜善の関わりを、最初に知らせてくれたのはお多津だ。善吾郎が死んだことは、嫌でも気になるだろう。

「正直、そうだろうとは思っています。でもまだ、証しはありません」

「あの……まさか、例のお侍に斬られた、なんてことは」

おゆうは眉を上げて、お多津の顔を見た。

「いいえ。斬られていたわけじゃありません。どうしてそう思ったんです」

「いえ、あのお侍が何の用事で、浜善さんや大村屋さんと関わっていたのかがわかりませんから、もしやと思いまして」

お多津は、おゆうが何を考えているか窺うように、顔を覗き込んだ。おゆうはつい、目を逸らした。

「おゆうさんは、どう思います」

「ええ……直に手を下したとは思いませんが、例のお侍が何らかの関わりを持っている、ということは考えられますね」

言ってからおゆうは、しまったと思った。お多津の目が、輝いたからだ。

「ですよね。私、そう思うんです。でも、お侍の方はお調べになってないんでしょう」

追及されているような気がして、おゆうは言葉を濁した。お多津が畳みかけてくる。

「それじゃ、大村屋さんや三崎屋さんの方を調べてるんですね。なるほど」

お多津は一人で喋りながら、しきりに自分で頷いている。おゆうは落ち着かなくなった。

「お侍の方は、町方じゃ調べにくいですよね。手も足りないでしょうし。よし、わかりました」

「お多津さん、わかりましたって……」

「私が、親分さんたちの代わりに、もう少しお侍の動きを見張ります。鵜飼様にもそのように伝えていただけますか」

「いえ、ちょっと待って。鵜飼様からも言われてるでしょう。素人のあなたが、そんなに深入りしちゃいけません。殺しが絡んでるんですよ」

おゆうは慌てて止めた。だがお多津は、表情を引き締めておゆうと向き合った。

「それは承知してます。私だって、無茶なことをする気はありません。ただ、自分にできることで鵜飼様のお役に立ちたい。それだけです」

お多津は、挑むようにおゆうの目を正面から見つめた。おゆうは一瞬、たじろいだ。私と張り合うなら受けて立とうか、とも思ったが、そこで理性が働いた。お多津を挑発すれば、ますますこの件に深入りするだろう。それでお多津の身に何かあったりしたら、伝三郎の立場がない。ここはお多津を抑えねば。

「動き過ぎると、却って鵜飼様にご心配をかけることになりますよ。それは良くないでしょう。お願いだから、過ぎたことはしないで」

お多津はそれを聞くと、表情を緩めた。

「まあおゆうさん、そんなに怖い顔しないで下さいな。わかりました、分不相応なことはいたしません。どうかご安心を」

お多津は、懸念を払うように明るい笑みを浮かべると、では失礼しますと言って席を立った。おゆうはそれを見送りながら、まだ不安を抱えていた。本当にお多津は、おとなしくしていてくれるだろうか。

翌日の早朝七ツ頃、源七は小田原へ発った。そして午後、八ツ頃に伝三郎が来るのを見計らってか、儀助と六蔵が相次いで馬喰町の番屋に現れた。二人とも、機嫌が良さそうだ。おゆう同様、収穫があったに違いない。

「大村屋ですがね。番頭が言うには、あの日は八ツ頃に出かけて、五ツ頃に帰って来たそうです。行き先は聞いても言わなかったんで、わからねえと」

「そうか。三崎屋とそっくり同じだな」

六蔵の言葉を聞いた伝三郎は、おゆうの方を見やって、満足そうに言った。おゆうが頷くと、続けて儀助が話をした。

「美濃屋の方ですが、奴もやっぱり出かけてやす。刻限の方は出たのが七ツ半、帰ったのは四ツの少し前だったそうです」

「ほう、ずいぶんと長えじゃねえか。美濃屋だけ、そんな遅くまで何をしてやがったか、だな」

「それだけじゃねえんで。美濃屋は朝、店を開けて間もない頃、女に呼び出されてしばらく出かけていたそうです」

「女だと？」

伝三郎の目付きが鋭くなった。おゆうも膝に置いた手に力が入った。

「それって、もしかして例の……」

下女じゃないんですか、と言いかけたおゆうを、儀助が手を振って止めた。

「それがどうも違うようでな。四十近くの、どこかの女将か女中頭、って感じだったそうだ」

「呼び出された、と言ったな。なら、女は誰かの使いだったんだろう」

伝三郎は顎に手を当てて、何か考え込んでいる。おゆうは思い当たることを言ってみた。

「もしかして、善吾郎さんじゃないですか。朝早くから店を出ていたそうですし、船宿かどこかに入って、そこの女将に美濃屋さんを呼び出してもらったのでは」

「それよ。俺もそいつを考えたんだ」

儀助が膝を打った。

「今までは浜善の隠し部屋で会ってたが、浜善にも賊が来やがった。それで善吾郎が怖気づいて、自分の店以外の場所で集まろうとした。まず美濃屋の近くの船宿か茶屋に入り、そこへ美濃屋を呼び出して、四人で集まる段取りを決めてから、他の二人に繋ぎを取った。どうです、旦那、この読みは」

儀助の顔からすると、だいぶ自信がありそうだ。伝三郎も気に入ったらしい。

「そうして、夜になってから四人で集まった。そこで怯えた善吾郎が取り乱し、危ないと思った他の三人に口を封じられた。こういう筋書きだな?」

伝三郎は自分で先を続け、おゆうたち三人を順に見つめた。

「なるほど」

六蔵は得心したように呟き、おゆうも「そうだと思います」とはっきり言った。

「よし、そうと決まりゃあ、証しを見つけよう。船宿にしろ茶屋にしろ、美濃屋からそう遠くじゃあるめえ。捜すのにそれほど時はかからねえだろう。すぐ行け」

「合点です」

おゆうたち三人の岡っ引きは、急いで番屋を後にした。

伝三郎の言う通り、手分けすれば時間はかからなかった。暮れ六ツ（六時）の鐘が鳴る前に、美濃屋が呼び出された神田川沿いの船宿が突き止められた。

「はい、おっしゃる通りです。私が美濃屋さんをお呼びしました。二階に来られたお客様から頼まれまして」

女将は、多額のチップを貰って呼び出し役を引き受けたようだ。

「そのお客様とは、どういう方です。名前は」

「はい、相模屋善三《さがみやぜんぞう》さんと言われました。初めてのお客様ですが」

相模屋だと？　おゆうは顔をほころばせた。善吾郎は偽名を使おうとして、つい無意識に生国の相模を屋号に使ってしまったのだろう。

「人相風体はいかがです」

多額のチップのせいで、却って強く印象を残してしまったらしく、女将はすぐにその客の人相を説明した。やはり、善吾郎に間違いなさそうだ。

「お二人はどんな話をしていたか、わかりませんか」

さあそれは、と女将は困った顔をした。盗み聞きするような宿だと思われたくはないだろうから、当然ではある。だが女将は、しばらく考えてから一言、口にした。

「お茶をお持ちしたとき、今晩、寮がどうしたと言うようなお話が、ちらとだけ耳に入りました。私がお部屋に入りますと、お話を止められましたが」

「寮？　美濃屋さんの寮ですか」

「さあ、どうでしょう。美濃屋さんの寮は、冬の間はお閉めになっていると思いますが」

「美濃屋さんの寮、どこにあるかご存知ですか」

「確か、向島《むこうじま》の寺島《てらしま》の方と伺っております。詳しくは、美濃屋さんでお聞きになられては」

寮とは別邸のことで、押上《おしあげ》、小梅《こうめ》など向島辺りには、大店の寮が多い。冬は閉めているというなら、今もそのままだろう。閉館中で使用人がいない別邸なら、四人で秘密の会合を持つのにぴったりではないか。寺島は大川の上流沿いだから、暗くなってから死体を運んで大川に流すこともできただろう。

おゆうは収穫に満足し、女将に礼を述べて引き上げた。何らかの理由を付けて美濃屋の寮をガサ入れすれば、殺しの証拠が見つかるかも知れない。事件の行く先がだんだん見えて来る気がして、おゆうの気分は高揚した。

だがその見方は、まだまだ甘かった。

次の日の昼、番屋で会った伝三郎の顔は、曇っていた。昨日の夕刻、船宿と寮の件を報告したときの意気の上がった様子とは、ずいぶん違っている。

「鵜飼様、どうなすったんです。顔色が冴えませんけど」

「ああ、いや、ちょっとな」

どうも歯切れが悪い。おゆうはピンと来た。女の勘、という奴だ。

「お多津さん、どうかしたんですか」

伝三郎の目が見開かれた。

「ああ、いや、実は昨夜、あいつがまた例の侍のことを調べ回ってる、って聞いたんで、様子を見に寄ったんだ。もういっぺん、深入りはよせって釘を刺しとこうと思ってよ」

「はあ、そうですか。それでお多津さんの家でゆっくりされてた、というわけですね」

「そうじゃねえ。お多津は居なかったんだよ」

伝三郎は、慌てたように手を振った。

「それで今朝、もういっぺん行ってみたんだが、やっぱり居ねえんだ。長屋で聞いたら、一晩中戻らなくて、今朝も近所の古着屋のおかみさんの髪結いを頼まれてたのに、現れねえんだよ」

「え？　昨日から戻ってないんですか」

おゆうは眉をひそめた。子供ではないとは言え、若い女が丸一日行方不明というのなら、伝三郎が心配するのもわかる。ましてお多津は、事件の鍵を握ると思われる侍を追っていたのだ。

「それは、気がかりですね」

おゆうは一昨日のお多津の様子を思い出していた。分不相応なことはしない、と最後に言っていたものの、伝三郎の役に立ちたい、と言ったお多津はかなり真剣そうに見えた。面倒に巻き込まれていなければいいのだが。

「おうい、伝さん、居るか」

突然、境田の声がして、番屋の戸が開いた。あら境田様、ご苦労様ですと挨拶しかけて、おゆうは違和感を覚えた。いつもはのんびりした境田の顔が、伝三郎と同様、曇って硬くなっていた。

「あの、境田様、何かあったんですか」

「うん、半刻ほど前、下谷長者町《ちょうじゃちょう》の番屋に、畳屋の職人らしい男が来てな。昨夜、女が拐《かどわ》かされるところを見た、って言ってきたんだ」

「拐かし？　そいつは穏やかじゃねえな。詳しく聞かせろ」

「何でも、浅草寺界隈で遊んだ帰り、近道しようと下谷の武家屋敷の間を歩いてたら、立花飛騨守《たちばなひだのかみ》様の屋敷の裏手の道に上等な駕籠が止めてあって、そこで二、三人が揉《も》めてるようだったんで、どうしたのか隠れて見てたらしい。新月で月明かりはほとんどねえが、提灯の灯りで一人が若い女らしい、ってのと、他のは侍だ、ってのはわかったそうだ。で、その侍が、嫌がる女を駕籠に押し込んで、そのまま連れて行ったんだと」

下谷の立花家の周辺は、武家屋敷の密集地だ。夜の人通りは、かなり少なくなる。駕籠をそこで待たせていたなら、計画的な誘拐ではないのか。

「どんな女かはわからねえんだな」

「そいつは、暗くて無理だ」

「その畳屋はどうした」

「それがなあ、関わり合いになりたくねえってんで、言うだけ言うと隙を見て逃げちまった。昨夜見たことを昼前まで言いに来なかったのも、そのせいだ」

「おいおい、それじゃあ手掛かりなし、ってぇのか」

「いや、一つだけ。提灯に家紋があったらしい。丸に三つ巴で、下に一文字《いちもんじ》が付いてる」

「何、三つ巴に一文字」

伝三郎の顔色が変わった。

「そうなんだ。林肥後守様の御紋だよ。なあ、お多津って言ったっけ、あの髪結いの……」

境田が言い終わらないうちに、伝三郎は番屋を飛び出していた。おゆうと境田は飛び上がってその後を追いかけた。

筑後《ちくご》柳河《やながわ》十万九千石、立花飛騨守の上屋敷は、周囲に堀を巡らせた立派なものだった。浅草寺からも遠くないこの一帯は、現在の東上野になる。土塀と堀に囲まれた狭い道は、誘拐の実行場所として申し分ないように見えた。

「おい、こいつを見ろよ」

しばらく地面を調べていた境田が、堀の縁の石積みの間から、何かを拾い上げた。

「簪《かんざし》ですか」

おゆうが覗き込んでみると、玉飾りの付いた銀の簪だった。伝三郎もすぐに寄って来た。

「どうだい伝さん、お多津のものかい」

「うーん……何とも言えねえなあ」

伝三郎は残念そうに呻いた。無理もない。銀の玉簪はごく一般的なもので、はっきりした目印でもなければ特定は難しい。

「少なくとも、若い女が連れ去られたってぇ畳屋の話は、嘘じゃねえようだな」

境田が簪を矯《た》めつ眇めつしながら言った。

「駕籠で運ばれたとすりゃ、呉服橋の屋敷かな。道々、それらしい駕籠を見た奴が居りゃあいいんだが」

そうは言ってみたものの、伝三郎もそれが無理だと承知しているようだ。林家の屋敷に行くなら、ここから南へ向かい、神田川に突き当たって右に折れ、筋違《すじかい》御門のところで橋を渡り、神田橋御門を抜ければ、町人地をほとんど通らずに済む。当然目撃者は少ないし、武家屋敷ばかりの通りでは武家駕籠など幾らでも通る。

「俺がもう少し気を配っていりゃあ……」

伝三郎は唇を噛んだ。お多津を無理にでも止めなかった自分の責任だ、と思っているのだろう。それはおゆうも同じだった。一昨日、お多津に鵜飼様の役に立ちたいだけです、と真剣な目で言われ、悋気を起こして、やれるならやってごらんなさい、と突き放す気持ちがどこかになかったか。そう自問すれば、否定はできなかった。

「もし肥後守様の屋敷に連れ込まれたなら、厄介だな。こっちは手が出せねえ」

境田が腹立たし気に言った。厳密には、事件の可能性が高いなら捜査の申し入れができなくはない。だが、かなり強固な証拠が必要だし、町奉行から老中、老中から目付へと手順を踏んで行けば、何日かかるかわかったものではない。まして、相手は飛ぶ鳥を落とす勢いの幕閣要人なのだ。要請を出しても、簡単に握り潰すだろう。

「くそっ、何か手はねえのか」

伝三郎は、吐き出すように言って小石を蹴った。おゆうも口惜しさで一杯だった。

このままもしお多津が殺されでもしたら、おゆうは自分を許せないだろう。

「鵜飼様、とにかく私、肥後守様のお屋敷を見張ります」

そう言うなり、おゆうは身を翻して小走りにその場を去った。後ろから伝三郎が何か呼ばわったが、引き返そうとはしなかった。林肥後守を相手に町方役人にできることはほとんどない。だが自分には、できることが幾つもあるはずだ。


「ふーん、あれがその、林何とかってお偉方の屋敷か」

宇田川は、御堀越しに林家の表門を見つめ、相変わらず興味があるのかないのかわかり難い口調で言った。閉じられた表門は凝った作りで、こうして見るといかにも横柄な感じだ。

「あの門、頑丈そうだな。十トン積みのダンプカーでも突っ込ませなきゃ、突破できないだろう」

「カチコミしてどうすんのよ。お多津さんが捕らえられてるかどうか、確かめるだけでしょ」

「冗談に決まってるだろうが。確認だけなら問題ない」

どうもこの男、たまに冗談を言っても口調が変わらないから、区別が付き難い。

「まあ、使えそうなのはあれだな」

左右を見回していた宇田川が、二十間ほど先にある料理屋の二階を指差した。「清《せい》月《げつ》」という看板が出ている。林家の隣、松平丹波守《まつだいらたんばのかみ》の屋敷と堀を挟んで向かい合う位置だ。

「あれね、わかった」

おゆうはつかつかと歩いて、清月に入って行くと、出迎えた仲居に十手を見せ、主人を呼び出した。

「これは、女親分さんでございますか。恐れ入ります。どんなご用でしょう」

「藪《やぶ》から棒で申し訳ないんですが、一刻ばかり二階を貸していただきたいんです」

「二階をですか。はい、七ツ頃までは空いておりますので、お安い御用です。どうぞお上がり下さい」

「助かります。ちょっと待って下さい」

おゆうは表の暖簾から顔を出し、宇田川に手招きした。宇田川は傍らに置いていた大きな風呂敷包みを持つと、のそのそとこちらに歩いて来た。

「こちらは御用のお手伝いをいただいている、学者の先生です。今から二人で二階を使わせていただきますが、隠れて見張りをしますので、どうかどなたも二階へは来ないように、お願いいたします」

宇田川は愛想もせず、「どうも」とだけ言って軽く頭を振った。清月の主人は、気を悪くした風もなく、「ご苦労様です」と丁寧に一礼した。

「では、お茶などもお出ししない方がよろしゅうございますか」

「はい、お構いなく。勝手をさせていただきます」

主人は何事だろうと興味を引かれたようだが、商売人らしく余計な詮索はせず、自らおゆうたちを二階へ案内した。

「ここで大丈夫なんだね？」

主人が部屋を出て帳場に戻ると、おゆうは宇田川に念を押した。宇田川は早速風呂敷を解き、セッティングを始めている。

「任せろ。気を付けなきゃいけないのは、バッテリーの残量くらいだ」

宇田川はケースから出したドローンと操縦機を点検し、ノートパソコンを開いた。こんなところをこの店の者に見られたら、一大事だ。

「よし、始めるぞ。外の様子を見てくれ」

おゆうが急いで窓辺に張り付くと、宇田川はドローンのプロペラを始動させた。堀端の通りは浜善の前の通りより広く、人通りも多かった。タイミングが摑み難い。そのまま三分ほど待った。

「おい、まだか」

宇田川は苛立って来たようだ。バッテリーが気になるのだろう。

「もうちょっと。あの荷車が行ったら、少し途切れる……あ、来たよ。もうちょい。あ、脇道から子供連れが……いや、大丈夫、間は取れる。よーし、行くよ。五、四」

背後で、ドローンが浮き上がる気配がした。

「三、二、一、ゴー！」

その声と共に、ドローンが窓から飛び出した。通りの真ん中の上で一瞬ホバリングし、あっという間に三十メートルまで垂直上昇する。小さな点のようになったドローンは、所定の高度に達すると、林家の屋敷に向かい、堀を越えて飛んで行った。

「よし、順調だ。映像が出てるから見てみろ」

宇田川は操縦機のスティックを操作しながら、パソコンの画面を指した。座って画面を見ると、ちょうど屋敷の塀を越えるところだった。武家屋敷を真上から見るなんて、初めてだ。おゆうは不思議な感覚になって、リアルタイムで送られてくる映像をじっと見つめた。

敷地内に入って、宇田川はドローンの速度を落とした。中間部屋らしい長屋、渡り廊下、中庭などが流れて行く。庭は相当金を掛けて手入れしているようだ。刈り込まれた庭木の緑が美しい。桜も咲いている。そうだ、伝三郎と花見に行こうなどと言っていたが、この分ではやっぱり無理だろうか……。

「ストップ！」

思わず叫んだ。宇田川が了解し、ドローンをホバリングさせた。

「これ、怪しくない？」

土蔵の前で、侍が四人、集まって何やら話している。身振りからすると、三人の侍が一人を取り囲んで、責めているように見える。

「ズームできる？」

「ああ、それだ」

宇田川の指示に従い、マウスで画面の隅の「＋」をクリックした。映像が拡大し、四人の手先の動きもわかるようになった。見る限りでは、一番年嵩《としかさ》らしい侍が相当苛立っているようで、しきりに手を振り回している。音声が採れないのが残念だ。

責められている侍は、何度も土蔵の方を振り返り、さらに何度か頭を下げた。これがお多津が尾けていた相手なのだろうか。一応、千太たちから人相は聞いているが、真上からでは判別できない。

そのまま、五分近く経った。言い争いらしきものは、まだ終わらない。

「おい、まだ監視するのか」

宇田川が焦れたように言った。

「もう少し待って……あ、動いた」

三人の侍が背を向け、その場を離れた。責められていた一人は、深々と腰を折っている。様子からすると、言い負けたようだ。腕組みし、土蔵と三人の背中に交互に顔を向けている。やがてその侍も、土蔵を離れて画面の外に出た。

「ここはもういいわ。一応、一周してみて」

宇田川がスティックを前に倒し、ドローンは再び進み始めた。母屋の上を通り、勝手口へ。そしてまた庭へ。庭に華やかな着物を着た女性の一団が見える。側室か姫君と、御側付きの奥女中だろう。その部分だけを見ると、実に平和だ。この屋敷で何らかの陰謀が行われているとは思えない。

ドローンは瓦屋根を映しながら裏門の上に出ると、塀の内側に沿って表側に戻って来た。あの土蔵以外、怪しいと思える光景は映らなかった。宇田川は目で、ドローンを戻していいか確認してきた。おゆうは「ＯＫ、終了して」と応じた。

そのとき、廊下に足音がした。えっと思って身構えたところに、主人の声がした。

「あのう親分さん、ちょっとよろしいでしょうか」

よろしいわけがない。邪魔しないでと言っておいたのに。

「まずいぞ。バッテリーが切れかけてる。一分ほどしか保たん」

宇田川が小声で言った。とにかく主人を遠ざけねば、ドローンを回収できない。おゆうは慌ててパソコンに風呂敷を被せると、障子を細く開けて廊下に滑り出た。

「何でしょうか。今はちょっと」

できるだけ邪魔されて不機嫌そうな表情を作り、主人に向き合った。主人は恐縮そうに辞を低くして言った。

「お邪魔をして申し訳ございません。実は、この後ここをお使いになるお客様から、少し早いが顔ぶれが揃ったので、小半刻ほどしたら行く、と使いを寄越されまして。如何でございましょうか」

七ツ頃まで大丈夫のはずが、あと小半刻なら、丸一刻ほど予定が繰り上がったことになる。であれば、即座に撤収するしかない。おゆうは何とか部屋を覗き込まれないようにしながら、「承知しました。すぐに出ます」と返事し、なおも恐縮する主人を戻らせた。

おゆうは主人の頭が階段を下りて見えなくなると、障子をさっと開けてOKサインを送った。宇田川はすぐにスティックを操作し、ドローンを窓まで下降させた。操縦機に赤ランプが点灯している。バッテリーが尽きようとしているのだ。宇田川は焦らず、そうっとドローンを窓へと運んだ。下の通りには人通りがあるが、もうそれが途切れるのを待ってはいられない。幸い、空を見上げている暇人は一人も居ないようだ。

窓を通り抜けようとしたとき、急にプロペラの回転が落ちた。ドローンはがくんと沈み込み、窓の欄干にぶつかった。

「危ない！」

そのまま通りに落下したら、とんでもないことになる。おゆうはさっと手を伸ばし、ドローンを摑んだ。プロペラは停止しようとしている。おゆうはそのまま、ドローンを部屋の中に引っ張り込んだ。間一髪だった。

おゆうはドローンを畳に置いて、大きく溜息を吐いた。宇田川はすぐにドローンをケースに納め、パソコンの電源を落とした。それらの道具を手早く風呂敷に包み込むと、まだ荒い息をしているおゆうに向かって、肩を竦めた。

「やれやれ、一時はどうなるかと思った」

それはこっちの台詞だ。

「さて、あの偵察結果をどう解釈する」

清月を出て堀端を歩きながら、宇田川が言った。おゆうはまた、林家の門を見つめた。

「物証はないけど、あの土蔵にお多津さんが監禁されてると思う。実行犯はもちろん、お多津さんが尾けていた侍。土蔵の前で揉めていたのは、あの侍が勝手にお多津さんを誘拐監禁したんで、上司か何かが怒ってたんじゃないかな」

「なるほど。こんな面倒事を持ち込んで、どういうつもりだ、ってわけか」

「そう。さすがに屋敷内に監禁し続けるのはまずいよね」

「となると、奴らはどうする。その女を始末するか」

「かも知れない。でも、屋敷内には無関係の家来や女子供も居る。やるなら外へ連れ出してからでしょう。それに、どんな思惑で尾行していたのか、吐かせないと」

「まだ吐いてない、と思うのか」

「監禁し続けているってことは、おそらく。上司から叱責されたのなら、このまま土蔵に入れておくわけにいかないだろうから、どこかへ移すわね」

「ふん。まあ、明るいうちには動くまい。移送先の手配もあるだろうしな」

「そうね。動くとすれば」

「今夜か」

宇田川は、納得した様子で応じた。

「見張って尾けるなら、他の道具が要るな」

「私もそう思う。一旦、戻ろう」

おゆうは宇田川を促し、踵を返して北へ向かった。足取りに力が入る。

（お多津さんを救出するなら、今夜しかない）

どこへ移すかわからないが、移動中が一番手薄だろう。出遅れたら、お多津の命が危ない。それに残念だが、伝三郎は呼べない。相手がどこの家中の者であっても、町方の支配地でなら取り調べは可能だが、林肥後守の家来ともなれば、権威をかさに拒否するだろう。伝三郎のことだ、腕ずくでもお多津を救おうとするに違いない。林家相手に、それは危険だ。

おゆうはちらりと宇田川を見た。今夜だけはどんな手段でも使うつもりだった。

十一

遠くで五ツの鐘が鳴っている。午後八時だ。夜空は晴れているが、細い三日月のため月明かりは乏しい。その代わり、満天の星だった。おゆうは空を見上げ、しばしその美しさを楽しんだ。この時間の東京は、まだ宵の口で街中が光に溢れ、こんな星空を見ることはできない。東京の住人からすれば、贅沢とさえ言えた。

堀を挟んで見る林家の表門には、動きはまだなかった。瀬戸物屋の陰に蹲《うずくま》ったおゆうは、暗視スコープを下ろした。あと一刻ほどで町木戸が閉まる。林家の駕籠なら通行はできるだろうが、どうしても目立つ。それを避けるなら、もうそろそろ出掛けるはずなのだが。

すぐ後ろで、宇田川が欠伸する気配がした。妙な行動を取って不審がられないよう、慎重にやってもらいたいのだが、どうも緊張感に欠けているようだ。

苦言を呈してやろうと思ったとき、目の端で何かが動くのを捉えた。急いで暗視スコープを目に当てる。林家の屋敷の南側の道から、駕籠が出て来た。表門ではなく、裏の通用門から出たようだ。提灯を持った中間に先導されている。駕籠の脇に例の奴らしい侍。他にも侍が二人。例の奴の配下なのだろう。護衛と言うか用心棒と言うか、そういう役回りらしい。他に駕籠の担ぎ手が二人。合わせて六人だ。

「来たよ。思った通り」

おゆうは宇田川をつついた。宇田川は無言で頷き、懐から暗視スコープを出して頭に装着した。おゆうの持っている、手持ちの双眼鏡のようなものではなく、ハンズフリーの軍用タイプだ。値段は、通販で買ったおゆうのスコープの数倍だろう。

「それ、ほんとに気を付けてよ」

道で誰かに行き会っても、そのタイプのスコープだとすぐ外すことができない。それを装着した姿は、江戸の人間からすれば妖怪の一種にしか見えないだろうから、一騒動起きてしまう。宇田川は、わかったという返事に親指を立てた。

駕籠の一行は、南に向かった。こちらは提灯を使っていないので、少々接近しても気付かれる心配はない。尾けられているとは露知らず、駕籠は鍛冶橋御門を通過、数寄屋橋を渡って堀のこちら側に来た。おゆうと宇田川は、その後ろに付いた。

土橋を渡り、そこからまた堀に沿って、西へ進んだ。どこへ行くのか、さっぱり見当はつかない。ここまでに十数人の通行人や夜回りとすれ違ったが、そのたびに宇田川は頬かむりをして、横を向いた。幸い、誰も彼の姿に気付いた者は居なかった。

溜池《ためいけ》の辺りまで来ると、駕籠は左に曲がり、堀から離れた。武家屋敷の間を抜け、上り坂になった道をさらに進んで行く。麻布《あざぶ》の方へ向かっているのか、とおゆうは思った。

やがて、駕籠はどこかの寺の山門の前にさしかかった。そこで駕籠は急に向きを変え、山門を入って行った。目的地に到着したらしい。おゆうは宇田川を急かして、門の脇に寄った。門には寺名が掲げられていない。門扉も半分開けっ放しで、蝶番《ちょうつがい》が錆《さ》び付いていた。土塀にもひびが入り、瓦が落ちて、所々草が生えている。どうも主のない廃寺らしい。であれば、確かに監禁場所として申し分なかろう。

暗視スコープで覗き込むと、奥の本堂の前に駕籠が下ろされていた。提灯を持った中間が、駕籠を照らしている。侍の一人が、駕籠の戸を引き開けた。中は侍の背が邪魔で、まだ見えない。

主犯格の例の侍が何事か指図し、戸を開けた侍が中に半身を入れ、乗っていた人物を引きずり出した。

(ようし、ビンゴ)

おゆうは宇田川に向かって親指を立てた。間違いない。目隠しをされて後ろ手に縛られているのは、お多津だった。駕籠から出たお多津は、地面に座り込んだ。痛めつけられたりしたのだろうか。おゆうは駆け込みたい気持ちを抑え、どう動くか懸命に頭を働かせた。

「おい、あれがその女か」

宇田川が小声で尋ねた。おゆうは、「そうよ」とだけ答えた。

「よし、目隠しをされてるのは好都合だな」

え？　どういうことだろう。

「暗視スコープをしまえ。俺が肩を叩いたら、目をつぶって耳を塞ぎ、地面に伏せろ」

「うん？」

いったい何を言ってるんだ。問い質《ただ》そうとしたとき、宇田川に肩を叩かれた。何かが理性に勝ち、おゆうは言われた通りにして、地面に丸くなった。宇田川が後ろから何か投げたのが、空気の動きでわかった。一拍置いて、百雷が落ちたような大音響が響き渡った。

「よし、もういいぞ。暗視スコープを使え」

宇田川に背中を叩かれ、おゆうは跳ね起きて暗視スコープを目に当てた。そして、唖然とした。

駕籠の周りで、三人の侍と三人の中間が地面に倒れ、気絶するか、目を押さえてのたうちまわっていた。お多津は目隠しをしたまま、呆然となって座り込んでいた。

「あんたいったい、何を投げたの」

「フラッシュバンだ。模擬弾だが、本物に近い効果が出るよう改造した」

「ふらっしゅ……何なの、それ」

「日本語で言うと、閃光《せんこう》音響手榴弾《しゅりゅうだん》だ。強烈な光と音が出るが、殺傷力はない」

「手榴弾ですって！」

おゆうは啞然とした。まさかそんなモノを持って来るとは。そう言えば、警察の特殊部隊が人質救出のときに、そういうものを使うと聞いたことがある。

「模擬弾を改造って、そんなことして違法じゃないの」

「違法……だな、たぶん。だが江戸で使うなら、違法もくそもない。江戸の法律じゃ、そんなもの想定してないだろう」

「あのねえ……」

おゆうは目を細めて宇田川を見た。

「ちょっと待って。あんた、この手榴弾、どこに置いてたの。西荻窪まで取りに行ってる暇、なかったでしょ」

「あんたの家に」

「そんな！　見つかったら、テロ組織のアジトだと思われちゃうじゃない」

「見つからなきゃ問題ない。それより、ほら、先にやることがあるだろ」

宇田川は、ふらふらしながら目隠しを解こうとしているお多津を指差した。そうだった。林家の奴らが正気を失っているうちに、お多津を連れて退散しなければ。おゆうはお多津に駆け寄った。

「お多津さん、私です。大丈夫？」

あの大音響で耳が聞こえていないのを忘れて、声をかけた。腕を摑むと、お多津はびくっとしたが、振り向いて何となくわかったらしい。

「おゆうさん……なの」

おゆうは返事の代わりに、お多津の手をぎゅっと握った。それでお多津は安心したようだ。

「ああ、良かった。何か凄い音がして、耳が聞こえなくなって……」

おゆうは、今は喋らなくていいから、というつもりで腕を軽く叩いた。お多津は了解したらしく、ゆっくり立ち上がった。

「よし、退散するか」

手榴弾の燃え殻を拾い集めていた宇田川は、暗視スコープを外して懐に隠すと、おゆうに言った。おゆうはお多津の肩を叩いて、門の方を指差した。お多津は頷き、おゆうの肩を借りると、少しよろめきながら歩き出した。

「おゆうさん、本当にありがとうございました。みなさんにもすっかりお世話になって」

佐内町の長屋にある自分の家で、お多津は布団から起き上がって、丁重に頭を下げた。

「お多津さん、まだ寝てていいんですよ。昨日の今日なんだから」

「そうだぜ。無理するこたあねえや。あんな目に遭ったんだから」

布団を挟んで座るおゆうと伝三郎が、代わる代わる言うと、お多津はますます恐縮した。

「深入りしないよう気を付けろと、お二人にあれだけ言われてたのに私ったら……もう情けなくって、申し訳なくって。せっかく鵜飼様のお役に立とうと思ったのに、反対に御迷惑をおかけしてしまって」

お多津は、涙ぐんで俯《うつむ》いた。伝三郎がその肩に手を置き、いいんだ、何も気にしなくていい、と慰める。おゆうは身じろぎして、咳払いした。

「ええと、あなたをさらった侍ですけど、名前はわかります？　ナガエ何とかでしたっけ」

「はい、それは調べがついていました。林肥後守様の御家中で、永江銑十郎《ながえせんじゅうろう》という人です」

「それでその……乱暴なことはされませんでしたか」

「ええ、駕籠に押し込まれたときは荒っぽかったですけど。土蔵に押し込められてからは、特に何も。ただ、外で言い争うような声が何度か聞こえました」

ドローンの偵察結果からの推測通りのようだ。永江という侍は、林家の土蔵でお多津を尋問しようとしたが、面倒事を恐れた上役から屋敷の外でやれと命令されたのだろう。尋問が始まる前に救出できて良かった。

「とにかく、怪我もなくて何よりだ。手伝いたいって気持ちは有難えが、もう要らん心配をかけるんじゃねえぞ」

伝三郎がゆっくり諭すように言うと、お多津は涙を拭きながら、神妙に「はい」と小さく答えた。伝三郎は安心したように微笑んだ。おゆうはまたちょっと身じろぎした。

「ところで、あの荒れ寺で何が起きたんだ」

「えっ……それはですね」

何しろ大の男が六人、一発で昏倒したのだ。言い訳は一応考えてあった。

「雷が落ちたみたいです。ほら、春の雷様」

あれだけの光と音だ。近隣の人たちも当然驚いただろうが、大騒ぎになっていないところを見ると、やはり雷か何かだと認識しているに違いない。先日の宇田川の台詞ではないが、江戸の人々の知識では、それ以外の解釈はできないだろうから。

「雷？　昨夜は晴れてたんじゃねえのか」

「晴れてたって、大気が不安定に……いやいや、急に雲が湧いて雷が鳴る、ってことはあるでしょう。それですよ」

「まあ、ねえこともねえだろうが、そんなに都合良く雷が落ちたのか」

「そりゃあ、天網恢々《てんもうかいかい》、神様がお多津さんを助けてくれたんですよ」

内心冷や汗をかきながら、おゆうはお多津に「ねえ」と笑みを向けた。

「はい、目隠しされてたので音だけですけど、確かに雷の音だったような」

お多津が調子を合わせてくれたので、おゆうはほっとした。

「そうか……まあいい、そこはそれほど大事じゃねえ」

有難いことに、伝三郎はそれ以上追及して来なかった。

「さて、それじゃあ件《くだん》の荒れ寺とやらに行ってみるか。おゆう、場所はわかるな」

「ええ、もちろん」

「よし、左門にも立ち会わせよう。それから、昨夜はあの学者先生も一緒だったんだよな。呼んで来てくれ」

「え？　あ、はい、わかりました」

宇田川も呼ぶのか。非常に不安だが、伝三郎が言うなら仕方がない。おゆうはお多津に、今日は一日ゆっくり休んで下さいね、と優しく言って、伝三郎と共に長屋を出た。

浜善の向かいの小松屋から宇田川を引っ張り出し、南町奉行所の前で伝三郎と境田に合流すると、四人で麻布に向かった。同じ道だが、暗視スコープを通して見た昨夜と違って、春の明るい光に満ちた景色は目に心地良い。このまま花見に出かけたい気分だ。ただ、隣を歩くこの分析オタクの存在だけは、どうにも落ち着かない。

「あんた、今日は変なモノ、持って来てないでしょうね」

気になって小声で聞いてみた。宇田川は、ふん、と鼻で嗤った。

「まさか。今日はそんな必要はないだろう」

「手榴弾なんか、なんで持ってたの」

「サバゲ用の小道具だ」

サバイバルゲームだと？　机とパソコンに齧り付いているだけと思っていたのに、そんなことまでやっていたのか。

「俺の趣味じゃない。河野さんに無理やり引っ張り出されて、一度だけ付き合った」

おゆうの驚きに気付いたのか、宇田川が言い足した。なるほど、河野社長の趣味か。

「で、やってみてどうだったの」

サバゲについてはよく知らないが、少なくともアウトドアで、結構な運動量をこなすのではないか。およそ宇田川に向いていそうにない。

「二度と御免だ」

案の定、宇田川は吐き捨てるように言った。

「だが、アイテム類はちょっと面白いものもあったんで、幾つか手に入れておいた」

「その一つがあの手榴弾ってわけね」

それから心配になって聞いた。

「幾つかって、他にもあるの」

「うん、また必要になったら使うかも知れん」

ああ、やっぱりだ。おゆうは頭を抱えそうになった。ドローン程度ならいいが、好きにさせておいたら、対戦車ミサイルくらい持ち込みかねない。頭痛の種がまた増えてしまった。

その寺へは、半刻足らずで着いた。昼間に歩いてみると、昨夜よりだいぶ近く感じられる。

「ここかい」

坂を上りきったところで、伝三郎が山門を指した。

「はい。寺の名前はわかりませんけど」

明るい中で見た山門は、だいぶ傷んでいた。暗視スコープでも壊れた箇所などはわかったが、こうして全体を眺めると、いかにも荒れ寺、という雰囲気だ。朽ち果てたとまではいかないが、放置されて十年以上は経っているだろう。

「ここは確か、妙阮寺《みょうげんじ》って寺だな。十年ちょっと前に住職が死んでから継ぐ者がなくて、そのままになってるはずだ」

境田が、周りを見回しながら言った。どこで仕入れて来るのか、いつもながらの情報通ぶりだ。

「へえ、やっぱりよく知ってるなあ」

伝三郎が感心すると、境田は「まあな」と軽く肩を竦めた。

「ここを使おうとしたってことは、肥後守様と繋がりがあるのかい」

「さあ、正直そこまではわからねえ。肥後守様に縁のある寺なら、こんな風にほったらかしにしておくことはねえと思うが」

境田もさすがに首を捻った。

「ちょいと入って、中を調べてみるか」

伝三郎が山門を覗き込んで言った。

「鵜飼様、いいんですか。寺社地ですよ」

伝三郎は、これまでに何度か寺社地に首を突っ込み、トラブルになりかけている。おゆうはまた面倒が起きないか、つい心配した。

「ま、大丈夫だろう。誰も見てねえし」

境田が賛成し、真っ先に境内に入った。おゆうは周りを気にしながら、後に続いた。入ると、山門の真正面に本堂がある。距離は四、五十メートルぐらいか。決して小さな寺ではない。

「駕籠が止められたのは、あの辺か」

伝三郎が、本堂の手前を指した。

「はい、その辺です」

おゆうが答えると、宇田川が割り込んだ。

「そこに少しだけ黒くなったところがある。そこへ雷が落ちたようですな」

勿体ぶって指を差したところは、まさしくフラッシュバンが着弾した位置だ。伝三郎はしゃがみ込み、地面を仔細《しさい》に見た。

「なるほど、黒くなってますが」

指で地面を触ってから、立ち上がった。

「建物も高い木もあるのに、いきなり地面に雷が落ちたりするもんですかね」

「まあ、時にそういうこともあります」

宇田川は勿体ぶった姿勢を崩さず、平然と答えた。こういう態度だと、もっともらしく聞こえるから不思議だ。境田は首を傾げたが、伝三郎は「そんなもんかなあ」と言って、雷の話を切り上げた。

「先の話に戻るが、永江とかいう奴は、どうしてここを選んだか、だな」

伝三郎は本堂を見上げ、呟くように言った。

「荒れ寺なんか幾つもある。何か伝手がなきゃ、わざわざ麻布くんだりまで……」

「町方が、このようなところで何をしているのかな」

いきなり本堂の方から声が聞こえ、四人はぎくりとしてそちらを見た。本堂の脇に、黒い角笠《つのがさ》を被った侍が立っていた。おゆうはその姿を見て、「あれっ」と思った。どこかで会ったような気がする。侍は、四人の方へゆっくりと近付いて来た。伝三郎と境田の肩が、強張るのがわかった。

「失礼ながら、寺社方のお方で？」

境田が身を固くして尋ねた。だとすると、伝三郎たちが勝手に立ち入ったことを問題にされるかも知れない。すると、その侍は伝三郎の前に立って、笠を上げた。

「しばらくだな、鵜飼殿」

「あ、これは……倉橋《くらはし》様」

伝三郎の驚いた声を聞いて、おゆうも思い出した。去年の秋、千両富くじに関わる事件で接触した、寺社方の男。吟味方物調役《ぎんみがたものしらべやく》、倉橋幸内《こうない》だ。年の頃は伝三郎と同じか少し上、苦み走った渋い二枚目である。こんな場所で再会するとは。

「ここに出張っておられるということは、昨夜の一件をお聞き及びですか」

「いかにも。そちらも、その調べのようだな」

倉橋に言われて、伝三郎はばつの悪そうな顔になり、境田と一緒に頭を下げた。

「申し訳ございません。いささか大きな一件に関わる話ゆえ、つい立ち入ってしまいました」

寺社奉行配下の上級スタッフである倉橋は、町方同心よりはるかに格上だ。丁重な態度になるのは当然だった。

「だいたいの事情は承知している。気にせずとも良い。私が許したことにしておくゆえ、気の済むまで調べられよ」

「ははっ、有難うございます」

礼を述べてから、伝三郎はさらに聞いた。

「倉橋様のここでのお調べは、もう済んだということですか」

「左様。もう済んだ」

何か手掛かりが、とさらに伝三郎が聞こうとするのを制するように、倉橋は続けた。

「先に言っておくが、何も見つからんぞ」

「は、そうですか」

伝三郎は、落胆を顔に出した。すると、倉橋はさらに付け加えた。

「この敷地の中に、鍵となるものはない、ということだ」

その言い方で、伝三郎は倉橋の腹の内を悟ったようだ。目付きが変わった。

「どこか全く違うところに鍵がある、と」

確かめるように言うと、倉橋は頷いた。

「一つだけ申しておく。この一件、貴殿らが考えているより、隠れているものは大きい」

伝三郎が、はっとして背筋を伸ばした。倉橋は伝三郎の顔をもう一度見て、「ご免」と挨拶し、門へと歩いて行った。

門から足を踏み出しかけた倉橋が、ふいに立ち止まった。何か考えている様子だ。どうしたのかとおゆうが思っていると、近寄った伝三郎と境田の方を振り向き、「智《ち》泉院《せんいん》」と一言だけ、言った。境田がそれを聞いて、眉を吊り上げた。倉橋はさっと前に向き直り、そのまま山門を出て行った。

「おい、今のは何だ。智泉院、と聞こえたが」

伝三郎が、難しい顔をしている境田に聞いた。心当たりがないので、少なからず当惑しているようだ。境田は、ふうっと溜息をついた。

「伝さん、知らないのか。智泉院ってのはな、下総中山の寺で、お美代《みよ》の方様のご生家だ」

「何、お美代の方様の」

おゆうもぎょっとした。お美代の方は将軍家斉の側室ナンバーワンで、かなりの影響力を持っていたことは、ネットでの知識として知っている。その人物が絡んできたとなると、これは只事《ただごと》ではない。

「そうだ。公には中野播磨守《なかのはりまのかみ》様の養女ってことになってるが、智泉院の住職が実の親父だ。巷《ちまた》じゃ、知ってる奴は結構居るぜ。あんた、日啓《にっけい》って坊主、聞いたことねえか」

「日啓？　ああ、知ってる。加持祈禱《かじきとう》が得意で、ちょっと名が売れてたな」

「そいつが智泉院の住職だ」

「え、そうなのか」

伝三郎はかなり驚いているようだ。宇田川はと言うと、ほとんど興味なさそうに横を向いている。或いは、賢明にも聞かないふりをしているのか。とにかくその智泉院という寺、早速今夜にでもネットで調べよう。

「伝さん、どうする。さらに厄介なことになってきたぞ」

境田が眉間に皺を寄せた。伝三郎は唇を引き結び、しばし思案していたが、やがてはっきりと言った。

「誰が出て来ようと関係ねえ。蔵破りだけでなく、殺しも起きてるんだ。俺たちは俺たちの仕事をするだけさ」

うん、さすが伝三郎だ。頼もしい一言を聞いて、おゆうは嬉しくなった。境田も、そうだなと頷いた。一人宇田川だけは、どこか別の世界に居るような顔をしていた。


それから四人で妙阮寺の境内を調べてみたが、倉橋の言った通り何も出なかった。日も傾いて来たので捜索は終了することにし、境田は役宅へ、宇田川は小松屋へと帰って行った。宇田川も江戸の町を歩くのは、だいぶ慣れて来たようだ。後ろ姿を見る限り、不自然なところはほとんどなさそうに思えた。

おゆうは安心して伝三郎と一緒に家に帰り、数日ぶりに二人の時間を過ごした。智泉院という難しい要素が新たに入り込んで来たが、伝三郎には不安を感じている様子はなく、寧ろ進展があったことで陽気になっている。そんな伝三郎を見ていると、おゆうの気持ちも浮き立ってきた。

夜が更け、伝三郎が帰って行くと、おゆうは早速押し入れの通路に入り、東京の家に戻った。ここ何回かは、宇田川のおかげで東京でも着物のままだったので、スウェットに着替えるのは久しぶりだ。

優佳に変身して、発泡酒の缶を片手にパソコンの前に座った。立ち上がった検索画面に、「智泉院」と打ち込む。忽ち情報が溢れだした。

思わず「何これ」と声に出した。智泉院はとんでもない寺で、住職日啓はとんでもない坊主だったのである。

お美代の方は、家斉の寵愛を利用して智泉院と日啓の売り込みに励み、大奥の奥女中たちの智泉院参拝が頻繁になった。日啓も、祈禱がうまい、つまり法力があるという触れ込みで、参拝者を集めていた。だが日啓は呆れた生臭坊主で、女に目がないばかりか自分の寺にイケメンの若い僧を集め、参拝に訪れる奥女中たちに性的サービスを提供していたのである。

寺自体が丸ごと、巨大ホストクラブになっていたわけだ。寺社奉行も問題を察知していたが、お美代の方がバックに付いているので手が出せない。後には、お美代の方が家斉にねだって、日啓のために江戸の雑司が谷に感応寺《かんのうじ》という寺を建てさせる。廃寺の復活という形だが、将軍家肝煎《きもい》りとなって豪壮な伽藍《がらん》が作られ、あろうことか日啓はそこでも、奥女中相手のホストクラブをやったのだ。

(こんなのが関わってるとなると、どうなるんだろう。林肥後守は智泉院と繋がりがあってもおかしくないけど、大村屋や三崎屋はどうなんだ)

大店とは言え、一介の商人である大村屋たちが、智泉院と直接関係しているとは考え難い。あるとすれば、林肥後守を介してだが、何のために？　逆に、大村屋たちとツルんで智泉院に何かメリットがあるのか。

（まだ駄目だな。もうちょっと何か出て来ないと）

優佳は腕組みして、パソコンの画面を見つめた。それにしても、セックス・スキャンダルというのは、いつの時代にもついて回るものなのだろうか。

（まあ、現代と違うとすれば、この場合は接待される側が女性だってことか）

優佳は肩を竦め、電源を落とした。

十二

それから三日は、大した動きがなかった。

「美濃屋の寮の周りで聞き込みをやったんですがね」

おゆうの家で一服していた伝三郎のもとへ、儀助が報告に来て言った。

「あの晩、閉めてるはずの寮に明かりが灯ってるのを見た奴は居るんですよ。三軒隣の金物屋の寮で下働きをやってる爺さんです。けど、出入りした者の姿は、見てねえそうで」

「他に誰か居ねえのか」

もともと閑静なところなので、都合良くはいかないだろうと伝三郎もおゆうも思っていたが、役に立ちそうな証言が全く得られないのは残念だった。

「面目ありやせん。ただ、少し大川に寄ったところの百姓で、夜更けに荷車の通る音を聞いた気がするって言ったのが居ます」

「荷車か。そんなところを夜更けに通るってのは、変だな」

「へい。その百姓も、それで覚えてたんで。ですが、音だけで姿は見てやせん。これが善吾郎の死骸を運んでた車なら、大当たりだったんですが」

状況から言って、ほぼそれに違いないだろうが、音だけではどうしようもない。

「刻限もわからないんですよね」

念のためおゆうは聞いてみたが、やはり駄目だった。

「夜更け、ってぇだけで、五ツなんだか四ツなんだかもわからねえ。しょうがねえよな」

儀助も腕組みして、残念そうに言った。成果が出ない苛立ちが垣間《かいま》見える。

「旦那、ここらで美濃屋をしょっ引いて、叩いてみちゃどうです。このままじゃ、埒《らち》が明きませんや」

儀助は思い切ったことを言ったが、伝三郎はかぶりを振った。

「そいつはまだ早い。口封じで殺したんだとしても、何を隠そうとしたのかもわからねえんじゃ、攻めようがねえ」

そう言われて、儀助も不承不承頷いた。

「やっぱり小田原待ち、ってことですかい」

儀助の言うように、今は源七が小田原から持ち帰る話が、頼みの綱だ。

「明日か明後日には、帰って来ると思うんですけど」

そう決まっているわけではないが、おゆうは期待を込めて言った。焦れているのはおゆうも同じだ。宇田川などは、飽きてきたらしく、会社に顔を出す、と言って昨日、東京に引き上げてしまった。今日は土曜だから、月曜に出社するのだろう。もう二週間、会社を休んでいる勘定になるし、税務調査は終わっているはずだから、いつまでも遊んでいるわけにはいくまい。

「待てば海路の日和あり、って言うからな。あと一日二日だ。おとなしく待っていても美濃屋は逃げねえぜ」

奉行所から尻を叩かれているはずだが、伝三郎は敢えて鷹揚にそんなことを言った。おゆうは「そうですね」と応じ、伝三郎と儀助のために一本つけようと、台所に立った。

源七が戻ったのは、翌日の昼前だった。

「旦那、居られやすかい。あっしです。只今《ただいま》戻りやした」

おゆうの家の表戸を開け、源七が大声で呼ばわった。

「おう、源七か。入ってくれ。ちょうどおゆうと昼飯に出ようと思って、寄ってたところだ」

源七はさすがに家で旅装を解いてきたようだが、道中、春の陽射しを目一杯浴びてきたらしく、よく日焼けしていた。

「源七親分、お疲れ様でした。さあ、こちらへ座って下さいな」

おゆうは上がり框でなく座敷に上がるよう、促した。源七は「それじゃお邪魔しやす」と応じて、伝三郎の向かいに座った。

「さっき着いたってことは、品川泊まりだったのか」

江戸へ戻る最後の宿場の品川は、旅の垢を落とす、あるいは旅の終わりの打ち上げ、ということで、帰宅前に散財していく客が多い。そのため、遊郭などがたくさん営業していた。伝三郎は、源七もその口か、と揶揄したのだ。源七は、慌てて手を振った。

「かかあにも、品川で遊んで来たんじゃねえのかって勘繰られちまいやしたがね。なあに、一昨日小田原を出るとき、土産を買うんで朝が遅くなって、昨夜は神奈川泊まりになっただけですよ」

それこの通り、と源七は土産の包みを差し出した。

「小田原の蒲鉾だ。あっちで食ってみたが、江戸のとは旨さが全然違うぜ。足が早えから、今日明日中に食っちまってくれ」

「まあそれは、気遣いありがとうございます」

おゆうは有難く蒲鉾を受け取った。防腐剤も冷蔵庫もないから、源七の言うように日持ちしない。今夜にでもいただこう。

「蒲鉾はいいから、肝心の話はどうだった」

伝三郎は辛抱堪らず、という風に源七を急き立てた。やはり、相当期待していたのだ。

「へい、今からお話ししやす」

源七は居住まいを正した。

「小田原の町奉行所に参《めえ》りやして、旦那にいただいた書状を見せたところ、あちらの同心の坂口玄蔵《さかぐちげんぞう》様が、話を聞いてくれやした。何でも、筆頭与力にあたる沢木《さわき》とかいうお方に、お指図を受けてるとかで」

伝三郎が頷いた。その沢木というのは、境田のコネで事前に話を通してもらっていた相手だ。

「ちゃんと便宜を図ってくれたんだな」

「へい。たかが岡っ引きのあっし相手に、ずいぶんと手間をかけてくれやした」

「そいつは有難え話じゃねえか。また礼状を送っとかなきゃな。それで、何がわかった」

「今から十四、五年前、何か大きな一件はなかったかお尋ねしたんですがね。小田原も東海道筋の大きな御城下で、人の出入りが多いですから、盗みも殺しも何件かありやした。ですが一件だけ、ちいっと毛色の違うのがあったんで」

「毛色が違うってことは、刃傷沙汰とか単純な話じゃないんですね」

おゆうも大いに興味を引かれ、身を乗り出した。

「そうよ。大掛かりな詐欺だ」

「詐欺だと？」

伝三郎が首を傾げた。

「誰をどんなことで嵌めたんだ。相当な金が動いたのか」

「嵌められたのは、小田原城下で太物商をやってた、万富屋《まんとみや》吉三郎《きちさぶろう》ってお人です。屋号の通り、なかなかの羽振りだったそうなんですが、この吉三郎は三代目で、商売の才がちっとばかり欠けてたらしいです。人は良かったそうですがね」

「ふうん。それじゃあ、才がないんで商売が傾き出し、立て直そうと焦ったところへつけ込まれた、そういうことか」

「さすが旦那、話が早えや」

源七がニヤッとして、自分の膝を叩いた。

「万富屋に、木綿作りに金を出さねえか、って言って来た奴が居たんでさあ。遠くから仕入れず、自前で木綿を作る百姓を抱えりゃ、間の手間賃が助かって儲《もう》けが増える、そう吹き込まれたわけで」

太物とは綿織物や麻織物のことで、それを商う太物商が、生産地の農家に出資して木綿の供給を自前で確保する、というのは、一応理に適っている。農業には素人の商人がそれをやるのは当然リスクがあるが、源七が言うには、その万富屋の三代目は少々能天気で、良く言えばポジティブ、悪く言えば脇が甘い、そういう人物だったようだ。詐欺を仕掛けるには、格好の標的だろう。

「で、どうやって信用させたんです」

話が見えて来たおゆうは、先を促した。源七が咳払いをする。

「まあ慌てなさんな。万富屋には幾つか仕入れ先があったんだが、その中に信州の問屋があって、その問屋の名前がある書状を持って来た奴が居たんだ」

「その書状に、木綿作りのことが書いてあったんですね」

「そうよ。綿の種も、一緒に届いたそうだ。で、万富屋はその書状を、すっかり信じちまったのさ」

おゆうと伝三郎は顔を見合わせた。またしても、信用ある人物の名を騙《かた》った偽の書状だ。

「じゃあどこで綿を、って考えていたら、万富屋に出入りしてる小間物の行商人が、米に見切りをつけて金になる作物をやりたい、って言ってる名主が居るなんて言い出してよ。渡りに舟ってんで、万富屋はその名主に会った。まだ若い名主で、いかにも野心がありそうな奴だったらしい」

「何だか見て来たように言うじゃねえか」

伝三郎がからかうと、源七は頭を掻いた。

「へへ、すいやせん。幾らか、あっしの思ったことも混じってやして」

「まあいい、続けろ」

「へい。万富屋は小間物屋の仲立ちで名主に会い、畑になるところも見に行って、百姓らとも話したそうで、これは儲けられる、店も大きくできると思い込んじまったんでさあ」

「でも、それは嘘だった。みんな、共謀《グル》だったんですね」

「そういうこった。小間物屋は本物だが、信州からの使いと名主、百姓の頭《かしら》は真っ赤な偽者だ。他の百姓も、金で雇った役者さ。万富屋はすっかり乗せられて、土地に千両、綿の種や道具の買い付けに六百両、出しちまったのさ。不用心にも程があらぁ」

　千六百両とは、ずいぶん思い切ったものだ。生き馬の目を抜く江戸では、そんなに無防備では商売できないが、この時代の小田原はまだまだ田舎である。付け入る隙はかなりあったのだろう。

「番頭は止めなかったのかい」

「止めたようですが、万富屋はここが勝負時だとか何とか、聞く耳持たずに突っ走っちまったんで。後はもう思った通り、金を渡した途端に奴らは消えちまいやした」

「万富屋は、潰れたのか」

「詐欺に遭ったと知れた途端、借金取りが押しかけてあっという間に。吉三郎と女房は、首を縊《くく》りやした」

「あらまあ、気の毒に」

　千六百両は、店の全てを賭けて用意したものだろうか。自分の甘さが招いたこととは言え、相当なショックだったに違いない。

「小田原の奉行所がそこまで知ってるなら、詐欺を仕掛けた奴の正体も摑んでるんだろうな。雇われた役者を別にすりゃ、全部で四人か」

　伝三郎の目が光った。

「おっしゃる通りで。小田原城下から平塚《ひらつか》辺りにかけて、悪さを働いてた連中でさぁ。

信州の使いに扮した奴が頭で、平吉《へいきち》って名です。一番頭が良くて、何か企むのはこいつだったようで。万富屋の三代目が頼りないのを知って、その身代を狙う一世一代の企みを仕掛けたってわけです」

「他の三人は、昔からツルんでやがったのか」

「へい。名主に化けたのは、伊勢原の名主の倅《せがれ》で、勘当された遊び人の松太郎《まつたろう》、小間物屋は、行商の途中で女を騙したり盗みを働いたりしてた小悪党で、功介《こうすけ》。あと一人、百姓の頭に化けたのは、漁師崩れの利助《りすけ》です。こいつが一番、気は弱かったようですが、頭は良かったとか」

「そうか、よしよし」

伝三郎は満足そうに笑みを浮かべて頷いた。無論、考えていることはわかる。

「その四人が江戸に出て来て、千六百両を四等分して元手にし、平吉が美濃屋、松太郎が大村屋、功介が三崎屋、利助が浜善になったとすれば、見事に出来上がりですね」

「うん。源七、四人の人相はわからねえか」

「奉行所に人相書が残ってやした。これです」

源七は懐から、折り畳んだ紙を何枚か出して広げた。

「何せ十五年前ですから、今の顔よりだいぶ若いですが、見た感じは、おゆうさんが今言ったような組み合わせのようですねえ」

「うーん、そうみてえだな。さすがに決め手にゃならんが」

「いや、ちょっと待って下さい」

おゆうは人相書の一枚を指して言った。

「この平吉、首筋の後ろに大きなホクロがあるって書いてありますよ」

「ほう……なるほど」

手配者の特徴を記した書き込みを確かめ、伝三郎が目を細めた。

「おゆう、美濃屋の首の後ろを見たことあるか」

「ありませんよ」

「俺もだ。どうやら、美濃屋を引っ張り出す頃合いのようだな」

いよいよか。おゆうは「はい」と大きく頷いた。

「あー、旦那。もう一つ、続きがあるんで」

源七が、ちょいとお待ちを、とばかりに手を上げた。

「うん？　何だ。人相書以外にも何かあるのか」

「その四人じゃなく、万富屋の方です。万富屋にゃあ、娘が一人居たそうなんで。お花《はな》、って名です」

「娘だと？　年は幾つだ。今はどこに居る」

「親が死んだときは、五つだったそうで。江戸に出てた親戚に引き取られて、今は江戸に居るはずだ、ってぇことなんです」

「何、江戸に居るのか」

五つの娘を残して自死するとは、万富屋も何て罪作りなんだろう、とおゆうは思った。商いに絶望したからと言って、そんな幼い娘を一人残していくなんて。だが、当時五歳なら今は二十歳。その娘が江戸に居るとすれば……。

「鵜飼様、これって」

「おう、例の下女と同じ年頃だな」

大村屋と三崎屋に潜り込んだ下女、おそらくは賊本人。偶然であるはずはない。親の仇と知って、復讐を仕掛けたのだとすれば、筋が通る。

「源七、その江戸の親戚ってのは」

「ぬかりはありやせんや」

源七はニヤリと笑い、懐から別の書付を出した。

「こいつは、小田原町奉行所の坂口《さかぐち》様から旦那への書状です。今までお話しした中身を、これに書いて下すったんで。その親戚の名前と住まいも、ここにありやす」

「えっ、そこまでしてくれたのか」

伝三郎は驚いて書状を受け取った。口頭で聞いてきただけでは、お白州《しらす》へ出すにはちょっと弱いかな、とおゆうも思っていたのだが、小田原の役人の署名した文書があれば、完璧だ。

「ふうん、これだな。音羽町五丁目《おとわちょう》の酒屋、角屋吉太郎《かどやきちたろう》か。よし、源七、今日は疲れてるだろうからゆっくり休め。でもって明日、この角屋を当たってくれ」

「合点承知です」

源七は、顔に旅の疲れなど見せていない。自分が聞いてきた情報で、難事件が大きく動き出したことに、やり甲斐を感じているのだろう。

「それにしても上出来だ。ここまでうまく運ぶとは正直、思ってなかった。いや本当に、ご苦労だった」

「い、いやあ、恐れ入りやす」

伝三郎に労《ねぎら》われ、源七は照れ笑いのようなものを浮かべた。

「本当に、さすがは江戸にこの人あり、と言われる源七親分ですね」

「おいおい、そこまでおだてられると、居心地が悪いぜ」

おゆうのお世辞半分の褒め言葉に、源七は苦笑した。が、それから少し真顔になった。

「お褒めに与って何ですが、実はあっしも、ずいぶんと良くしてくれるんで、薄気味悪いくらいでしたよ」

そう言われると、おゆうもちょっと気になった。正式に小田原に照会するなら、南町奉行へ申請を上げて、老中経由で小田原藩に話をしなければならない。そんな手順を踏んだら、ひと月くらいあっという間に過ぎてしまうので、伝三郎は境田に頼んで裏技を使ったのである。しかも本来なら与力クラスが出向くべきところを、岡っ引きに行かせたのだ。江戸屋敷から話が通っているとはいえ、軽く見られたと小田原側が不快に思う可能性もあった。それで、然るべき人物が出向かないことを丁寧に詫びる手紙を源七に持たせたのだが、先方の対応は予想を裏切って、驚くほど丁寧だったようだ。

「でね、あっしも変だなとは思ったんですが、その坂口様がぽろっと、御家老にも言われておるしな、って漏らしなすったんでさぁ」

「御家老に、だと？」

これには伝三郎もおゆうも驚いた。境田からは、江戸屋敷の馬廻り役から、小田原町奉行所の与力に話を通してもらったとしか聞いていない。家老のような重役が介在するはずはないのだ。

「いったい誰が、御家老なんかに」

おゆうと伝三郎は顔を見合わせた。無論、答えは出て来なかった。

翌日の朝、大番屋に呼び出された美濃屋治平は、畳の上ではあるが伝三郎の前に向き合って座らされ、落ち着かない様子で視線をさまよわせていた。

「あの、いったいどのようなお話でございましょう。手前の店や三崎屋さんに押し入った賊のことでございますか」

「おう、急に呼び立てて済まねえな。ちっと確かめておきてぇことがあってな」

伝三郎は愛想よく切り出した。

「大村屋と三崎屋、それに浜善。この三人とは相当深い交わりがあるんじゃねえのかい」

「は？　いえ、確かに存じ上げているお方ばかりですが、前にも申しました通り、そこまで深いお付き合いは……。そう言えば、浜善の御主人は十日ほど前に亡くなったとお聞きしました。おいたわしいことで」

伝三郎の傍らに控えたおゆうは、美濃屋の表情をじっと観察した。ここまでは予想していたのか、さほどの動揺はない。それでも不安そうなのは、こちらの手札がわからないからだろう。伝三郎は、すぐに攻め始めた。

「ふん、そうかい。で、林肥後守様とは、どんなお付き合いなんだい」

今度は美濃屋の顔に、動揺がはっきり現れた。

「は、林肥後守様ですか。はい、商いで出入りはさせていただいておりますが、あのようなご大身のお方とは、手前どものような店では、なかなか」

付き合いはあるが大した取引はない、と言いたいらしいが、そうはいかない。

「肥後守様御家中の永江って侍が、何度かお前の店に来てるな。よほどの付き合いがなけりゃ、肥後守様の家来が度々お前の店に出向いてくることはねえだろう」

「え、それはそうですが、永江様ご本人とのお付き合いもありまして」

苦しい言い訳だ。美濃屋の額に汗が浮き始めた。

「永江は、大村屋にも三崎屋にも、浜善にも出入りしてる。お互いさほどの付き合いがないはずの四軒の店に、肥後守様の同じ家来がだ。こいつは、偶然かい」

「え、それは手前には何とも……」

「おう美濃屋、何でそう隠す。お前と大村屋と三崎屋、それに永江が、浜善の隠し部屋で何度も会合してるってことは、とうに承知してるんだ。いったいどういう関わりなんだ」

「それは……」

追い詰められて、美濃屋は唇を引き結んだ。葛藤しているのか、何か考えがあるのか。伝三郎とおゆうは、美濃屋が口を開くのを待った。

「わかりました。確かに、私どもは肥後守様とお付き合いがございます。ですが、どのようなお付き合いか申し上げるのは、差し控えさせていただきます」

「奉行所には言えねえ付き合いだ、ってのかい」

「肥後守様のお家に関わることでございますので」

ははあ、林の名前の陰に隠れて、開き直ろうってわけね。おゆうは腹立たしくなったが、林との間でどんな企みがあるのか、それをまず知りたかった。正面からいくら聞いても、美濃屋は喋らないだろうが。

「どこにも言えねえ話だってわけか」

伝三郎が畳みかけて言った。美濃屋は黙ったままだ。

「そうかい。そいつを隠し通すために、浜善を殺したってことかい」

「な、何ですって」

さすがに美濃屋は顔色を変えた。

「この私が善吾郎さんを殺したなどと……なぜそのような」

「お前、十二日前の晩、寮に行ったろう。あそこは冬場は閉めていて、開けるのは毎年皐月《さつき》から神無月《かんなづき》までだそうじゃねえか。何しに行ったんだ」

「手前の寮です。ちょっとした用事があって行ったまで。自分の寮に行くのに何か不都合がございましょうか」

引っ掛かった、とおゆうは思った。あの晩、寮の灯りがついていたことは目撃証言があるが、美濃屋自身がそこへ行っていたという証拠はなかった。それを今、美濃屋は認めてしまったのだ。

「ふうん。ちょっとした用事で、大村屋と三崎屋と浜善を寮に呼んだのかい」

伝三郎は、さりげない調子で続けた。美濃屋の眉が上がった。

「呼んでおりません。手前一人でございます」

言ってから、美濃屋の顔が一瞬、強張った。おゆうは見逃さなかった。おそらく、大村屋たちが寮へ行くところを目撃されていたら、否定は墓穴を掘ることになる、と気付いたのだろう。実際には目撃者などいないが、伝三郎はその不安を利用することにしたようだ。

「そいつは妙だなあ。少なくとも浜善は、寮の方へ向かって歩いているところを見られてる」

そう言って伝三郎は、美濃屋の顔を覗き込んだ。美濃屋は明らかに緊張している。

「見たというお方は、浜善さんの顔をご存知だったのですか」

「いいや。だが、提灯に浜善の屋号がはっきり書いてあったそうだ」

それを聞いて、美濃屋の緊張が緩んだ。伝三郎の言うのが、はったりだと気付いたのだ。

「あの明るさで……」

言いかけた美濃屋が、硬直した。伝三郎が、口元で笑った。

「あの明るさでは、提灯なんか必要ない。そう言おうとしたようだな。何でそれがわかるんだ、え？」

古典的な罠《わな》に、美濃屋は自ら嵌まり込んでしまったようだ。口を開きかけたが、言葉が出て来ないらしく、そのまま固まった。

「夜更けにお前が引いていった荷車だがな、あの筵《むしろ》の下には何が載せてあった」

これもはったりだ。荷車は音を聞かれただけで、目撃はされていない。だが、それを知らない美濃屋の顔は、さらに青くなった。

「それは……」

「載せられてたのは、善吾郎の死骸だ。お前、それを大川へ運んで、投げ込んだんだな」

「そんなことはございませんッ」

絞り出すような声で、美濃屋が言った。もうこうなれば、伝三郎の思うままだ。

「なあ美濃屋、お前たち四人は小田原以来、二十年からの付き合いがある仲間だろう。何で殺しちまったりしたんだ」

突然出て来た「小田原」の一言に、美濃屋はすくみ上がった。

「お……小田原とは、いったい」

「何だ、知らねえってのか。まあこいつを見ねえ」

伝三郎は懐から、あの人相書を出して広げて見せた。

「どうだいこいつは。お前によく似てるよなぁ」

人相書を見た美濃屋の目が、大きく見開かれた。こちらがかなりのところまで知っている、とようやく理解したようだ。それでも、最後の抵抗は試みた。

「そんな古い人相書など、今の役には……」

「おや、こいつがずいぶん古いって、どうしてわかった。俺は何も言ってねえぞ」

また墓穴を掘っていると気付いて、美濃屋は愕然《がくぜん》とした。

「そ、それは、紙が黄ばんで古くなっていますから……」

伝三郎は急におゆうの方を向き、「おい」と声をかけた。おゆうは頷き、さっと立ち上がると、美濃屋の後ろに回り込んだ。美濃屋が驚いて振り向こうとしたとき、おゆうは手を伸ばして背後から襟首を摑み、引き下げた。

「鵜飼様、ありました」

美濃屋の首筋の下には、人相書に書かれた大きなホクロが、確かにあった。伝三郎は、よしよし、と何度も頷いた。

「なあ、万富屋を嵌めて千六百両せしめただけでも、死罪は免れねえ。そこに浜善殺しが加わっても、小田原へ送られて死罪になるか、小塚原《こづかっぱら》で獄門になるか、その違いだけだ。どうだい、仲間を置いてお前だけ獄門ってのも、不公平だろ。そう思わねえか、平吉」

美濃屋の肩ががくんと落ち、畳に両手をついた。そして、震えながら言った。

「お……俺じゃない、利助を殺ったのは松太郎だ。俺は皆を呼び集めたのと、後始末をやっただけだ」

落ちた。おゆうは伝三郎と目を見交わし、頷いた。


伝三郎は、その日のうちに動いた。午後、大村屋と三崎屋を大番屋に呼び出し、その場で捕縛したのだ。賊についての新情報を聞けるのだ、と思って出て来た両名は呆然とし、抗議した。が、美濃屋が口を割ったと知るや、忽ちなすり合いを始めた。

「始めたのは、平吉ですよ」

林肥後守との関わりを質された三崎屋こと功介は、まずそう言った。

「平吉の奴は、大奥出入りになりたくて、伝手を探してた。商いが伸び悩んでたんで、何とか梃入《てこい》れを、という考えでしょうが、それで肥後守様に目を付けられたんです」

「つまり、肥後守様は美濃屋に、大奥出入りの口を利いてやるから然るべきものを用意しろ、と言って来たんだな」

伝三郎は声を低めた。林肥後守が直に絡んでいることについては、下手に公にはできない。

「その通りです。肥後守様の御指図を受けたとかで、永江様が美濃屋に来たんです」

そういうことか、と後ろに控えたおゆうは思った。屋敷には呼ばず、永江だけを出向かせたなら、最悪の場合、林肥後守本人は全てを永江に押し付け、知らぬ存ぜぬを通すこともできる。大きな力を持つ林も、幕閣で無敵とまでは言えないから、予防策を取っているのだ。さすがは後世、佞人《ねいじん》、つまり邪な心で媚びへつらう奴、として名を遺す人物だ。おゆうは吐き気がしてきた。

「で、然るべきものとは」

「三千両、ということでした」

これはまた、吹っかけたものだ。物価換算で現在価値にすれば、ざっと七億というところか。

「大奥への口利き料としちゃ、法外だな」

「それでも、払うしかなかったんですよ」

「どうして」

三崎屋は、いかにも腹立たしげに顔を歪めた。

「肥後守様は、小田原のことをご存知だったんです」

「何だと?」

これには伝三郎も驚きを見せた。

「つまり、強請《ゆす》られた、ってことか」

「平たく申せば、そういうことです。三千両は幾らなんでも、と平吉が言ったところ、永江様は、お前たちは小田原の出だそうだな、といきなり口にされたそうで。私らはそれぞれ、小田原からかけ離れたところを生国だってことにしてましたからね。そりゃあ平吉は、仰天したでしょうよ」

「美濃屋一人で三千両、用意できたのか」

「とてもとても。大店とは言え、そこまでの店じゃありません。私ら三人に声をかけ、一人七百両ずつ出してくれ、と言って来たんです」

「小田原の一件以来の一蓮托生《いちれんたくしょう》ってわけか」

「ええ。小田原のことをちらつかされちゃ、仕方がない。まあ、永江様は、それぞれの商いにちゃんと便宜を図ってやる、とは言っておられましたが」

三崎屋は、そんな話、当てにはできないと言うように鼻を鳴らした。

「利助なんざ、もともと気が弱い方で、小田原でも無理矢理引っ張り込んだぐらいですからねえ。忽ち言いなりでしたよ。それで、私も逆らえずに七百両、用意することになったんです」

「話があったのは、いつのことだい」

「去年の夏前です。まあ、私らにとっちゃ七百両もかなりの大金です。いっぺんには無理なんで、まず秋に半分、今年の秋に残り半分、ってことにしました。肥後守様の方も、それで構わんと。でも、必ず払うっていう証文は、しっかり取られましたよ」

林はすぐに三千両を必要としているわけではなかった。それなら、何か先の計画があって、その資金にでもするつもりだったのか。おゆうは首を捻った。

「今度のことは、平吉が呼び込んでしまったことです。松太郎も、肥後守様にくっついていれば得になる、と思っていたようですが、私や利助は嫌々加わったんですよ」

三崎屋は、念を押すように言った。

一方、大村屋はこう言った。

「いいや、功介の奴は金を出し渋っただけです。あいつだって、肥後守様のお力が使えれば、何か得なことがあるとわかってます。出す金はできるだけ少なく、甘い汁は多く、ってケチな料簡ですよ」

大村屋は、馬鹿にしたように切って捨てた。伝三郎は、呆れたように肩を竦めた。

「まあいい。浜善殺しの晩のことを聞こう。浜善こと利助の首を紐で絞めたのは、お前だな」

「いえっ、そんな」

大村屋は飛び上がり、懸命に手を振った。

「あの日、利助は自分の店にも賊が現れたことで、小田原の一件が自分たちの仕業だと知ってる奴が、肥後守様の他にも居るに違いないって、すっかり震え上がっちまって。平吉のところへ駆け込んで、どうするんだと泣きついたんです。それで平吉が、冬場閉めていて誰も居ない寮に集まろうと、みなに書状を出したんです。さすがに浜善の隠し部屋は使えませんからねえ」

「集まってどうなった。罵り合いにでもなったか」

「いえ、そんなわけじゃ。いったい賊は何者なのか、って話がほとんどです。万富屋の縁者か、縁者に雇われた奴じゃないかと思いましたが、心当たりはない。肥後守様が私らを脅すつもりでやったのか、とも考えましたが、そこまで面倒なことをする理由が思い当たらない。話は堂々巡りになりました」

「万富屋には、娘が居ただろう」

「ええ、居ましたが、あんな手練れの賊を雇えるような暮らしはしてないはずです」

大村屋の頭には、娘本人が賊かも知れない、という考えは浮かばないようだ。

「そのうち、利助がヤケになって。こんな真綿で首を絞められるようなことが続くのは耐えられない、肥後守様に渡す残りの金も用意できそうにないし、こうなったら何もかもぶちまける、なんて言い出したんです。無論、本気じゃなかったでしょうが、それを聞いた平吉が逆上したんです。利助の頭を薪で殴りつけて」

ああ、そうか。大川の杭にぶつかったものと思った傷の中に、殴られて付いたものもあったのだ。これは見落としだった。気を付けなくては。

「ほう。それからお前が首を絞めて、止《とど》めを刺したか」

「ち、違います。私は止めようとしたんで……なのに平吉が」

「いい加減にしろいッ」

伝三郎が、十手を土間に叩きつけた。

「てめえら、どいつもこいつも、仲間に罪を被せることしか考えてねえのか。そっちがその気なら、別に構わねえぜ。たっぷり時をかけて、とことん締め上げてやらぁ。覚悟しやがれ」

大村屋は蒼白《そうはく》になった。おゆうは伝三郎の啖呵《たんか》に、拍手したくなった。

（やれやれ、犯罪で繋がった仲間なんて、こんなものなのかねえ）

全員まとめて死罪になる可能性が高いというのに、この期に及んで少しでも自分だけ罪を軽くしようと、足の引っ張り合いか。人間嫌いになりそうだ。おゆうは外の空気を吸いたくなって、そっと席を立った。

表に出たところで、ちょうど源七が急ぎ足でやって来た。

「おう、おゆうさん。旦那は中かい」

「ええ。今、大村屋の詮議をしてます。ほんとに、情けない連中ですよ」

おゆうは、大村屋と三崎屋の様子をかいつまんで話した。

「そうかい。そりゃあ、ひでえもんだなあ」

大勢の罪人の姿を見て来ている源七も、顔を顰めた。

「それで源七親分、鵜飼様に何か」

「おう、そうだった。例の万富屋の娘だが、音羽町にはもう居ねえぜ。娘を引き取った親戚は五年前に亡くなって、店は人手に渡ってる」

「え、じゃあ娘さん、お花さんでしたっけ、今はどこに」

「近所の話じゃ、下女奉公に出たらしい。千太と藤吉に、あの近くの口入屋を当たらせてるから、おっつけわかるだろう。取り敢えず旦那にお知らせを、と思ってな」

「下女奉公、ですか」

おゆうはその言葉に力を入れた。源七がニヤリとする。

「そうよ。ぴったりだろ」

「源七親分のことですから、人相書を見せて確かめたんでしょう」

「あたぼうよ。人相書を見た十人のうち、七人がお花だと思う、って言ってたぜ」

岡っ引きたちが溜息をつくほど特徴の少ない顔の人相書を、十人中七人が肯定したなら、まず上々だろう。

「よし、御詮議の最中なら邪魔できねえな。おゆうさん、旦那に話しといてくれ。俺は千太たちの様子を見て……」

「ついでに一杯、ですね」

源七は、へへっと笑い、軽く手を振ってから歩み去った。

次の日の昼、赤坂裏傳馬町《あかさかうらでんまちょう》の小間物屋の脇に源七と並んで立ったおゆうは、向かいの商人宿を指して聞いた。

「あの宿屋ですか」

「おう。ありゃあこの辺に集まってる大名家の屋敷に来る、領国の商人が泊まる宿だ。口入屋の話じゃ、一月前からあそこに奉公してる。そうだな、千太」

「へい。その前は、二年奉公してた醬油《しょうゆ》問屋を辞めてから、一月余り行方がわからなかったそうです。その間、大村屋と三崎屋に潜り込んでたとすりゃ、ぴったりでさぁ」

口入屋から首尾よく聞き込みをしてきた千太が、自信ありげに言った。

「間違いなさそうですね」

おゆうも頷き、その商人宿を見つめた。面白いことに、そこは現代では、東京を代表する巨大ホテルのすぐ向かいだった。

「親分、出て来やしたぜ」

千太が囁いた。宿屋の裏から一人の下女が出て、表へ回って来た。どこかへ使いに出るようだ。年の頃は二十歳くらい。確かに人相書と同様、平凡過ぎる容貌だった。

源七が千太の肩を叩いた。千太がすぐ動き、通りに出ると下女の後ろに付いた。

「よし、こっちは裏からだ」

源七に促され、おゆうは小間物屋の裏から路地に出て、小走りに下女と同じ方向へ走った。そして、下女がお堀端の道へ曲がったところで、その前に出た。下女がびくっとして棒立ちになった。

「ちょっと待って。お花さんだね」

おゆうが十手を抜いた。お花はそれを見て、すぐに後ろを向いた。そして千太が待ち構えているのを見て、諦めたように肩を落とした。

「そこの番屋まで来てもらおう。わかってるだろ」

源七が言うと、お花は口元を歪めたが、抵抗はせず、三人に囲まれて歩き出した。

赤坂の番屋で土間に座らされたお花は、口を引き結んだまま、おゆうにも源七にも、目を合わせようとはしなかった。

「いつまで黙ってる気だ。お前が大村屋と三崎屋に下女として入り込んでたのは、もうわかってる。面通しをすりゃあ、言い逃れできねえんだぞ」

源七が凄んでも、効き目はなかった。

「いいか、お前が下女に化けて蔵の鍵をせしめ、蔵に押し入ったのはわかってるんだ。

美濃屋の蔵に、仲間を使って細工したのもな。黙ってても無駄だ。とっとと吐いちまえ」

やはりお花は口を開かない。じろりと源七を見上げ、睨んだだけだ。

「ずいぶん強情なアマだ。まあ、あんな具合に屋根を飛び回る手練れだからな。驚きはしねえが」

源七は小声でおゆうに言った。

「少し痛い目に遭わせるか」

「やめときましょう。たぶん無駄です」

おゆうはお花に近寄り、髪から玉簪を引き抜いた。

「何すんのよ」

お花はさっと手を出し、簪の玉の部分を摑んだ。おゆうはその手を払い、簪を引き寄せた。

「これは預かっとく。変な気を起こされちゃ困るからね」

「そんなもんで自害するとでも思ってんの」

お花は、嘲《あざけ》るような笑いを向けた。おゆうはそれを無視し、簪を懐紙に包んで懐に入れた。

「源七親分、このままじゃ埒が明きません。少なくとも大村屋と三崎屋に入り込んでいたのは間違いないでしょうから、縄をかけて大番屋へ移しましょう」

「そうだな。よし、後は大番屋でゆっくり締め上げるか」

源七は捕り縄を出し、お花を縛った。これで大番屋へ護送し、伝三郎の手で正式に捕縛することになる。お花は縄をかけられても、太々《ふてぶて》しくおゆうと源七を睨んでいた。


その夜、東京に帰った優佳は、部屋に入るなりスマホで宇田川の携帯番号を押した。六回コールした後、宇田川の返事とも呻きともつかない声が聞こえた。

「ああ」

「私。江戸ではお疲れさん」

我ながら変な挨拶だと思ったが、構わず用件を畳みかけた。

「この前、美濃屋の蔵の壁で見つけた指紋、最初の錠前の指紋と照合済みだよね」

「ああ、データで照合した。心配しなくても、一致してるぞ」

「容疑者を押さえた。例の下女。遅くに悪いけど、その指紋と照合をお願い。今から持って行く」

「あー、うん」

電話を面倒臭がる宇田川らしく、返事は最小限だ。優佳は小型のトートバッグを持って、すぐに家を出た。バッグには、ジップロックに入れたお花の簪が入っている。

西荻窪で電車を降りて、時計を見た。午後九時になるところだ。宇田川のことだから、簪の指紋を採って照合するのに、一時間もかからないだろう。急ぎ足でマンションに向かう。

宇田川は、この前と同じスウェット姿で待っていた。頭髪だけは、何が気に入ったのか戻すのが面倒なのか、江戸へ行ったときのままだった。

「ごめん、これがブツよ」

ジップロックごと差し出す。宇田川は「簪か」と呟くと、すぐに仕事にかかった。簪の玉の部分から指紋を採り、データに移すのに三十分かけた。曲面だったので、慎重にやったのだろう。すぐにパソコンで、自前の指紋照合ソフトを立ち上げる。データベースから錠前の指紋と美濃屋の蔵にあった指紋を呼び出し、画面に表示した。並行して、今データに入れたばかりの簪の指紋を出す。普段の動きから想像しにくい鮮やかな指さばきで、宇田川は作業をこなしていった。これで指紋が一致すれば、万事解決だ。お花の落とし方と伝三郎たちへの説明は、また考えればいい。

十分ほど経って、宇田川はぼそっと一言、言った。

「一致しないな、全然」

「何ですって?」

第五章　飛鳥山の葉桜

十三

大番屋の仮牢で一夜を明かしたお花は、土間に引き出されて、伝三郎の前に座っていた。おゆうと源七は、お花の後ろに立って控えている。お花は、昨日に比べて幾らか憔悴しているようだ。おそらく、ほとんど眠っていないだろう。それでも、頑なに見える表情は変わっていない。

「小田原の太物商、万富屋の娘、お花に相違ないな」

この人定質問には、黙ったままこくりと頷いた。伝三郎は続けて、大村屋に下女およねとして、三崎屋に下女およしとして、それぞれ奉公していたことを確かめた。これにも、お花は頷いた。もっとも昨日、日のあるうちに大村屋の下女頭と三崎屋の番頭に面通しして、間違いないとの確答を得ているので、否定しても無駄だ。

「お前は大村屋と三崎屋で土蔵の鍵を手に入れ、それを使って土蔵を破り、かねてより目を付けていた大村屋の青磁の壺と、三崎屋の鬼子母神像を盗み、逃げた。相違ないか」

これには、強い反応があった。

「そんなこと、してません」

「蔵には入ってない、と言うんだな」

「入ってません」

　お花は、顔を上げてきっぱりと言った。伝三郎はおゆうに目を向けた。おゆうはその合図を受けてお花の前に出ると、その場にしゃがんでお花と目線を合わせた。

「それは、わかってる」

「えっ」

　お花の目が丸くなった。てっきり、蔵を襲った賊と決めつけられている、と思っていたのだろう。

　もちろん、そうでないことは指紋で証明済みだ。それを伝三郎にどう説明しようかと思ったのだが、考えてみれば、実に明白な話だった。

「お花は賊の手下で、賊本人じゃあねえってのか」

　半刻前、大番屋の奥で話を聞いた伝三郎は、思ったより自然にそれを受け止めた。

「はい。口入屋の話からすると、お花はずっと下女奉公でした。子供の頃は育ての親と一緒に住んでました。あんな軽業師みたいな技、習う相手もいないし暇もなかったはずです。下女しかやっていなかった娘に、軽々と屋根を走って追っ手を振り切り、通りを飛び越えるなんて、できっこないんです」

「うん。お前の言う通りだな」

腹の底では、伝三郎も同じ疑問を抱いていたらしい。二人の様子を見て、源七は戸惑った。

「それじゃあ、あの賊はいってぇ、どこの誰なんだい」

「それをお花に聞くんじゃありませんか」

当たり前でしょうとばかりにおゆうに言われ、源七はただ、「ああ」と唸った。

「お花さん、この話、誰に持ちかけられたの」

おゆうは穏やかに尋ねた。お花は、視線を逸らせて黙っている。

「その相手はあなたに、お父っつぁんの仇討《かたきう》ちをさせてやる、だから自分の言う通りにしろ、そう言ったのね。違う？」

お花は、ぎょっとして視線をおゆうに戻した。動揺がはっきり見て取れる。

「あなたはそれに乗った。一人娘なら、当然よね。それで、仇討ちが成就するまで、その人のことは絶対話さないと決めた。そうでしょ」

お花の視線が、忙しなく動いた。その動きが、おゆうが図星を指していることを物語っていた。

「あのね、お花さん」

おゆうはお花の肩にそっと手を置き、顔を寄せて優しく言った。

「あなたの仇討ちは、もう済んでいるのよ」

お花が怪訝そうな顔をした。どういうこと、と目が尋ねている。おゆうはゆっくり、噛んで含めるように話した。

「一昨日、私たちは美濃屋と大村屋、三崎屋、つまり平吉と松太郎と功介をお縄にした。浜善、即ち利助を、口封じのため殺した罪でね。小田原の町奉行所を通じて、あいつらが万富屋さんに何をやったかも摑んでる。御詮議はしばらく続くでしょうけど、死罪を免れるのは難しいでしょう」

「嘘……そんなこと、聞いてない」

「嘘じゃない。賊を捕らえるまでは、三人をお縄にしたのは伏せておくことにしたの。三人は昨日、小伝馬町送りになったよ」

お花の唇が震えている。まだ半信半疑なのだろうか。

「もう一度言うけど、仇討ちは成ったのよ。だから、あなたに話を持ちかけた人のことを話して。このままじゃ、あなたは賊の一味として処罰されてしまう。私たちはそうしたくないし、何より亡くなったお父っつぁんとおっ母さんが、そんなこと望んじゃいないでしょう」

お花が俯いた。目が潤んでいる。おゆうはちらりと伝三郎を見た。伝三郎は黙っている。任せた、ということだ。おゆうはお花に目を戻し、後ろ手に縛られている手に、自分の手を重ねた。

「話して」

お花の頬を涙が伝った。それからおずおずと顔を上げ、ほとんど唇を動かさずに呟いた。

「女の人でした……」

おゆうはお花に頷いて見せ、耳元で「ありがとう」と言った。

お花がその女に声をかけられたのは、去年の夏のある夕暮れだった。醤油問屋に奉公していたお花は、使いの帰り道、人気のない稲荷の前を通ったとき、急に名前を呼ばれた。振り向くと、稲荷の奥に頭巾で顔を隠した女が一人、立っていた。

「顔を隠してたんだな。年の頃は、わからねえか」

伝三郎が聞くと、お花は困った顔をした。

「私より年上なのは間違いないけど、はっきり幾つぐらいとは。でも、そんなに年がいってるようには思えませんでした。声はくぐもってたけど、綺麗な感じだったし」

「そうか。で、その女はお前の素性を知ってたんだな」

お花が、はい、と答えた。その女は万富屋が詐欺に遭ったことを知っており、仇討ちができる機会がある、と誘って来たのだ。

「信用できると、どうして思ったんだ」

「その人、お父っつぁんを騙した四人の名前を挙げたんです。それで、ああ、この人は事情を全て知った上で、私を探し当てたんだ、と思って」

なるほど。そこまで具体的な話をされれば、引き込まれるのは当然だろう。その場では、段取りが決まったら連絡すると言われ、別れたとのことだった。

「正月が明けてから、また稲荷のところで呼び止められました。そのとき、大村屋と三崎屋に下女として入り込む、という話を聞かされたんです。うまく入り込む手立てはこちらで用意する、と言われました」

それがあの、偽の紹介状というわけだ。

「それで醬油問屋を辞め、言われた通りにしたんだな」

「はい。何をどうするかは、細かく指図されていました」

「盗みをやるつもりだ、ってことはわかってたんだろう」

「はい。でも正直、悪いことをしている気はしませんでした。本当に悪い奴から、貸しを取り立てるんだ、っていう感じで」

その言葉に伝三郎はちょっと眉をひそめたが、まあ仕方ないだろう。

「鍵はお前が持ち出し、その女に渡したのか」

「いえ、渡したのは男の人です。仲間が受け取りに行く、って聞いてました」

「ほう、どんな奴だ」

「三十くらいの、職人風の人でした。眉が濃くて、結構男前でした」

どうやら、美濃屋の蔵に細工して姿をくらました、あの男のようだ。合鍵を作ったのもそいつだろう。

「で、お前は返された鍵を戻し、指図通りに店を出て、行方をくらましたんだな」

「はい。その後、言ってた通りに二軒の蔵が襲われたって聞いて、ああ、本当に約束は守られたんだ、って思いました。だって、千両箱とか他の品は、一切盗られなかったんですもの」

そうか。盗賊に利用されているのでは、という一抹の不安があったとしても、賊が一点しか奪わなかったことで、その疑いは解けたのだ。お花は安堵したことだろう。

「美濃屋と浜善をどうする、ってことは聞かなかったのか」

「はい。同じ手口を使うと私が危ないから、別のやり方でいく。後は任せろ。鍵を返されたとき、男の人にそう言われました。そのとき、口入屋に持って行く書付もくれて、四谷の口入屋にそれを見せたら、あの宿屋の仕事をくれたんです」

伝三郎は源七を見やった。源七が黙って頷き、お花の話を肯定した。その口入屋には確認済みで、書付には口入屋の取引先の大店の名前があったそうだ。そういうことは多いので、口入屋も特に疑わず、仕事を斡旋したらしい。その結果、お縄になったお花がここに居る、というわけだった。

「よし、だいたいのことはわかった。もういいだろう」

それから三十分ほど細かいところを確かめた後で、伝三郎は言った。お花は聞かれたことに、全て素直に答えた。聞いていたおゆうは、嘘はない、と確信した。伝三郎も同じ思いらしく、お花に同情するような目を向けていた。

小者が近付き、お花の縄を引いて立たせた。仮牢へ戻されるのだ。振り向きざま、ふいにお花がおゆうに言った。

「これで……お父っつぁんとおっ母さん、成仏できますか」

おゆうはそう問われて、賊に手を貸したことを両親はどう思うだろうか、と考えた。だが、縋るような目で見つめてくるお花に、それは言えなかった。

「そうだね。きっと成仏できるよ」

おゆうはそう答えた。お花の目から、涙が溢れだした。おゆうは懐から畳んだ手拭いを出し、その涙をそっと拭ってやった。

お花を見送った直後、境田左門が姿を見せた。何やら急いで来たようで、伝三郎の顔を見るなり、「おう伝さん、居たか。話があるんだ」と手招きした。

「何だ。いい話か」

伝三郎は気軽に応じ、おゆうと源七も交えて畳に車座になった。

「伝さん、例の下女を捕まえたそうだな。お手柄じゃねえか。やっぱりあの女が賊だったのかい」

「いいや、違った。あの下女、確かに小田原の万富屋の娘だったが、賊に引き込まれて手伝っただけだ。賊も女には違えねえけどな」

「何だそうなのか。やっぱり簡単にはいかねえもんだな」

境田は残念そうに嘆息して、腕を組んだ。

「まったくだ。それで、お前の話ってのは」

「ああ、そうだ。あの妙阮寺についてちょっと調べたんだが」

「大丈夫さか。寺社方にまたねじ込まれるぞ」

「大丈夫さ。あの倉橋様は、俺たちに調べてみろと言わんばかりだったじゃねえか。でなきゃ、智泉院の名前なんか、教えちゃくれねえよ」

「うん、それもそうだな」

伝三郎も納得の様子で顎を撫でた。境田が先を続ける。

「妙阮寺はな、林肥後守様の奥方のご実家の一族が住職を務めてたんだ。それで、以前は肥後守様もいろいろ御寄進などしてたらしい」

「へえ。肥後守様に縁のある寺なら、どうして荒れ寺になってるんだ」

「その辺はいろいろあってな。亡くなった住職が、ちょっとな」

「何だい。少々の揉め事なら、肥後守様が動けば片付くだろう」

「いやそれがな、どうも若い坊主といい仲になって、寝床の中で頓死したって話でよ。あんまり格好が悪いからってんで、肥後守様がもみ消したが、跡継ぎが居なくてな。肥後守様の方でもどうにも嫌気がさして、放ったらかしにしてたようだ」

ははあ。女性の居ない寺で男色はよくあるが、その最中に腹上死となると、確かに外聞がよろしくないだろう。

「ほう。それはわかったが、智泉院はどこで出て来る」

「これからだ。ここからは大きな声じゃ言えねえ話だぞ。いいか」

「勿体ぶるな。何を聞き込んだんだよ」

「あんたも、谷中の延命院《えんめいいん》の一件を覚えてるだろ」

「何、延命院か」

伝三郎は、その名前だけで全てを解したらしく、膝を打った。

「ああ、あっしも覚えてやす」

源七も話の行く先が見えたようだ。おゆうは三人を見て、私もわかります、とばかりに黙って頷いた。

もちろん、おゆうの知識はネット検索で得たものだ。延命院は、二十年近く前、やはり大奥の奥女中たちに性接待付きホストクラブを提供して摘発され、江戸中の話題になっていた。智泉院には、先輩が居たのである。延命院の名を聞いて、伝三郎も源七も、智泉院が同じことをやっている、とピンときたのだ。

「で、そのことが妙阮寺とどう繋がるんだ」

「うん。智泉院は下総で、江戸から遠いだろ。延命院ほどは簡単に行けねえや。そこで、どうも妙な噂が流れてる」

「ほう。どんな」

「智泉院の日啓が、江戸で同じことをやるつもりで、使えそうな寺を物色してるらしいのさ」

「何だァ？　延命院の二代目を、江戸の街中に作ろうってのか」

伝三郎が気色ばんだ。

「とんでもねえ生臭坊主も居たもんだ。じゃあ旦那、その日啓って奴は、荒れ寺になった妙阮寺に目を付けたってわけですかい」

源七が目を丸くして言うと、境田は「それだよ」と指を立てた。

「だがな、縁もゆかりもない妙阮寺に、どうして日啓が狙いを付けたか、だ。確証はねえんだが……」

「もしかして、肥後守様の方から売り込みをかけたんじゃねえのか」

伝三郎が先回りした。境田は、思わせぶりな笑みを浮かべた。

「お美代の方様に取り入って、ご自身のお立場を盤石にするには、手っ取り早い方法だよな」

ああ、そういうことか。おゆうは境田の読みに感心した。林肥後守は家斉の寵愛でのし上がって来てはいるが、そういう手合いの常で敵も多い。日啓の歓心を買ってお美代の方を味方に付ければ、権力を揺るぎないものにできる、そう企んだわけだ。何とも浅ましい話だ。

でも、とおゆうは思う。日啓が江戸でホストクラブ寺院にするのは感応寺で、それが建立されるのは今から十四年も後である。この一連の大奥スキャンダルに、妙阮寺という寺は出てこない。ということは、この陰謀は成立しなかったのだ。

「あの、ひょっとして美濃屋たちから強請り取ろうとした三千両は、妙阮寺を建て直すためのものだったんじゃ……」

おゆうは思い付いて、口に出した。それならば、日啓がこの計画に食い付いてから金を出せばいいので、さほど林が急いでいなかった、という三崎屋の話も納得できる。そして、美濃屋たちが捕縛され、資金源を失ったために、妙阮寺に関わる林の企みは挫折したのではないだろうか。

「うむ。それなら、全部の辻褄が合うな」

伝三郎もその考えが気に入ったようだ。

「しかし左門、お前どこからこんな話を拾い出して来るんだ。相変わらず、大したもんだな」

伝三郎はそう言って境田を持ち上げた。源七も、感じ入ったように境田を見ている。

「そう難しい話でもねえぜ。噂なんぞは巷にいくらでも落ちてる。丹念に拾えば、大概のことは見えて来るもんさ」

境田は、何でもない、という調子で言った。本気なのか謙遜なのか、とにかくこの小柄で童顔の人物は、情報を集めて選別し、何らかの結論を導き出すセンスに恵まれているのだろう。現代なら、腕利きの情報部員になれそうだ。

「ま、とにかく俺は、捜せるだけのものは捜したぜ。後でこの一件に決着を付けるのは伝さんの仕事だ。よろしくな」

境田はおもむろに立ち上がり、じゃあ自分の仕事に戻るわ、と歩み去って行った。

「さてと、旦那、妙阮寺の方はだいたいわかりやしたが、お花を引き込んだ女の方は、どう思われやす。いってえ何者なんですかね」

境田を見送った後、源七が腕組みして言った。林肥後守と智泉院の関わりについては見えて来たものの、賊の女の正体については、今は白紙に戻っている。問われた伝三郎も、はっきりした見通しはないようで、「さあな」とだけ言った。

「あの、一つだけありますが」

おゆうがそう口に出すと、伝三郎と源七は揃っておゆうの方を見た。

「何だ。何に気付いた」

「覚えてますか。浅草奥山の軽業一座に居た、お勝さんから聞いた話。一座が潰れた十四年前、十一だった女の子の行方がわからなくなっています。今は二十五、ってことになりますから……」

「お花が、少し自分より年上だ、って言ったのと、丁度合うって話か」

源七が眉を吊り上げ、ぱんと手を叩いた。

「おゆう、その女、捜せるか」

伝三郎が勢い込んだ。だが、おゆうはかぶりを振るしかなかった。

「それはちょっと。次に移った一座で、親方に手籠めにされかけて逃げ出したんですよ。手掛かりなんか、残しちゃいないでしょう」

「そうか。まあ、十年は経ってる話だしな」

伝三郎は残念そうに言った。

「しょうがねえ。次の手立てを考えるか」

源七も、何かねえもんかなあ、などとぶつぶつ言いながら、外に出て行った。

おゆうは一人残って、土間を見つめていた。おゆうにはまだもう一つ、考えていることがあった。ここではまだ、話せなかったが。


佐内町に来るのは二度目だ。お多津を助け出して長屋に送り届けたのは、もう九日も前になる。さすがにあれ以来、お多津はおとなしく稼業に専念しているようだった。

おゆうは手土産に和菓子を持って、お多津の家の前に立つと、「こんにちはぁ。お多津さん、私です」と障子越しに声をかけた。

「はあい、あら、おゆうさん」

お多津は愛想よく返事すると、戸を開けた。相変わらず綺麗だ。商売柄、ということもあるだろうが、九日前の恐ろしい体験を思わせるものは、何も見えない。

「お仕事のお邪魔じゃないかしら。ちょっとお見舞いがてら、と思って。はいこれ」

「あらッ、すごい。日本橋本石町《ほんごくちょう》の金沢丹後のお饅頭じゃないですか。お高いんでしょ」

「ううん、一番小さいので悪いんですけど」

「あ、済みません。さあ、上がって」

高級スイーツで頬が緩むのは、今も昔も変わらない。おゆうは「お邪魔します」と畳に上がった。

「今日は十手は持ってないんですね。もしかして、髪結いをご所望かしら」

「ええ、実は。ちょっと島田に結ってみようかなと。突然で、ご都合は大丈夫かしら」

「構いませんよ。今日は昼過ぎから一件、出仕事がありますけど、今は大丈夫。おゆうさんなら髪が綺麗だから、やり甲斐があるな。さあ、どうぞ」

「済みません、それじゃお願いします」

おゆうはお多津が手で示した、鏡の前の座布団に座った。お多津は盥《たらい》に水を張り、襷がけをして、鬢出《びんだ》し、鬢櫛《びんぐし》、筋立てなどの髪結い道具を並べた。

「おゆうさんは、大概はこの型なんですね」

お多津はおゆうが束ねている髪を解きながら言った。おゆうの普段のスタイルは、長い髪を結わずに後ろに流して束ねて垂らす、洗い髪だ。たまに捜査上の都合で若奥様などに化けるときは、島田や丸髷《まるまげ》にもするが、現代との行き来に不便なので、なるたけ使わない。

「やっぱり綺麗な髪だなあ。そうですね、つぶし島田じゃちょっと子供っぽいか。文金島田を少し控え目に、でいきましょう」

「はい、それでよろしく」

ストレートロングを維持するため、ヘアケアにはだいぶ気を遣っている。お多津は解いた長い黒髪を、梳《す》き始めた。

「お多津さんは、どちらのお生まれなんですか」

「私？　下総ですよ。行徳《ぎょうとく》の方」

市川市の行徳か。現在は住宅密集地で、二十三区の一部と見分けがつかないが、この時代はのどかな漁村だ。

「ご両親やご親族は、そちらに」

「いえ、両親《ふたおや》は、もうだいぶ前に亡くなりました。今じゃ私一人、気楽にやってます」

「ああ、そうでしたか。ごめんなさい」

お多津は、いえいえ、と言いながら手際よく髱《たぼ》を整えている。

「いつから髪結いをなさってるんです」

「そうですね。五年くらい前かしら」

「始めたときから、ずっとこちらで？」

「え？　いえ、ここは一昨年からで、その前は下谷の方に」

「ああ、下谷。私、よく行くんですよ。いろんなお調べで。どの辺りですか」

「ええ、同朋町《どうぼうちょう》の辺でしたが……」

そこでおゆうは、鏡に映ったお多津が、ちらっと眉をひそめるのに気付いた。

「あらやだ、私ったら。つい癖で、お調べみたいな聞き方しちゃって。ごめんなさいね」

「ほんと、やっぱり岡っ引きなんですね。すごいなあ」

お多津は笑って、元結で縛った長い髪を持ち上げ、流れるように結っていく。おゆうは、つい始めた詮索のようなことをやめて、世間話に変えた。お多津は気軽に応じながら、仕上げにかかった。

形ができ上がったところで、おゆうは懐から紙に包んだ櫛を出した。

「櫛は、これを」

「はい。あら、新しい漆塗りですね。素敵だこと」

お多津は櫛を受け取り、前髪の後ろに差した。

「はい、終わりました。とっても綺麗になりましたよ」

お多津はにっこり笑って、鏡を手渡した。やはり腕は上々だ。おゆうは満足し、「ありがとうございました。とってもいいです」と笑みを返した。それから鏡を置くと、向きを変えて、正面からお多津と向き合った。一瞬、お多津が身構えたような気がした。

「あの、お多津さん、一つ聞いていいでしょうか」

「はい、何でしょう」

「鵜飼様のこと、本当に……？」

はっとしたような表情が、お多津の顔に浮かんだ。お多津は俯き加減になり、目を逸らした。そして、少し躊躇《ためら》ってから、「はい」と答えた。

「ごめんなさい、おゆうさん。でも、私……」

「あ、いいんです。そこまで」

それ以上言わなくていい、とおゆうは思った。どういう言葉を返そうか。考えたが、何も出て来ない。なら、何も言わない方がいい。

「お多津さん、今日は突然でしたけど、ありがとうございました」

おゆうは畳に手をつき、丁寧に礼をした。お多津の方が、ちょっと慌てた。

「そんな、おゆうさん。また是非、来て下さいね。いつでも」

見事な島田姿になったおゆうは、外に出ると、長屋の入り口のところで振り返った。家の前でお多津が微笑み、小さく手を振っていた。その場で再び一礼し、表の通りへ出た。やっぱり綺麗な人だ、とおゆうは思った。たぶん、私より。


家に帰ったおゆうは、これまで一度もしなかったことをやった。島田姿のまま、押し入れの奥の出入り口を通り、東京へ戻ったのだ。

部屋に戻るなり、おゆうのままの優佳は、スマホを引っ摑んだ。すぐさま宇田川にコールしたが、いつもと同じくすぐには出ない。時間から言えば、ラボの自分のデスクで怪しげな仕事に勤《いそ》しんでいるはずだ。

「はい」

極めつけに面倒臭そうな声で、宇田川が応答した。

「私よ」

優佳は叩きつけるように言った。

「何だ」

さらに面倒臭そうに言う宇田川に、優佳は怒鳴った。

「今夜、出動！」


その夜、優佳の家に到着した宇田川は、島田姿の優佳を見て、玄関に足を掛けたまま、ぽかんとして動きを止めた。

「どうしたんだ、その格好は」

「いいからさっさと上がって。スキャナーとＰＣは？」

「ここに置いてある。ブツはどれだ」

「これよ」

優佳は島田に差してあった櫛をつまんで抜き取り、ハンカチに乗せて差し出した。

宇田川は大急ぎでラテックスの手袋をポケットから出してはめると、恭しく受け取った。

「よし、茶の間でやろう。パソコンとスキャナーの電源、差してくれ」

宇田川は床に置いた電子機器の箱を指差すと、セッティングは優佳に任せて、ばたばたと茶の間に入って行った。右手には受け取った櫛、左手には指紋採取キットの入った鞄《かばん》を提げている。今度の作業は、三十分で済むだろう、と優佳は思った。

「姐さん、あの永江って侍ですがね」

おゆうの顔を見るなり、千太が言った。

「ついさっき、美濃屋に来たのを見やしたよ。様子を見に、って感じでしたが、番頭に事情を聞くなり、えらい勢いで駆け戻って行きやしたぜ」

千太はくすくす笑っている。永江の慌てぶりが可笑しかったのだろう。永江も、妙阮寺での大失態のあと役目を外されるかと思ったが、まだ関わっているようだ。林家も、こんなことに使える人材、と言うか使い捨てできる要員は、そう多くないのかも知れない。

永江が仰天したのは、今朝、美濃屋と大村屋、三崎屋の捕縛が公表されたからだ。賊の正体が振り出しに戻った以上、伏せておくより公表して動きを誘った方がいい、との判断だった。永江はすぐさま、林肥後守にご注進に及ぶだろう。三千両をせしめるはずだった商人が全員逮捕されたことで、林はどうするだろうか。釈放しろと圧力をかけて墓穴を掘るほど馬鹿ではないだろうから、蓋をする方向に走るのでは、とおゆうは思っていた。

「何だか、急に賑やかになってきたな」

千太の後から番屋に現れた伝三郎が、言った。楽しそうな表情を浮かべている。事件が急速に動き出していることで、高揚してきたのだろう。

「あ、鵜飼様。ご苦労様です。どうしましょう、すぐ出かけますか」

「ああ、取り敢えず茶でももらって、一服しよう。長丁場になるかも知れんからな」

「はい、そうですね」

おゆうは木戸番の爺さんに茶を頼むと、いつものように伝三郎と並んで座った。

「今日は島田か。ずいぶん気合が入ってるじゃねえか」

「ええ、お多津さんに結ってもらいました。あの人、やっぱり上手ですね」

「お多津のところで、か」

伝三郎はそう聞いて身じろぎした。やはりおゆうからお多津のことを聞くと、居心地が悪そうだ。

「お多津はもう元通り元気か。何か言ってたかい」

「ええ。鵜飼様には本気です、って」

伝三郎が飲みかけた茶を噴き出した。

「あらやだ、そんなにうろたえないで下さいな。冗談ですってば」

本当は冗談でもないんだけど、とおゆうは胸の奥で思った。伝三郎は大きく息を吐いた。

「まったく、人が悪いにもほどがあるぜ」

「そんなぁ。鵜飼様の方に思い当たることがあるから、ではございませんの」

「ええもう、そんなこと言ってる場合じゃねえ。もう行くぞ」

伝三郎は湯呑を置いて、あたふたと立ち上がり、番屋の外に出た。おゆうは舌を出し、すぐその後について行った。


南北の町奉行所とは違って、寺社方には「寺社奉行所」という建物はない。寺社奉行に就任した大名の屋敷が、そのまま奉行所の役割を果たすのである。今、おゆうと伝三郎は、その「寺社奉行所」、即ち寺社奉行である水野《みずの》左近将監《さこんしょうげん》の屋敷の前に立ち、表門を見張っていた。さすがに一般の大名屋敷と違って、出入りは多い。

「もう七ツを過ぎましたねえ。ここで摑まえるのは、やっぱり無理でしょうか」

傾いた陽射しに照らされ、長く伸びた影に目を落として、おゆうは言った。もう一刻もここに立っているのだが、待ち人は来ない。

「そうは言っても、普段どこに居るのかわからねえお人だ。当てもなく捜し回るわけにも行くめえ」

「ここも、当てというほど確かなわけじゃないですけど」

ぼやくように呟いたところで、伝三郎が背中をぽん、と叩いた。

「おい、見ろよ。待った甲斐があったようだぜ」

顔を上げて、伝三郎の示す方角を見た。土塀の角を回って、一人の侍が歩いて来る。今日は笠は被っていないが、その顔立ちや歩き方はなかなかにクールで、すぐそれとわかった。倉橋幸内である。

倉橋は、探索のため出歩くことが多く、居場所がなかなか特定できない。闇雲に捜すより、日に一度くらいは報告のため屋敷に寄るのでは、と思って張っていたのだ。おゆうと伝三郎は、倉橋が近付くのを待って、行く手を塞ぐように歩み寄った。

「倉橋様、先日はどうも」

伝三郎が頭を下げた。おゆうもすぐに倣った。

「鵜飼殿か」

倉橋は、短くそれだけ言った。

「この先に、知った料理屋がある。そちらへ」

倉橋はさっと踵を返すと、先に立って歩き出した。まるで、二人が待ち構えているのを予想していたかのような、素早い対応だった。おゆうと伝三郎は、その後ろに従った。

「まずは、一献」

座布団に座り、女中が酒の載った膳を置いて出て行ってから、倉橋が徳利を持ち上げて言った。料理屋に入ると、女中は倉橋の顔を見るなり、何も聞かずに二階のこの座敷に三人を通したのだ。今日おゆうたちが来ると考えて段取りしていたのだろうか。

「は、恐れ入ります」

伝三郎は居住まいを正して、盃を差し出した。注がれた酒を一気に干す。おゆうが進み出て、倉橋の盃に徳利を傾けた。倉橋はそれを受けて干し、「そちらも」と言って、おゆうが両手で出した盃に注いだ。おゆうもそれを飲み干す。儀式のような一杯が、済んだ。

「さて、何を聞きたいのかな」

倉橋は盃を置き、前置き抜きでストレートに尋ねた。伝三郎は、一呼吸置いて言った。

「倉橋様は、ずっと智泉院のことをお調べだったのですか」

倉橋は、ほとんどわからない程度に頷いた。

「智泉院についての噂は、もう耳に入れておられよう」

「はい。谷中《やなか》延命院の再来ですな」

「放っては置けぬ」

「確かに。しかし、町方には関わりないこと。妙阮寺で、なぜ智泉院のことを我々に」

倉橋は返事をせず、自分の盃に酒を注いだ。伝三郎は黙って待つ。そのまま、十秒余り経った。

「差し出がましゅうございますが、お許し下さい」

沈黙を破ったのは、おゆうだった。

「美濃屋たち四人が、肥後守様に強請り同然に賄賂《まいない》を求められていること、それが智泉院の日啓様のために使われるであろうこと、それを町方に悟らせるため、でございますね」

伝三郎が、差し出口をたしなめるようにおゆうを睨んだ。おゆうは気付かないふりをした。その後は、伝三郎が続けた。

「倉橋様は、美濃屋たちが小田原で詐欺に嵌めた万富屋の娘が、賊と組んで復讐を始めたのに気付いておられた。いずれ我々町方もそれに気付く、と思われたあなたは、機会を捉えて我々に智泉院のことを教えた。そうしておけば、美濃屋たちを捕らえた後、詮議の途中どこかで智泉院の話が出たとき、我々が見過ごすことなくそこを掘り下げ、記録に残す。そうお考えになったのではございませんか」

倉橋の口元に、一瞬、笑みのようなものが浮かんだ。倉橋が口を開いた。

「美濃屋たちの出す金が、智泉院のために使われるであろうことは想像がついた。だが、証しは取れなかった。奴らは寺社に関わる罪を犯しておらぬ故、捕らえて詮議することもできぬ」

「そこで我々町方に遠回しに知らせ、町方の方に詮議させようと。失礼ながら、回りくどい手をお使いですな」

「御定法通りの手続きを踏んで、こちらの御奉行から評定所を通じて南町奉行殿にお知らせしては、必ず肥後守様のお耳に届き、横槍《よこやり》を入れられる。それは避けねばならぬからな」

倉橋は、そこで珍しく苦笑した。

「俗な言い方をすれば、人の褌《ふんどし》で相撲を取らせてもらった、ということだ」

「なるほど。得心がいきました」

伝三郎も笑みを返し、軽く頭を下げた。

「美濃屋たちが何か漏らしたら、内々でお知らせしましょう」

「お世話をおかけする」

倉橋は伝三郎に一礼し、「では、御免」と席を立った。伝三郎とおゆうは、畳に手をついて倉橋を送り出した。

「やれやれ、寺社方に都合良く使われちまったか。町方が詮議した記録をもとに、日啓を周りからじわじわ締め上げていこうって腹だな」

伝三郎が正座を解いて胡坐をかき、嘆息した。

「まあいいじゃありませんか。こちらとしては、何も損をしたわけではないし」

おゆうは宥めるように微笑んだ。伝三郎は「まあ、確かに」と言って徳利を持ち上げた。おゆうはその徳利を取って、伝三郎の盃を満たした。

「鵜飼様の読み通りでしたね」

「お前も同じように読んでたろう」

「ええ、まあ」

伝三郎は盃を呷って、ははっと笑った。

「少なくとも、お互い間抜けじゃねえってことだ。さて、せっかくこんないい料理屋に居るんだ。飯でも頼もうぜ」

「いいんですか、勝手に」

「構うもんか。人の褌で、って倉橋様も認めてたろ。寺社方の奢《おご》りで御馳走をいただいたって、罰《ばち》はあたらねえや」

伝三郎は言うが早いか、手を叩いて女中を呼んだ。

十四

すぐ先の堀の水面が、月明かりに揺れていた。有難いことに、今夜も空は晴れ渡っている。

料理屋「清月」の二階に陣取ったおゆうは、欠伸を漏らした。時刻は九ツ半、午前一時だ。岡っ引きをやり始めて、待つ身は何度も経験しているが、やはり注意力を持続するのは難しい。本職の刑事は、張り込みのときどうやって気力を維持するのだろう。

おゆうは傍らに座って外を見続けている宇田川に目をやった。灯りは消しているので影しかわからないが、居眠りの様子はない。こいつの体内時計がどうなっているのか、さっぱりわからないが、こちらより頭が冴えていそうなのは有難い。

宇田川の隣では、三脚にセットされた赤外線カメラが、堀の向こうの林肥後守の屋敷を睨んでいる。バッテリー電力の消耗を避けるため、今はオフになっているが、標的《ターゲット》が現れ次第、撮影を開始する手筈《てはず》だ。

「侵入脱出ルートは、本当にそれで大丈夫なのよね」

手持無沙汰なおゆうは、もう三度目になる同じ質問を投げた。

「くどいぞ。信用しろ。外れたとしても、それは仕方ない」

宇田川はさすがに、むっとした声を出した。自分の仕事に疑念を持たれるのは、この男にとって最も不愉快なことだ。

「ごめん。つい焦れちゃって」

素直に謝った。とにかく、今夜は一発勝負なのだ。

いつの間にかうとうとしていたらしい。いきなり肩を叩かれ、意識が戻った。

「起きろ。来たぞ」

その言葉で、弾かれたように身を起こす。カメラは、既に回りだしていた。おゆうは慌てて暗視スコープを摑み、目に当てた。

盗人装束の賊が、林家の土塀の瓦屋根を小走りに移動している。と思うと、跳躍した。中間長屋の屋根に移ったようだ。そのまま、さらに走る。もう一度、飛んだ。母屋に連なる、張り出しの屋根だろう。賊はそのまま奥の方へ向けて動いたが、間もなく屋根上でうずくまった。何をしているのか、と思ったところ、姿が消えた。屋根に溶け込んだように見えたが、瓦を外して屋根裏に入り込んだのだ。

おゆうと宇田川は、息を殺して待った。暗視スコープの中の緑色に染まった世界が、妙に神経を苛立たせた。

賊が再び姿を現すのに、五分かかった。屋敷は静まり返っている。誰にも気付かれることなく、目的を達したようだ。賊は土塀の上まで戻ると、少し走って大きく飛んだ。道を挟んだ南隣の、松平三河守《まつだいらみかわのかみ》の屋敷の塀に飛び移ったのだ。

「すごい。三間は飛んだよ」

おゆうは押し殺した驚きの声を上げた。宇田川がその肩を叩く。

「先回りするんだろ」

そうだ。感心している場合ではない。おゆうは飛び上がるように立った。宇田川が大急ぎで三脚をたたみ、カメラと一緒に風呂敷にまとめた。暗視スコープを忘れずに持ち、二人はできるだけ音を立てずに、階段を駆け下りた。

通りに出ると、すぐ走り出した。堀沿いには常夜灯が灯っており、今夜は満月に近い月明かりもあるので、暗視スコープなしでも走れる。脇目もふらず、南へ向かった。

鍛冶橋の横を通り過ぎたとき、橋の下から黒い影が、すうっと堀に出て来るのが見えた。舟だ。艫《とも》に立つ船頭と、中ほどに座る影が辛うじて見える。標的に間違いなさそうだ。

「急いで」

おゆうは小声で宇田川を急かした。舟は堀を横切り、比丘尼橋《びくにばし》をくぐった。

比丘尼橋の手前の道を左に曲がった。舟は予想通り、東へ進んでいる。ところが、早くも宇田川が遅れ始めた。運動不足がたたっているのだ。荒い息が後ろから聞こえた。それでも、休む暇はない。堀を行く舟は二人のやや前に居る。このままでは引き離される。

そのとき、前方に夜回りの提灯が見えた。舟もそれに気付いたらしく、京橋の下に潜って停止した。夜回りが気まぐれに水面を見た際、気付かれぬよう、闇に隠れたのだ。これは好都合だった。夜回りは駆けて来るおゆうたちを見つけて、何か言おうとした。おゆうは十手を抜き、邪魔せずどいていろと振った。夜回りの爺さんは驚き、脇に退《ど》いて道を譲った。

白魚橋《しらうおばし》の、水路が十文字に交わる手前に、小さな社がある。おゆうはそこで止まった。舟は追い抜いたはずだ。宇田川は、よれよれになって到着した。走ったのはせいぜい一キロだというのに、ボストンマラソンを完走したような有様だ。まったく情けない。

宇田川がどうにか息を整えている間に、社の下に舟が着く気配がした。おゆうはにんまりした。最短で最も安全と思われる経路、と宇田川が割り出した結果の通りだ。

宇田川は、林家を偵察した際に撮った広域空撮映像から、林家に侵入するなら、賊は南側から来ると推定していた。

「何しろ、二軒北側が北町奉行所だ。そんなところを通る馬鹿は居ないだろう」

それから、屋根同士の間隔が広い大名屋敷は避けると見た。呉服橋門内は、幕閣高官の屋敷が多く、ある程度以上の警備が為されていることも考慮した。

「できるだけ早くこのブロックを離れるとなると、水路だろう。どのみち、堀は飛び越えられん」

町人地に来れば、また屋根伝いに行くのは簡単だ。発見される危険性の高い舟は、早いうちに人目に立ちにくい場所で乗り捨てると思われた。それらの結果、舟の終点と予想したのが、この白魚橋の社なのだった。通りからは、社に隠れて水路が見えない位置だ。

おゆうと宇田川は、社の陰に入った。宇田川は、まだぜいぜいと大きく息をしている。

「あんた大丈夫？　まともに運動したの、何カ月ぶり？」

「ああ……まあ……大丈夫だ」

あまり大丈夫そうでない声で、宇田川はどうにか応じた。おゆうは溜息をついて、水路の方へ暗視スコープを向け直した。

植え込みをかき分け、黒装束が現れた。思惑通りだ。

黒装束の賊は、社の前の短い参道へ踏み出した。通りに出て、向かいの魚屋の屋根に上がり、後は順に屋根を走って行く気だろう。おゆうは宇田川の脇をつつき、立ち上がって黒装束の前に立った。祠《ほこら》に近い小さな社殿には、提灯がぶら下げられている。

月明かりと合わせれば、もう暗視スコープは必要なかった。

賊は、いきなり現れた二人にぎくりとし、足を止めた。おゆうは十手を突き出した。

「逃げても駄目よ。もう全部わかってる。顔を見せな」

賊は立ったまま、逡巡しているようだった。それでも、長くはかからなかった。やがて頭の後ろに手を回し、顔を覆っていた布を解いた。社の提灯に照らされた顔が、はっきり見えた。おゆうはにっこり微笑むと、相手の正面に立って言った。

「今晩は、お多津さん」


お多津は嘆息混じりの笑みを浮かべた。いつもは切前髪だが、今は長い髪を後ろで巻き付け、丸くまとめてある。その後頭部のふくらみが、宇田川の画像解析で、賊は女性らしいとする根拠の一つになったのだとは、知る由もあるまい。

「あーあ、ばれちゃったか。髪結いの仕事、結構気に入ってたのに」

「そうね。また結ってもらおうと思ってたのに、惜しいな」

「嘘ばっかり。私のところに髪結いに来たときは、もう感付いてたんでしょ」

おゆうはそれには答えず、軽く肩を竦めた。

「で、どこまで知ってるの」

「そうねえ。何から行こうかな。まず、あんたの軽業修業。浅草奥山の一座に、小さい女の子が居た話、お勝さんから聞いた。あれ、あんたでしょ」

「ああ、お勝さん。懐かしいなあ。ずいぶんお世話になったから。お勝さん、元気？」

「まあ、何とかやってるみたい。駒形の長屋に居るよ」

「そうかあ……お勝さん、達者だったんだ」

お多津はしばし、目を細めた。お多津にとっては、いい思い出なのだ。

「次に移った一座を逃げ出してから、あんた、どうしてたの」

「ああ、あのクソ野郎のとこね。あいつには、何年か後で挨拶しといたから」

「挨拶？」

「二度と女を抱けないようにしてやった。長生きもできないだろうから、もう死んだんじゃない？」

お多津はあっさり言い捨てた。手籠めにしようとした座長に報復したらしい。何をやったかは、聞かないことにした。

「一座を出て、行くとこあったの」

「ないよ。仕方なくて、技を活かして盗みをやった。生きるためにね」

やはりそうか。しかし、責める気にはならなかった。

「そしたら、あるお屋敷で、変な爺さんと鉢合わせした。あっちは、何かそのお屋敷の主のことを探ってたようなんだ。私はその爺さんに捕まって、若い娘が盗っ人なんかするな、ってさんざん叱られたよ。でも、他に生きる術《すべ》がないって言ったら、じゃあ俺の弟子になれ、なんて言われちゃってね」

「それで、弟子になったの」

「ああ。どうもその爺さん、昔忍びみたいなことをやってたらしくてさ。御庭番とかいう奴じゃないの？　年食ってから、雇われ仕事をするようになったんだって」

「それで、その爺さんに忍びの技を仕込まれたってわけね。爺さん、今はどうしてる」

「死んだよ。五年前に。畳の上で往生するなんざ、随分な贅沢だ、なんてうそぶいてた」

そう言ったお多津の目に、ふっと寂しげな影が差した。お多津にとっては、その引退した御庭番の爺さんが、唯一、肉親のような存在だったのかも知れない。

「で、今はあんたが、爺さんの仕事を継いでるってわけね」

「ま、そういうこと。儲かるよ、これ」

お多津は、悪びれることなく言った。これでやっと、賊の正体が明らかになった。お多津は、今風に言えば、高額の報酬で仕事を請け負う、フリーランスの工作員《エージェント》だったのだ。まるでスパイ映画だ。こんな商売が江戸にあるとは、さすがに想像もしていなかった。

「なるほどね。で、今の雇い主は、寺社奉行の水野左近将監様だね」

さりげなく言ったのだが、お多津は明らかな動揺を見せた。

「何のことだい」

「とぼけなくてもいいでしょ。今日の昼、寺社方の倉橋様から一通り話は聞いたんだけどね」

おゆうは、倉橋との間でした話を披露した。お多津は黙って聞いた。

「ちょっと。その話のどこに、私が出て来るのよ」

話が済むと、お多津が抗議した。おゆうは取り合わない。

「だって変でしょう。賊がお花と組んで復讐のために美濃屋たちの蔵を襲ったこと、倉橋様はどうやって知ったの。偶然知ったから智泉院を追い込むのに利用することにした、なんて、都合が良過ぎるじゃない。逆だと思った方が、ずっと得心がいく」

お多津は黙って、おゆうを睨んだ。おゆうは構わず先へ進む。

「美濃屋たち四軒の蔵を襲ったのは、あんた。今さら違うとは言わないでしょう。お花さんに、仇討ちしてあげるから手を貸して、と言ったのも無論、あんたよね」

髪結いのときお多津が触れた櫛から採取した指紋は、美濃屋の土蔵の壁にあった指紋、さらに大村屋と三崎屋の錠前から採取した指紋と完全に一致していた。ここでそれを言うわけにはいかないが、科学証拠に頼らなくても事実は明白である。

「仇討ちを持ちかけた、ということは、あんたは万富屋の一件を知っていたことになる。どうやって知ったの」

お多津はじっとおゆうを見返し、答えない。代わりにおゆうから言った。

「最初から行きましょう。あんたは、智泉院と林肥後守の周りを探り、悪事の証拠を見つける仕事を請け負った。たぶん、肥後守様や智泉院に近付こうと動いている商人を順に調べたんでしょう。その中に、美濃屋が居た。あんたは、美濃屋を調べているうち、小田原の万富屋に詐欺を働いたっていう過去を探り当てた。三人の仲間の名もね。そして、あんたからそれを聞いた左近将監様は、この話を利用できると考えたんじゃないかな」

「それ、全部あんたの想像だよね」

お多津が、小馬鹿にしたような言い方で遮った。おゆうは動じない。

「そうだけど、外れちゃいないと思うよ。三崎屋は、美濃屋が肥後守様に万富屋の一件をネタに強請られた、とはっきり言ってる。肥後守様には、そんなことを調べようとする理由も手立てもないはず。なのに知っていたのは、誰かに教えられたから。肥後守様のような高い地位の方にそんなことをさりげなく吹き込める人は、限られてる」

それに、源七が小田原へ出向いたとき、便宜を図るよう小田原藩の家老に口利きした人物のこともある。あれも町方に万富屋の件が確実に伝わるよう、水野が裏で動いたに違いない。こちらの動きは、お多津を通じて全部水野に知られていたのだ。

「それが左近将監様だと？　肥後守様に強請りのネタを教えて、どうするのさ」

「強請らせること自体が目的だったとしたら？」

お多津の眉が上がった。

「どういうこと」

「肥後守様が、ネタに食い付いて美濃屋たちを強請ったら、そのまま左近将監様に、智泉院に繋がる悪事の尻尾を摑まれることになる。つまり、肥後守様は気付かないうちにまんまと嵌められた、ってことよ。どう？」

「さあね。私は知らないね」

お多津はしれっとして受け流した。おゆうは構わず、先を続けた。

「さあ、ここからあんたの出番よ。あんたは、美濃屋たち四軒の蔵を順繰りに襲うことで、一見関わりなさそうなこの連中に何かある、と町方に思わせた。派手な盗みで町方の注意を引くことが目的だから、盗むものは何でも良かった。ある程度値打ちがあって、持ち運びしやすそうなものに目を付けただけ。最後の浜善なんか、襲いに来たところを見せるだけが目的だから、蔵に入ろうともしなかったじゃない」

そもそも、大村屋と三崎屋、さらに美濃屋と浜善に繋がりがあるという手掛かりを寄越してきたのは、ほとんどお多津だったではないか。お多津は無言で肩を竦めた。が、否定しようとはしない。

「で、盗った仏像とか壺とかはどうしたの。売ったら足がついちゃうでしょ」

おゆうはぐっと睨んで、最も大事なことを聞いた。お多津はもう一度、肩を竦めた。

「あんたの言う通り。持て余しちゃって、私が隠してる。ほとぼりが冷めたら、奉行所の方にでも返しとくよ」

お多津は借りた物を返すような気楽さで言った。おゆうは「きっとよ」と言って睨んだ。

「それにしても、気の長い仕事よね。最初にお花さんに声をかけたのは九カ月前、美濃屋の蔵に細工したのは、半年以上も前よ。あ、そうそう、その細工した大工だけど、ずいぶん多才な人ね。大工の次は、お花さんから鍵を受け取って合鍵を作るし、今夜は船頭も務めるし。あの人、何者よ。やっぱり、爺さんの弟子？」

「ああ、そうだよ。軽業はできないけどね」

もしかすると、怪我か何かで引退せざるを得なかったお庭番崩れかな、とおゆうは思った。

「そう言えば、あんたが永江に攫《さら》われたとき、それを番屋に知らせた畳屋にも扮してたでしょ」

これを聞いて、お多津は顔を顰めた。

「ちょっとあんた、私が攫われたのは狂言だとでも言う気？」

「いえいえ、そうは言わないよ。ただ、永江は本気だったけど、あんたはわざと攫われた。だってそうでしょ。あんたほどの手練れが、ど素人に簡単に攫われたりするもんですか。あれは肥後守様と美濃屋たちと智泉院を結ぶ企みがあることを、町方に気付かせるための手よ。ちょっと強引な手だけど、そのぐらいしないと町方はなかなか陰謀に辿り着けないでしょうからね。妙阮寺が使われる、ってことは読んでたんでしょ。肥後守様が自由に使える場所の中では、攫った人を閉じ込めたり始末したりするのに、ぴったりですもんね。あんたもあそこなら、屋敷と違って簡単に逃げられるし」

おゆうは、どうだという風にお多津を見つめた。お多津は目を逸らした。

「先に行きましょう。強請りに拐かし、智泉院との関わり。肥後守様の罪は、町方の知るところとなる。そして美濃屋たちがお縄になる。さあ、これは面倒なことになった、と肥後守様の方でも思うよね。そこで今夜の、あんたの仕事」

「ずっと見てたの？」

お多津は意外そうに言った。おゆうは頷く。

「美濃屋がお縄になったのを、肥後守様は昨日、知ったはず。となれば、町方の詮議で自分の名前が出て来るのは避けられない。肥後守様ほどの力があれば、もみ消しはできるだろうし、最悪の場合でも永江が勝手にやったことにすればいい。でも、証拠は早いうちに消しておいた方がいいよね。で、そうされる前にあんたが動いて、その証拠を盗み出すんじゃないかって思ったの。今夜は綺麗な月夜だし、忍び込みにはうってつけだから」

「へえ、そうなんだ」

お多津は太々しく、笑みを浮かべた。おゆうはお多津の胸を指差した。

「その懐に入ってるもの、当ててみようか。美濃屋たちが書いて、肥後守様宛に差し出した三千両払うという証文。違う？」

お多津がはっとして、思わず胸元を押さえた。そして、苦笑した。

「大当たり。肥後守様の書院の戸棚から盗って来た。わりと不用心だよね」

「やっぱりね。屋敷の誰にも気付かれなかったようね。さすがの手際だね」

おゆうは本当に感心して言った。お多津の表情が、ちょっとだけ緩んだ。

「話を戻すけど、美濃屋たちが万富屋の一件に関わってると、どこで勘付いたの」

重ねて聞くと、お多津は「ああ、あれね」と頭を掻いた。

「美濃屋の周りを探るため、店に忍び込んだら、戸棚の奥でお寺のお札を見つけてね。怨霊封じか何かのお札。小田原に近い、大雄山のものだった。こんなもの、後生大事に置いてあるなら、小田原辺りで何かやましいことをしたんじゃないかと思って、ちょいと調べてみたの。そう難しくはなかったよ」

そうか。おゆうは浜善の番頭が、大雄山のお札を見つけたという話を思い出した。

どちらも、万富屋の祟《たた》りを恐れてのことだったのだろう。

「でもね、おゆうさん。肝心なことが抜けてるよ。今までの話で、智泉院の日啓を追い込むことが、できるのかしらねえ」

お多津が、さあどうだ、という風におゆうを睨んだ。この女、私と勝負でもしてるつもりなのか。しかしおゆうは、答えを持っていた。

「確かに。これだけだと、肥後守様から智泉院への働きかけはわかるけど、日啓が悪事を働いている証拠にはならない」

「でしょ。それなら、寺社奉行の左近将監様にとって、どんな得があるの」

「そうね。智泉院を狙うなら不足でしょう。でも、左近将監様の狙いは違うよね」

「どういうこと」

お多津は眉をひそめた。

「左近将監様が狙っているのは、林肥後守様。日啓なんか、二の次。そうでしょう」

「何だって」

お多津の顔に、驚きが表れた。図星のようね、とおゆうは思った。

「いいこと？　左近将監様は、老中の座をずっと狙ってる。林肥後守様のように、さして能はないのに公方様の覚えがめでたい、というだけで出世しているお人は、目の上のたんこぶ。だったら、そういうお人の弱みを集めておいて、いざと言うとき使う、なんてことは、当然考えるでしょう。今度のことも、肥後守様を糾弾する材料としては、充分よね」

お多津はこれを聞いて、唖然としている。だがおゆうにとっては、難しい話ではなかった。水野左近将監忠邦《ただくに》は、この後老中首座になり、十九年後の一八四一年、家斉が死去して後ろ盾を失った林肥後守を粛清している。上昇志向が強く、国替えまでして老中の座をずっと狙っていた水野のことだ。政敵になる相手のマイナスポイントを、時間をかけて蒐集《しゅうしゅう》していたとしても不思議ではない。家斉の死後、それを一気に使ったとしたら、林肥後守などはぐうの音も出なかったに違いない。所詮、林と水野忠邦では、役者が違うのだ。

「日啓を捕らえられればそれに越したことはないけど、大奥との揉め事は避けられない。御老中を狙う左近将監様としては、今の段階でそんなことはしたくないでしょうしね」

「日啓。あの最低のクソ坊主」

お多津の顔が歪んだ。

「あんたの言う通りかも知れない。だけど、智泉院は必ず潰す。あの色欲まみれの罰当たり坊主ども、一人残らず獄門首にしてやる。絶対に逃がさない」

お多津は、叩きつけるように言った。その激しさに、おゆうは思わず一歩引いた。

お多津は激昂したことを恥じるように、急に視線を逸らした。それからふうっと息を吐き出して、肩の力を抜き、再びおゆうに向き直った。

「それにしてもたまげたね。あんた、そこまで見透かすなんて、本当にただの岡っ引きなの」

「ええ、ただの岡っ引きよ」

お多津はまた、じろりとおゆうを睨んだ。それから、ふいに笑い出した。

「あんたさぁ、妙阮寺で私を助けるために、何をやったの」

「何をって、あれは雷が落ちて……」

「よく言うよ。あんな雷があるもんか。あんたも、只者じゃないね」

「あんたに言われたくない」

お多津は、この切り返しにまた笑った。

「はいはい、まあいいわ。お互いに余計な詮索は、やめときましょう」

それにはおゆうも賛成だったが、まだ聞きたいことはあった。

「あと一つ聞きたいんだけどね。あんた、どうして今度の仕事にお花さんを巻き込んだの」

「え？　どういうこと」

「だってさ、肥後守様の尻尾を摑むためなら、その美濃屋たちの証文を盗むだけでもいいでしょう。凄い手間暇かけて、四軒の土蔵を襲う必要、なかったんじゃない？」

お多津は、困惑を浮かべたが返事はしなかった。

「やる必要があったとすれば、それは町方に美濃屋たち四人の昔の悪事を気付かせるためだけよね。それで最も利を得るのは、仇討ちがかなうお花さん。あんたはお花さんのことを知ってから、うまく仇討ちができるようにわざわざ動いてあげたんじゃないの」

お多津は眉を動かしたが、まだ何も言わない。

「あんた、本当は結構、いい人なんじゃない？」

この台詞に、お多津は吹き出した。

「いい人ですって。はい、それならそういうことにしときましょう」

そのお多津の笑いは、おゆうには照れ笑いのように見えた。まあ、そのことはいいだろう。おゆうにはもう一つ、お多津に言っておきたいことがあった。

「それはそれとして、あんたにもう一言言いたい。あんたの仕事に利用するため、鵜飼様にちょっかい出すのはやめて」

それを聞いて、お多津はふふっと笑った。

「ちょっかいじゃないよ。言ったでしょ、私は鵜飼様に本気だって」

「軽々しく本気なんて、言わないでくれる」

だが、突っかかってみると、お多津の表情が急に真面目なものになった。おゆうはこれを見て、たじろいだ。お多津はゆっくり、話し始めた。

「三崎屋の蔵を狙ったときだけど、正直、あれはヤバかった。大村屋を襲ってからそれほど経ってなかったし、町方が大村屋と三崎屋に入り込んだお花のことに、そんなに早く気付きはしないと、高をくってた。だから、三崎屋にあんな大勢が待ち構えてるなんて、思わなかったのよ」

お多津はそう自嘲《じちょう》して、ふっと息を吐いた。

「危なく逃げおおせたけど、町方にも切れ者が居るんだって、思い知らされた。それが鵜飼様だと知って、この人は私より上手かも、って思うと、すっかり惚れちゃったの。半年前、最初に会ったときはそこまで思わなかったのに、不思議よね。ま、何せ、いい男だし」

「こんな仕事やってるあんたが、町方の同心に本気で惚れたとでも言うつもり？」

フリーランスのスパイが刑事に惚れるなんて、そんな映画みたいな展開、あっていいのか。

「本当は、妙阮寺に鵜飼様が助けに来てくれるんじゃないかと、ちょっと期待したんだけど」

お多津は少し寂しげな表情になって、言った。

「嘘にまみれた私の人生だけどね、一つや二つは、真実《まこと》もあるんだよ」

おゆうが戸惑っていると、お多津は「じゃあ、またね」と笑いかけ、やにわに地面を蹴った。「あっ」とおゆうは叫んで目で追ったが、もうお多津の影は見えなかった。

「慌てるな、フェイクだ。上じゃなく、下に行ったぞ」

それまでずっと黙って二人のやり取りを聞いていた宇田川が、後ろで叫んだ。おゆうは目を下に向け、急いで水路側の植え込みに駆け寄った。岸を離れて進んで行く舟が、ちらりと見えた。しまった。仲間の船頭は、逃げずに下で待っていたのか。

「あーあ、やられた」

おゆうは十手で植え込みの木を叩いた。

「逃げられたか。でも、どのみち逮捕はできないんだろ。なら、あそこまで暴き立てれば、こっちの勝ちなんじゃないのか」

宇田川は、暗い水路を見ながら言った。確かに彼の言う通りかも知れない。

「うーん、勝ちと言えば勝ちかも、だけど」

おゆうの頭に、伝三郎に惚れたというお多津の台詞が甦《よみがえ》る。

「何だか、アディショナルタイムにセットプレーから一点入れられたような気分」

宇田川はその例えが全く理解できなかったらしく、きょとんとしておゆうを見た。

翌日は、日曜日だった。宇田川は再び優佳の家の前にトラックとタクシーを横付けし、置いていた各種装備を運び出して行った。ラボの出張所のような有様を呈した優佳の茶の間も、ようやく落ち着きを取り戻した。

「ふう、やっと片付いたか。宇田川君、世話かけたねえ」

優佳は精一杯の笑みを向けた。何だかんだ言って、この分析オタクは長い休暇まで費やし、優佳の事件解決に手を貸してくれたのだ。半分以上は本人の趣味とはいえ、その功績は実に有難いものだった。

「世話ってわけでもないが、なかなか面白かったな」

宇田川は笑いもせず、一言そう言った。これでも宇田川としては、最上級の感想を述べたことになる。

「それにしても、来たときより荷物、増えてない？」

トラックの荷台とタクシーのトランクには、何が入っているかわからないバッグやビニール袋が、幾つも載っていた。

「ああ、江戸でいろいろサンプルを集めたからな」

「え？　サンプル？」

「土壌とか植物、日用品も幾つか」

「それ、分析するの」

宇田川は、当たり前だろ、と目で応じた。やれやれ、やっぱりタダでは帰らないか。

「これ、家に着いてから一人で片付けられるの」

「何とかなるだろ」

宇田川はろくに考えもせず、言った。優佳は荷物の山を見ながら、首を捻った。

「手伝いに行ってあげようか」

宇田川は、えっ、という顔で振り向いた。

西荻窪に着くと、トラックの運転手にも手伝ってもらって、エレベーターで五往復かけてようやく部屋に荷物を入れた。まるで引っ越しだ。管理人と住人の奥さんが、何事かという目でそれを眺めていた。

当然ながら、宇田川のリビングは足の踏み場もない状態になった。それをどうにか、二人がかりでクローゼットや宇田川の「遊び部屋」に納め、やれやれと座り込んだときには夕方近くになっていた。

インスタントしかないのはわかっていたが、取り敢えずコーヒーでも淹れようと、台所に立った。使われていない食器や台所用品に、嫌でも目が行く。何とも勿体ない。湯が沸く間、優佳はその場でしばらく考えていた。ゴミ袋に突っ込まれたカップ麺やコンビニ弁当の容器を見れば、宇田川の食生活が健康的とはおよそ言い難いのは見て取れる。

(まあ、今回はずいぶん世話になったし、ちょいとサービスしてやるか)

優佳はコーヒーの入ったマグを宇田川に手渡し、自分のコーヒーを半分ほど飲むと、「ちょっと出て来る」と言い置いて玄関のドアを開けた。確か、駅の横の高架下に大手のスーパーが入っていたはずだ。

三十分余りで帰って来た優佳が、スーパーの買い物袋を提げているのを見て、宇田川は当惑顔になった。

「何の買い物だ」

「まあ見てなさいって。あんた、どうせ普段、ろくなもの食べてないでしょ」

優佳は袋をシンクの脇にどかんと置き、中身を出して並べた。ジャガイモ、ニンジン、玉ねぎ、ブロッコリー、鶏肉、シチューのルウ。宇田川は、異世界から来たものを見るような目付きをした。

「何が始まるんだ」

「いいから、待っときな。一時間はかからないから」

引き出しを開けると、包丁からピーラーまで、一通りの道具は揃っていた。分析にかける情熱の一パーセントでも食生活に向けたら、相当改善できそうなのに、残念な奴だ。

ジャガイモとニンジンの皮をむいてカットし、ブロッコリーを茹で、鶏肉に火を通す。考えてみれば、自分でも本気で料理するのは久しぶりだった。宇田川は自分の部屋で整理を続けているが、さすがに台所が気になるようで、ちらちら視線を送ってきている。

予定通り、四十五分で仕上がった。探し出した深皿にクリームシチューを注ぎ、トマトサラダとスライスしたフランスパンを添え、ダイニングテーブルに並べた。我ながらいいできだ。宇田川は、目を見張っている。

「できたよぉ。あんた、野菜をしっかり取らなきゃ駄目だからね」

「お袋みたいなことを言うな」

そんなことを呟きながら、宇田川はスプーンを口に運んだ。やはりと言うか、感想らしきものは口にしない。ただ、黙々と食べていた。ひたすらスプーンを動かしているところを見ると、気に入ったのだろう。優佳はひとまず安心して、自分も食べ始めた。

食洗機を使うと、宇田川はそのまま食器を入れっ放しにするのでは、と思ったので、手洗いで皿を片付けた。フルサービスだ。宇田川はテーブルを離れて、自分の遊び場に戻っている。これから当分の間は、江戸から持ち込んだブツの分析を楽しめるだろう。それが宇田川にとっての報酬、というわけだ。

「さてと。それじゃ、帰るわ」

時計は午後八時を指している。宇田川はパソコン画面から顔を上げ、のっそりとリビングへ出て来た。

「残った野菜は冷蔵庫に入れといた。そんなに手間はかからないんだから、ちゃんと食べなよ」

宇田川は、面倒臭そうな唸り声で応じた。

玄関を出ようとすると、さすがに宇田川は送りに来た。優佳は改めて礼を言った。

「今回はほんと、ありがとう。助かったよ」

宇田川は、無言で頷いた。それにしても、よく無事に済んだものだ。宇田川の素性がいつ疑われるか、最初は気が気でなかったのだが、伝三郎も源七も、追及してくることはなかった。何しろ百万人が住む都市だ。宇田川以上の変人も、結構たくさん居るのだろう。

「じゃあね。お邪魔さま」

優佳は宇田川に手を上げ、玄関を出た。歩き出そうとすると、突然宇田川が口を開いた。

「あー、その」

何なの、という顔で振り向くと、宇田川は微妙に視線をずらせ、もごもごと言った。

「美味《うま》かった」

たったそれだけだった。だが、宇田川がそんな言葉を口にするのは、大事件と言っていい。優佳は一瞬驚き、それから微笑を浮かべた。

飛鳥山が桜の名所になったのは、八代将軍吉宗《よしむね》がここに千本以上の桜を植え、庶民の行楽地として開放してからである。計画的に整備された公園の元祖のようなもので、現代の王子《おうじ》駅前にある飛鳥山公園は、その名残だ。江戸市中からの日帰りレジャーにちょうど良く、花見の季節などは大混雑を呈していた。

おゆうが伝三郎と連れ立って飛鳥山にやって来たのは、卯月《うづき》も半ばになる頃であった。

「ああ、すっかり葉桜ですねえ」

「花見に行こうと言ったものの、すっかり遅くなっちまったな。その代わり、空いてるからいいや。花の盛りの頃の混み具合は、そりゃもう大変だからなあ」

飛鳥山の木々は新緑が萌え、花がなくともこれはこれで美しい。この辺にしましょうか、とおゆうは視界の開けた場所に敷き物を広げた。行楽日和の好い天気で、周囲では、同じようにピクニックに来ている家族連れが何組か、座って弁当を食べたりそぞろ歩いたりしている。

伝三郎は今日は休みで、着流し姿である。二人とも、野暮な十手は持っていない。おゆうは竹筒に入れた酒を出し、持って来た弁当を並べた。近所の料理屋に注文しておいたものだ。

「へえ、なかなか豪勢じゃねえか」

伝三郎は、卵焼きや焼魚の入った弁当を見て、目を輝かせている。

「美濃屋たちの一件が、ようやく片付きましたからね、お祝いも兼ねて」

竹筒から、竹製のぐい呑みに酒を注ぐ。伝三郎が旨そうに啜った。

「結局、賊は捕まえられなかったがなぁ」

お多津が賊だったことは、伝三郎にも誰にも報告していなかった。お多津に目を付け、待ち伏せを掛けていたことの説明ができないからだ。画像解析と指紋照合の結果です、などと言えるわけがない。報告したとしても、水野左近将監に雇われた工作員でした、という説明で奉行所の上の方が納得するとは、とても思えなかった。

伝三郎に関して言えば、被害者のはずだった美濃屋たちが犯罪者であったと突き止め、全員をお縄にしたことで奉行所の面目は保てたので、それ以上叱責されることはなかった。

お多津の姿は、あれきり見ていない。佐内町へも行ってみたが、長屋はもぬけの殻だった。長屋の住人たちは、挨拶もそこそこに慌ただしく引っ越して行ったと、不思議そうに語っていた。

伝三郎もその後、お多津のことは口にしなかった。おゆうに気を遣っているのかとも思ったが、伝三郎のことだ。お多津の正体に薄々感付いて、その話題を避けているのかも知れない。おゆうも、敢えて質そうとは思わなかった。

それにしても、お多津とはもともと何者だったのだろう。当人は行徳の出、とは言っていたが、証しがあるわけではない。軽業一座に入る以前のことは、何もわかっていなかった。だが、おゆうには一つ、気になっていることがあった。日啓と智泉院に話が及んだとき、急にお多津が激昂したことである。日啓ら破戒坊主に、よほどの恨みがあるかのようであった。日啓とお多津の間に、接点はないはずだ。ならば、何がそんなにお多津を刺激したのか。

（まさか、延命院……）

延命院が奥女中たちに、智泉院と同様の性的サービスを提供していたのは、二十年以上前だ。その火遊びの結果、妊娠してしまう奥女中も少なからず居たらしい。無論、発覚すれば大問題だ。堕胎するしかない。それでも、生まれた子供も皆無ではなかったようだ。その子は、事情が事情だけに迂闊《うかつ》に養子にも出せず、親無し子として秘密裏に生きねばならない。延命院が摘発された後は、世話する者もなかったはずだ。いったいその後に、どんな人生があったのだろうか。

(もし、お多津さんがそんな子供の一人だったとしたら……)

自分が生まれた事情を知っていたのなら、智泉院のことに激しい反応を示したのは理解できる。水野の仕事を受けたのも、それが智泉院の弾劾に繋がる可能性があるからだろう。

(今は、どこで何をしているのか)

おゆうの推測を裏付けるものは、何もない。だがもし思っている通りなら、恋敵であったとしても、おゆうはお多津の幸せを願わずにいられなかった。

「どうした、何を考えてるんだい」

もの思いにふけっていると、伝三郎に声をかけられ、はっとした。

「ああ、いえいえ。お花さん、元気にやってるのかなあ、って」

お花は仇討ちと言う事情を汲み、江戸十里四方所払いで済んだ。つい昨日、小田原へ発ったばかりである。

「ああ、お花か。小田原には万富屋に世話になった旧知の商人も残ってる。その中の一人がお花を雇うことになるらしいぜ。まずはめでたし、ってところかな」

「そうなんですか。良かったですねえ」

少なくとも一人、人生を元の軌道に戻せた者が居る。その事実は、お多津のことを考えてざわめいたおゆうの心を安堵させた。

(ああ、気持ちいい日だなあ)

青空に、雲雀《ひばり》が舞っている。下の小川の方から心地良い風が吹いて来て、おゆうの頬を撫でた。

＊　＊　＊

伝三郎は、心地良さげなおゆうの横顔を見て、胸の内でほっと息を吐いた。

(やれやれ、まったく大変な事件だったぜ)

おゆうとお多津。二人が自分を挟んで鞘当《さやあ》てを始めたときには、どうなるかと思った。何しろおゆうが未来人であることはわかっているし、お多津にしても見かけ通りの女ではないことは、町方同心の勘で察していた。そんな二人が対決したら、ただでさえ難しい事件の最中、何が起きるかわからない。伝三郎としては、冷や汗ものだった。

(それに、あの学者先生だ)

おゆうが連れて来た宇田川という学者は、明らかにどこかおかしかった。言葉遣い、立ち居振る舞いなど、全てがだ。源七などは、学者なんてみんな変人だ、と割り切って受け入れていたが、そうはいかない。宇田川なんて先生が千住に居ないことは、出向いて調べるまでもなく想像がつく。

(おゆうが連れて来た以上、奴も未来人に決まっている)

だいたい、あの妙阮寺の騒ぎは何だ。雷が落ちたなんて、信じられるわけがない。源七も左門も、他に理解の仕様がないから雷だってことで収めているが、あれは爆弾の類いだ。

伝三郎は、遠くに思いを馳せた。運命の悪戯《いたずら》で江戸に足を踏み入れる、何か月か前。成増《なります》の陸軍飛行場に特別操縦見習士官として勤務していたときだ。空襲警報が鳴り、掩体壕《えんたいごう》へ飛び込んでしばらく後、至近に爆弾が落ちた。幸い破片で負傷することはなかったが、飛行場全体では数十人の死傷者を含め、大きな被害が出た。

それは強烈な体験だった。閃光と大音響に砂埃。どっと落ちて来る土とコンクリートの破片。しばらくの間、目も耳も役に立たなかった。

(もし、目と耳を封じるだけで殺傷力のない爆弾が普通に使われてるなら、未来はずいぶんと平和だ、ということなんだろうか)

伝三郎は首を傾げた。そんな代物で戦争ができるとは思えないが、人の命を奪わないことを前提にした武器があるというのは、進歩なんだと考えるべきなのかも知れない。

確かにおゆうの屈託のない様子を見ていると、おゆうの未来世界が、自分の居た昭和二十年よりずっと明るいものらしい、とは想像がつく。それは、あちらの世界に残して来た家族が、自分が最後に会ったときより幸福に近付いていることを意味する。だからおゆうの存在は、伝三郎に大いなる安心を与えてくれるのだ。おゆうに惚れた理由の一つは、もしかしたらそれかも知れない。

（それにしても学者先生、本当は何者で、おゆうとどういう関係なんだろう）

おゆうがもし、時空を移動して調査を行うような、何らかの機関に属しているなら、同じ機関の同僚あるいは上司か。いや、それは荒唐無稽な気がする。ならば、ただの友人か。それとも、おゆうが助っ人を依頼した本物の未来の学者か。あるいはその両方か。

（しかし結構、見てくれはいい男だったよな）

体は大きいが、無様に太っているわけでもないし、顔立ちは整っていると言って良かった。伝三郎としては、どうも気になる奴だ。まさか、俺が煮え切らないからって、妬《や》かせるために連れて来たわけではあるまい。

（そして、お多津の正体も、結局は摑めなかったな）

おゆうは、お多津があの賊だったとほぼ確信しているようだが、それを口には出そうとしない。お多津まで未来人だとは思えないが、こうも綺麗に姿をくらましたということは、やはりただの女ではなかったのだ。

（お多津は本当に、俺に惚れてたんだろうか）

悪い気がしなかったのは事実だが、お多津は、深入りするには危険な女だ。初めから、直感がそう告げていた。それをはっきり言うわけにもいかず、おゆうには済まないことをした。

（やっぱり、もっと正直になった方がいいのか）

未来人であるおゆうとどう付き合っていくべきなのか、いつまでも結論を先延ばしにするわけにもいかないと思いつつ、ずるずると日数が過ぎて行く。俺も優柔不断だな、と伝三郎は自戒した。

（それにしても、宇田川だ。やっぱり気になるよな）

宇田川の顔を思い出すたび、伝三郎の心はざわついた。

「鵜飼様、どうしました。何を考えてるんです」

おゆうにつつかれ、我に返った。

「いやなに、こんな日和でただぼんやりしてるのも悪くねえな、と思ってさ」

「ああ、そうですよね」

おゆうは周囲の風景を見回しながら、微笑んだ。

「それじゃ、今日は二人して、ここでぼんやりしていましょうか」

「ははっ、そいつはいいや」

そうだ。余計なことは考えず、自然に。それが一番いい。伝三郎は腕を頭の後ろに回し、仰向けに寝そべった。真上の青空を、雲がゆっくりと渡って行く。

本書は書き下ろしです。
この物語はフィクションです。作中に同一の名称があった場合でも、
実在する人物・団体等とは一切関係ありません。

宝島社
文庫

大江戸科学捜査　八丁堀のおゆう
ドローン江戸を翔ぶ

（おおえどかがくそうさ　はっちょうぼりのおゆう　どろーんえどをとぶ）

2018年10月18日　第1刷発行
2024年11月20日　第3刷発行

著　者　山本巧次
発行人　関川 誠
発行所　株式会社 宝島社
〒102-8388　東京都千代田区一番町25番地
電話：営業 03(3234)4621／編集 03(3239)0599
https://tkj.jp
印刷・製本　中央精版印刷株式会社

ISBN 978-4-8002-8949-0

『このミステリーがすごい！』大賞 シリーズ

宝島社文庫

大江戸科学捜査 八丁堀のおゆう
北斎に聞いてみろ

山本巧次

新規オープンする美術館の目玉の一つ、葛飾北斎の肉筆画に贋作疑惑が浮上した。江戸と現代で二重生活を送る元ＯＬの関口優佳＝おゆうは、真贋をはっきりさせるため、江戸で直接北斎に尋ねてみることに。しかし、調査を始めた途端、絵の売買にかかわった仲買人が死体で発見されて——。

定価 660円（税込）